I<small>L FU</small> M<small>ATTIA</small> P<small>ASCAL</small>

已故的帕斯卡尔

Luigi Pirandello

[意] **路易吉·皮兰德娄** 著

刘儒庭 译

四川人民出版社

目 录

一　开场白　　　　　　　　　　　　　　　　　　　　1

二　辩白式的第二篇（哲学的）开场白　　　　　　　　4

三　家和鼹鼠　　　　　　　　　　　　　　　　　　　9

四　原来如此　　　　　　　　　　　　　　　　　　　21

五　成熟　　　　　　　　　　　　　　　　　　　　　40

六　滴答，滴答，滴答……　　　　　　　　　　　　　59

七　换车　　　　　　　　　　　　　　　　　　　　　79

八　阿德里亚诺·梅伊斯　　　　　　　　　　　　　　94

九　一点儿雾　　　　　　　　　　　　　　　　　　　111

十　圣水钵和烟灰缸　　　　　　　　　　　　　　　　123

十一　晚上，望着河水　　　　　　　　　　　　　　　139

十二　那只眼和帕皮亚诺　　　　　　　　　　　　　　162

十三　一盏灯笼　　　　　　　　　　　　　　　　　　179

十四　马可斯的英勇行为　　　　　　　　　　　　　　195

十五　我和我的影子　　　　　　　　　　　　　　　　208

十六　米内尔瓦的画像　　　　　　　　　　　　　　　225

十七　复活　　　　　　　　　　　　　　　　　　　　250

十八　已故的马蒂亚·帕斯卡尔　　　　　　　　　　　265

对想象可能天衣无缝的一点儿说明　　　　　　　　　　284

译后感言　　　　　　　　　　　　　　　　　　　　　293

一 开场白

我生来知识贫乏，所知甚少，我所掌握的全部知识中的一点，不，不是其中的一点，而是唯一的一点是，我叫马蒂亚·帕斯卡尔。我常常利用这一点点知识。有时，我的朋友或认识的熟人有什么事搞不清，只得跑来征求我的建议或意见，每当这种时候我就耸耸肩膀，挤挤眼，回答他们说：

"我叫马蒂亚·帕斯卡尔。"

"谢谢，亲爱的，这我知道。"

"怎么，你认为这还不够？"

这还不够，说实话，连我也觉得确实太少。但是，我真不知道，对一个连这一点都不懂、连更多的回答都不能够做出的人，他还有什么想说的呢？也就是说，像我之前经常做的那样，只在必要时说：

"我叫马蒂亚·帕斯卡尔。"

有人可能会对我表示同情（这分文不值），想象着如何对一个极为不幸的人表达一番深切的哀悼之情，想马上弄清楚这个不幸的人……可弄清楚什么呢？是的，一句话就够了，他什么都没有，既没有父亲，也没有母亲，既不知道他过去如何，也不知道他过去并非如何。有的人也可能会对风俗的败坏、世风日下和悲惨境况极为愤慨（这也分文不值），这些可能就是我这个无辜的受害者弄到这步田地的主要原因。

好吧，那就随便你们怎么想吧。可是，我不能不说一句，事情恰恰并非如此。我真的可以写出我的家谱，可以说明我这个家族的渊源和它的兴衰史，还可以证明，我不仅知道我的父母是什么人，而且还知道我的先祖和他们的活动。当然，祖辈相传，他们的活动并非都是真的值得赞扬的。

那么，究竟是怎么回事呢？

且听我慢慢道来。我的情况非常怪诞，非常特殊，正因稀奇古怪，世间少有，所以才值得我从头道来。

大约有两年的时间，我待在一个图书馆里，不知道自己是个抓老鼠的，还是个图书管理员。那个图书馆是博卡马扎主教在1803 年临死前赠送给镇政府的。显然，这位主教对他同乡的脾气秉性所知甚少；要么就是，他希望他的这份遗产随着时间的推移能点燃同乡们学习的热情，更何况在图书馆学习又是那么方便。迄今为止，这种学习的爱火没有被点燃，这我可以做证。我这样说也是对我同乡的赞扬。对于这份遗赠，镇政府并不喜欢，甚至不愿为博卡马扎立一尊半身雕像，尽管应该这样做，那些书也被扔进一个又潮湿又无人问津的库房，一扔就是好多年。后来，这些书倒是从那个库房里被取了出来，你们可以想象那些书都成了什么样子，移送到偏远的圣玛丽亚自由教堂去了。那座教堂不知由于什么原因被改为俗用了。在这座教堂，镇政府又不假思索地把这些书委托给一个无事可干的人负责，他倒真像个不担任教化工作的有俸神职人员，一天赚两个里拉①。他的工作不过就是看守

----

① 里拉是意大利旧时（1861—2002）货币名称。（本书均为译者注）

这些书，或者说看守都没有必要，只不过是在那里忍受好几个小时的霉臭味道。

后来，这样的命运也轮到我头上。从第一天起我就知道，我不喜欢这些书，不管它们是印刷的还是手稿（像我们图书馆的那些非常古老的手稿）。正像前面讲的，我的情况怪诞特殊，要不是这样，我才不会去写什么手稿哩，永远不会去写。由于我的情况怪诞特殊，写下来之后，也许有那么一天能使某个好奇心强的读者获得教益，或许也能使博卡马扎主教的良好愿望最终有一天得以实现。这样一个读者或许有一天会来到这座图书馆，我的这部手稿就是留给我的这位读者的。不过，他必须服从一个条件：在我第三次、也是最后一次最终死亡后五十年之内，任何人不许打开这一手稿阅读。

眼下，我已经死了（上帝知道我是多么悲伤），确实，我已经死了，而且死了两次，第一次是因错而死，第二次是因……且听我慢慢道来。

二 辩白式的第二篇（哲学的）开场白

　　写这部书的想法，或者说写这部书的建议，是我可敬的朋友唐·埃利焦·佩莱格里诺托向我提出的。他现在在看管博卡马扎的那些书。我的书一写完我就把手稿交给他，只要能够写完。

　　我就在这座不再是圣地的小教堂里写作，借助的光线就来自头顶圆穹的吊灯。这是后殿为图书管理员留出的一块地方，周围是柱式木质矮围栏。在我写作的时候，唐·埃利焦也在忙他的，他勇敢地承担了整理这些乱堆乱放的书的任务，累得上气不接下气。我担心，他恐怕永远也弄不出个头绪来。在此之前，没有任何一个人去浏览一眼书脊，至少大致弄清这位主教送给镇政府的都是些什么书。人们以为，所有的书无非都是些有关宗教的书，或者差不多都是这类书。现在，佩莱格里诺托发现，这位主教的书涉及的面很广，这让佩莱格里诺托感到极为欣慰。由于这些书都是随手乱堆在那里的，所以乱得简直无法形容。有些书除去外表华丽之外还十分亲密地粘连在一起。例如，唐·埃利焦·佩莱格里诺托对我说，他费了好大力气才把三卷本的内容淫秽的《爱女人的艺术》同另一本书剥离开，这套三卷本是安东·穆齐奥·波罗写的，1571 年出版。剥离出来的那本书名为《福斯蒂诺·马特鲁奇的生与死——有人称之为在天先知的波利罗内本笃会修士的马特鲁奇》，是 1625 年在曼托瓦出版的一部传记作品。由于库房潮湿，这两套书已紧紧粘在一起。他还费了好大力气才弄清，那套三卷本的第二卷除去那些淫秽的内容之外还详细地描述了修道士的生活和风流韵事。

唐·埃利焦·佩莱格里诺托整天在一架点路灯的人用的那种梯子上爬上爬下，在书架上挑来选去，选出很多内容有趣读了让人高兴的书。每找到一本好书，他就站在梯子顶端，以优美的姿势将书扔到房间正中那张大桌上，小小的教堂就会发出隆隆的响声，一大团尘土随之扬起，两三只蜘蛛从那团尘土中飞快逃离。这时，我就穿过栅栏，从后殿跑过来，先用这本被扔下来的书把蜘蛛从满是尘土的桌上赶跑，然后打开书开始阅读。

就这样，我渐渐培养起了阅读的兴趣。现在，唐·埃利焦对我说，我的书应该以他从这座图书馆里挖掘出来的这些书为范本来写，也就是说，应该具有这些书的特殊味道。我耸耸肩，对他说，这对我来说并非难事，然后我就去考虑别的事去了。

唐·埃利焦满头大汗，浑身是土，从梯子上爬下来，到小园子里呼吸新鲜空气。那个小园子就在后殿外边，是用一些乱七八糟的树枝和带刺的东西好不容易才围成的。

"啊，我那可尊敬的朋友，"我坐在矮墙上，手杖支着下巴对唐·埃利焦说，这时他在专心观察他的莴笋，"看来我是写不出这本书了，写书可不是闹着玩的。看来搞文学创作也同其他任何事一样，我不得不翻来覆去地重复我那些陈年旧事。该死的哥白尼！"

"嘿，同哥白尼有什么关系！"唐·埃利焦直起腰，满脸通红，在那顶破草帽的映衬下他的脸显得格外红。

"有关系，我的唐·埃利焦，因为在地球不转的时候……"

"怎么可能呢！地球总是在转！"

"不是这么回事！过去，人们不知道地球在旋转，因此，可以说，地球好像不转。现在，好多人就觉得地球也不转。有一天，我对一个老农民这样说，你猜他怎么回答我？他说，那倒是醉鬼的好说辞。另外，对不起，还有您，您也不能怀疑，约书亚让太阳停在当空①。这些暂且不去说它了，我要说的是，在地球没有转的时候，人们——不管是希腊人还是罗马人——是那么道貌岸然，是那么自豪，以至对自己的尊严感到心满意足。我相信，在那种情况下，一种细腻的、充满冗繁细节描写的作品是会受到欢迎的。从昆提利安②的作品中人们是读到还是读不到——就像您教导我的——历史应当用于叙述而不是用来让人们去验证的？"

"这一点我不否认。"唐·埃利焦回答说，"但是，不应该否认的是，世界上绝对没有写得这么详细的书，甚至把那些隐秘的细节都统统写进去了。因此，就像您说的那样，也就让地球转起来了。"

"好极了！你听，'伯爵准时起床，每天八点半，分秒不差……伯爵夫人穿上一件藕荷色衣服，衣服滚着花边，一直到下巴……特雷西娜因饥饿而死……卢克雷齐娅忍受着爱情的折磨……'啊呀呀，我的上帝，您觉得这与我何干？我们是不是生活在一个看不见的小陀螺上？太阳的光线就像一根鞭子，抽着这只陀螺在旋转，像一粒沙粒一样在疯狂地转啊转的，转个不停，

---

① 故事见《旧约》，约书亚追赶五王军，日已西斜，约书亚向天祈祷，于是日头停留，月亮止步，这一天比平日足足长了一昼夜之久。

② 昆提利安，公元一世纪作家，其关于演说家的文化修养的著作到中世纪仍然十分出名。

既不知道为什么而转，也不去预想未来的命运，好像是要向我们证明，这样旋转就是它的乐趣，好像是为了让我们有时感到暖和，有时又感到寒冷，好像是为了让我们转了五六十圈之后再死去。那时，死者常常会发现自己一生有那么多小小的愚蠢行为。我的唐·埃利焦啊，哥白尼，哥白尼他可是毁掉了人类，无可弥补地毁掉了人类。现在，对于'我们人类是无限渺小的'这样的新观念，对于'我们人类在宇宙中无足轻重'这样的想法，尽管我们有这样的发明、那样的发现，对于这些观念和想法，我们大家已经逐步适应了。那么，您还想使那些消息——我指的不是关于我们无限渺小的消息，而是像全球性灾难这类消息——具有什么价值？我们的历史不过就是小小的爬虫的历史。你读过有关大安的列斯群岛的小小的灾难的报道没有？没有。可怜的地球转得不耐烦了，正像那位波兰伟人说的那样，它是无目的地在旋转的，不耐烦了就稍微停一下，它本来有好多大裂口，这时，其中一个裂口就喷出火焰来。有谁能说得出，是什么东西使它如此暴怒？也许是一些人的荒唐使它大发雷霆，这些人空前厌倦才做出了一些荒唐事。不管怎么说，总之是成千上万的小小爬虫被火焰烤死了。我们依然活着，有谁还去谈论那些被烤死的人？"

可是，唐·埃利焦却让我仔细想一想，我们费了多大的劲头去毁灭、粉碎大自然为了我们好而在我们心中树起的理想，但我们总是难以做到这一点。幸运的是，人类轻易就把注意力转移到别的地方去了。

这一点确实不错。比如，我们这座城市就规定，有那么几天夜里不许点灯，所以我们经常只得忍受一片漆黑，特别是乌云密布之夜。

　　说到底，这意味着，直到现在我们仍然相信，月挂中天不是为了别的，只是为了在夜里给我们照明，就像太阳在白天给我们带来光明一样，星星也是为了给我们现出满天星斗的美景而存在。确实如此。我们常常有意忘记，在互相尊重和看重方面，我们都是那么小气，我们倒是能为了一小块土地而大打出手，或者为了一点儿什么事而互相怨恨，如果我们真能搞清我们作为人究竟是怎么回事，那么我们就会发现，为了那么一点儿小事而互相怨恨实在太不值得。

　　好了，正是由于上述这些偶然的发现，再加上我的情况怪诞特殊，所以我才要谈谈我自己。当然，我要尽量简短，也就是说，只谈那些值得一谈的事。

　　当然，其中自然有些事不会使我很有面子，然而，我现在处于一种特殊境地，这使我可以认为自己已经不在人世，所以也就没有任何避讳和顾忌了。

　　闲话少说，书归正传。

三　家和鼹鼠

一开头我就说，我了解我父亲，这有点儿为时过早。实际上我并不了解他，他去世时我刚四岁半。他乘一艘两桅船前往科西嘉岛，去那里办货，路上得了恶性疟疾，三天之内就要了他的命，从此再也没有归来。那时他刚三十八岁。他留下妻子和两个孩子，一个叫马蒂亚（这应该就是我，或者说是死去的我），另一个叫罗贝尔托，他比我大两岁。我们的日子过得还不错。

当地有些老人在我父亲去世后仍然坚持说，我父亲的财富来历不明。这些财富本来不应再让人们猜疑了，因为转到别人手下已经有相当一段时间了。

他们说，我父亲的财富是打牌赢来的。那是在马赛，他同一个英国蒸汽商船的船长玩牌，船长的现款一分不剩地全输给我父亲，那笔钱的数目当然不会很小。在此之后，那个船长又将整整一船的硫黄做赌注，那些硫黄是在很远很远的西西里岛装上船的，是利物浦一个商人的财产（他们甚至知道是个利物浦的商人！可他姓甚名谁？），这个商人租了这艘商船来运这批货。船长绝望之余在轮船起航后投海自尽了。船到利物浦时只剩下空船一条，连船长也不再是这艘船的负荷。幸运的是，那条船依然有压舱物，那就是我的这些同乡们的流言蜚语。

我们家拥有很多地产和房产。我父亲十分机灵，富有冒险精神，为了推销他的货物，从来不待在一个地方固定不动，总是开着那条双桅船到处航行，找到便宜好货时立即买进，不管是什么货，然后设法把这些货物迅速全部脱手。由于他从不经手批量太大且又有风险的买卖，所以渐渐积攒了一些钱，购买了地产和房产。这些房地产都集中在我们这个小镇上，他或许是想在经历了一生辛劳之后在这里同妻子和子女们一起过他平静舒适的小日子。

于是，他先是购下了"双溪"附近的那片地产，那里长满橄榄树和桑树。后来又买下一个叫"鸡笼"的庄园，那也是一个富饶的庄园，而且还有一股泉水，以后又利用那股泉水建起了磨坊。之后又购下了名叫"山嘴"的整个土岗，那是我们这一带最好的葡萄园。最后还买下一片叫圣罗基诺的地方，在那里建了一座优雅的别墅。在我们这个镇上，除了我们住的这所房子之外还买了另外两处房子和一处完全孤立的房子，现在这座房子被改建为一个造船厂。

父亲的死几乎可以说是突如其来，因此，使我们一下子垮了下来。母亲无法管理这份遗产，只好托付给一个人。这个人过去曾从我父亲那里得到不少好处，甚至使他的家境大变，他的薪酬也十分优厚。因此我想他应该觉得至少要有些感恩之意，这感恩之意除去付出热情和正直之外并不需要他付出任何牺牲。

我的母亲简直是个神圣的女人！她生性腼腆，十分温静，所以也就没有生活经验，更缺乏对付男人的经验！你听她说话简直就像在听一个小姑娘说话。她的鼻音很重，连笑的时候也带有鼻音。这样，每当笑时就好像有那么一点儿害羞似的，把嘴唇闭得紧紧的。她的体质本来就弱，父亲死后，她的身体时好时坏，一直没有稳定过。但是，她从不因自己的病痛而呻吟埋怨。我想她也不会因这些病痛而烦恼，她是随遇而安，听之任之，好像她的不幸是自然而然的结果。她可能认为，办过这场丧事之后她自己也该圆寂归天了。因此，她可能认为，她应该感谢上帝，是上帝让她为了孩子们而活下来，尽管她活得极为痛苦悲惨。

母亲对待我们简直温柔到了无以复加的地步，爱得心肝疼。她不让我们离开她一步，好像怕把我们给丢了，常常是，只要我们当中的任何一个人离开她一会儿，她就会打发女用人到处去找。

她像个盲人，一直听任丈夫的指引。现在没有人再指引她，自然感到生活在世界上有点儿无所适从。从此之后她从不出门，只有星期日上午到最近的一座教堂望弥撒除外。望弥撒时由两个老女佣陪同，她一直把她们当成自己的亲属来对待。甚至在我们住的那处房子里，我们大家挤在三个房间里，其他好多空房让给了女佣们，任她们去糟蹋，当然也让我们这些淘气鬼去糟蹋。

那些房子里都是老式家具，窗帘已经褪色，到处是那种老旧什物特有的霉味。所有这些给人一种感觉，好像呼吸的是另外一个时代的空气。直到现在我还记得，我曾不止一次地以一种古怪的沮丧心情看着周围的一切，这些陈旧的东西多年来一直静静地待在那里，没有用处，也没有生命，正是这种状况使我产生了那种古怪的沮丧心情。

经常来看望母亲的一个人是我父亲的姐姐，我应该称她姑妈。她是个老处女，脾气古怪，长着两只雪貂眼，面色黝黑，样子很凶。她的名字叫斯科拉斯蒂卡。她每次来我们家都是只待很少一会儿，因为她说话时常常会突然大发雷霆，一气之下扭头便走，不跟任何人道别。我从小就很怕她，常常小心翼翼地望着她，特别是她愤怒地跺起脚的时候，她高声吵闹，一只脚跺着地板，向妈妈大声嚷嚷："你以为这下边是空的？下边有鼹鼠！有鼹鼠！"

她指的是马拉尼亚，那个在我们脚下挖掘的代管人。

斯科拉斯蒂卡姑妈极力劝我妈改嫁（这是我后来才知道的）。通常，大姑子是不会有这种想法的，也不会提出这样的建议。可是，她讨厌所谓公正，对之特别反感。当然，并非只是由于这一点，更多的是由于对我们的爱，她才不忍心看着那个代管人这样肆无忌惮地偷窃我们的财产。我妈妈是那么怯懦，那么不机灵，除去再找一个丈夫之外她看不到有什么别的办法。姑妈还亲自介绍了一个可怜的人，那个人叫杰罗拉莫·波米诺。

波米诺是个鳏夫，有个儿子，他的儿子现在还活着，像他爸爸一样，名字也是杰罗拉莫，我们两个是好朋友，甚至超过朋友关系，这一点容我以后再讲。他很小的时候就常常跟着他爸爸到我家来，是个使我和哥哥罗贝尔托都感到很伤脑筋的人。

波米诺年轻时追求斯科拉斯蒂卡姑妈好长时间，可她连理也不理，另外，她对别的追求者也都是不理不睬。并不是说她不愿爱任何一个男人，而是因为，她早就有一种疑心，她怀疑她爱的男人很可能只有一个想法，就是如何背叛她，这样就会使她铸成大错。在她看来，男人都虚情假意，都是无赖，都是负心汉。波米诺也是如此？不，波米诺不是这样。可是，当她认识到这一点时已为时太晚。所有向她求过婚后来又同别的女子结了婚的那些男人，她发现他们多多少少都有背叛自己妻子的行为，她很为没有答应他们而庆幸。只有波米诺毫无这种行为，倒是相反，这个可怜的人堪称模范丈夫。

那么，为什么斯科拉斯蒂卡姑妈现在不嫁给他呢？机会多好啊，他已经是丧妇之夫了！可是，他曾经是另外一个女人的人，说不定什么时候他会想念起那个女人来。另外，还由于……还是不说了吧！尽管他胆小拘谨，从老远的地方就可以看出，他还是坠入了爱河，确实已坠入爱河。至于说爱上了谁，大家都看得出来。这个可怜的波米诺！

当然可以想见，我妈妈是不是会同意。她认为那样做太不应该。而且可怜的妈妈恐怕也不相信斯科拉斯蒂卡姑妈是认真讲这件事的。面对大姑子的雷霆，她只是以她那种特殊的方式笑笑而已，对于可怜的波米诺先生的感叹，妈妈也只是笑笑而已。姑妈和妈妈讨论这件事时波米诺也在场，姑妈对他赞不绝口。

我可以想象出，他有多少次坐在椅子上大声感叹，好像椅子是个刑具，他不住高喊："我的天哪！"

这是个纯洁正直的人，浅蓝色的眼里透出温顺，我相信他甚至有那么一阵双颊微微有些发红，显出那么腼腆的神情，微红的脸像擦了一层细粉。到了他那个年龄头发依然那么好，他一定为此感到高兴。他的头发梳理得整整齐齐，从中间分开像一只蝴蝶。就这样，他仍不时伸手梳理梳理。

我不知道那件事后来进展如何，也不知道我妈妈后来是不是听从斯科拉斯蒂卡姑妈的建议嫁给了波米诺。不管结果如何，妈妈肯定不是为了自己，而是为了孩子们的未来。然而，有一点是可以肯定的，把家产托付给马拉尼亚（真是个鼴鼠！），情况肯定会更糟，再也不能这样下去了。

当贝尔托①和我长大的时候，我们的大部分财产确实都丢了，可我们将来至少可以从这个盗贼爪子下把剩下来的财产救出来，那样还可以使我们过上不需要别人帮助的生活，当然并不那么富

————————

① 贝尔托是罗贝尔托的爱称。

裕。我们弟兄两个都是游手好闲的人，什么都不考虑，长大之后也依然过着妈妈从小让我们过惯了的那种生活。

她甚至不让我们到学校上学，请了一个外号叫"大钳子"的人来当我们的家庭教师。他姓德尔钦奎，他的真名是弗朗切斯科还是乔瓦尼，记不清了。大家都叫他大钳子，他也习惯了别人称他为大钳子。

他很瘦，看了都有点儿让人感到讨厌。他的个子高极了，我的天哪，他简直是太高了，如果有那么一天，他的上身突然之间不再细细地向上生长，他那正好长着一个包的脊背就很难向下弯了，背上的那个包让人感到十分恶心，像只去了毛的公鸡，包上还长着一个隆起来的小球，他一动这个小球就随着上下跳动。大钳子常常咬住嘴唇，像是要把他那特有的冷笑咀嚼下去，改变一下，或者掩藏起来。但是，他的这种努力有时候会失败，因为这种冷笑仅用他的嘴唇是囚禁不住的，常常会从他那双无比冷酷的、戏弄人的眼睛里逃出来。

他用这双小眼肯定在我们家里看到好多东西，这些东西妈妈看不到，我们也看不到。但他不说，也许是因为他认为，那不是他的义务，或者是因为——我认为或许更可能是这样——他要心怀叵测地把这些当作秘密藏在心底。

对他，我们是想干什么就干什么，他也听任我们这样做。但在后来，他好像是不想再昧良心了，在我们对他不那么防备时，他出卖了我们。

例如，有一天，妈妈让他带我们两个去教堂。那是复活节前夕，我们应当到教堂忏悔。忏悔之后去看望一下马拉尼亚生病的妻子，然后立即回家。你们想想看，能够出来走走那该是多么开心啊！一到街上我们弟兄两人就向大钳子建议，让我们出去玩一会儿，只要他不带我们去教堂，不到马拉尼亚家，让我们到鸡笼庄园抓鸟玩，我们就保证给他一公升好葡萄酒。大钳子同意了，他搓着手，眼里发着亮光，显出十分高兴的样子。他喝完酒，同我们一起来到庄园，帮我们爬树，最后他也爬上来，同我们足足疯了三个小时。晚上回到家里，妈妈刚开口问我们是不是做过忏悔，是不是看过马拉尼亚的妻子，他就厚着脸皮回答说："是这么回事，我都告诉您……"他把我们干的事原原本本地告诉了妈妈。

对他的这次背叛，我们设法报了仇，但这种报复没有起什么作用。不过，我记得，有些报复也并非只是小小的戏弄。例如，有一天晚上，我们知道他通常坐在门洞的坐柜上，边打瞌睡边等着开晚饭，所以我们兄弟两人提前悄悄从床上爬起来，准备戏弄他。我们找到一个两掌长的芦苇管，在洗脸池里吸了一点儿肥皂水。这样武装好之后，我们悄悄来到他身边，把芦苇管对准他的鼻孔用力一吹，"阿嚏！"他打了喷嚏，一下子跳了起来，几乎碰到天花板。

雇用这么一个家庭教师，我们究竟能学到些什么可想而知。但是，不能说所有的责任都在他身上。他也能让我们学到一些东西，尽管不讲什么方式方法，也不管是属于这一学科还是属于另一学科。他有好多种办法可以使我们集中注意力。特别是对我，我生来灵敏好动，但他总是有办法制服我。他的学问很特别，很古怪，也很令人感兴趣，比如，他很善于争论，他懂得好多菲登齐奥[①]、布尔基洛[②]、莱波雷奥[③]的古怪诗，他引用什么叠韵法、同音异义法、关联诗、连环诗以及好多有闲文人的怪诗，他自己也写了很多怪诗。

　　我记得，有一天，在圣罗基诺，他让我们面对对面的青山，朗诵了不知多少遍他的一首题为《回声》的诗：

> 女人心中爱情持续多久？
> 　　　——几个小时。
> 她不像我爱她那样爱我？
> 　　　——从未爱过。
> 同我一起埋怨者你是哪个？
> 　　　——"是回声回答我。"

　　他让我们拆解朱利奥·切萨雷·克罗切[④]的八行诗体《谜语》中的所有诗歌，还让我们读莫内蒂和另外一些人的十四行诗，还有一个极为游手好闲的家伙的十四行诗，这个人竟敢取了个怪名用来隐身，叫什么卡通·卢蒂琴塞，那些诗用一种烟草一样的黄墨水写在已经泛黄的老式白纸上。

　　"听着，你们听着，这是斯蒂利亚尼[⑤]的另外一首诗，好极

---

① 菲登齐奥，诗人，1562年出版《菲登齐奥歌集》，多为讽刺卖弄学问者的诗。
② 布尔基洛（1404—1449），诗人，作品多为逗乐怪诞诗。
③ 莱波雷奥（1582—1665），诗人，作品多为浮华造作之作。
④ 朱利奥·切萨雷·克罗切（1550—1609），诗人，用博洛尼亚方言写作。
⑤ 斯蒂利亚尼，名托马索（1573—1661），诗人，巴洛克式诗人马里奥的死敌。

了！你们听：

> 我同时是一又是二，
> 我是二，可它过去曾是一。
> 一使用我，也使用它的五，
> 用以反对人们头脑中的无限。
> 腰带以上是整个一张嘴，
> 我不用牙比用牙咬得还要多。
> 我有两个肚脐分列两侧，
> 我的眼长在脚趾上，轻微的声响用手指弹拨。"

就是现在我还能想起他当时朗诵的样子，眼睛半闭，满脸高兴，手指发出轻轻的声响。

妈妈深信，大钳子教给我们的就足可满足我们的需要了，她听到我们在朗诵克罗切的诗，或者斯蒂利亚尼的诗，她也可能以为我们学的东西够多了。斯科拉斯蒂卡姑妈可不是这样，她未能把她挑中的波米诺给我妈妈撮合成，于是开始纠缠我和贝尔托。可我们两人得到妈妈的有力保护，绝不再听这位姑妈的话。所以她很生气，如果我们躲开她，不让她看到或者听到我们的行动和言谈，她抓住我们后，肯定会把我们两个结结实实地揍一通。记得有一次，像通常一样，她发起怒来，我赶紧躲开，逃往一间没人住的房子，她抓住我的脖子，狠命拧我，指着我的鼻子吼叫："好你个东西！好你个东西！好你个东西！"她一边吼着一边贴近我，同我脸对着脸，眼对着眼，越靠越近，吼叫最后变成猪叫一样的声音。她放开我，这时还从牙缝里挤出一句："狗东西！"

　　她对我特别苛刻，好像是专门要找我的碴儿，可我对大钳子的古怪教材认真对待，同贝尔托对待他的态度不可比拟。原因可能是，我的脸冷漠无神，饱含怒容，可能也怪我那副硕大无比的圆框眼镜。我的一只眼有点儿斜视，为了矫正，配了这么一副眼镜。可是，不知为什么，我的那只眼还是不听话，依然斜视。

　　那副眼镜可真是我的累赘，后来我干脆把它撇到一边，让我的那只眼自由自在地想看哪儿就看哪儿吧。就算是那眼能矫正过来，也不能使我漂亮多少。我的身体很结实，这就足矣。

　　到了十八岁，我的双颊长出了红色的卷胡子，本来就不大的鼻子显得更小了，在它和宽阔平坦的前额之间那片地方好像它根本就不存在了。

　　如果人能自由选择同自己的脸型相符合的鼻子，如果我们看到一个瘦人长着一个大鼻子，他好像被那个鼻子压着，如果我们可以对他说："这个鼻子给我才合适，我拿走了。"如果真能这样的话，我倒是很愿意换换我的鼻子，也愿意换一换我的眼睛和我的另外好多器官。可我知道，这是不可能的，对我的脸型等等只能听之任之，那就不再去管它了。

　　贝尔托恰恰相反，他的脸长得很好看，身条也很好看（至少同我相比更好看）。他总是不肯放下镜子，照个没完，自我欣赏个没完。他总是梳啊洗的，没完没了地花钱去买什么更香的香水、更新的领带，去买床上用品和衣服。有一天，为了气气他，我从他的柜子里拿了一套崭新的燕尾服，一件十分漂亮的黑绒西服背心，一顶可折高帽，穿戴起来跑去打猎。

　　巴塔·马拉尼亚常常跑到我妈妈面前哭穷，埋怨收成不好，这使他不得不借了很多债，好支撑我们的庞大开支和不断维修乡下的房舍。

他常常一进门就说："我们又借了一笔债。"

什么双溪的橄榄刚长出来就被大雾给毁掉了，什么山嘴的葡萄遭了虫害，什么必须换种美国耐虫害的葡萄，如此等等。总之是举债累累。后来他又建议卖掉山嘴那块地，以便摆脱那些整天追着他不放的高利贷者。就这样，一开始先卖了山嘴那块地，后来又卖掉了双溪和圣罗基诺那两块地。这样一来，我们只剩下了一些房子、鸡笼庄园和一座磨坊。我妈妈等着有那么一天他会来报告说，连那口泉水井也干涸了。

我们游手好闲，花费太多，这确实不假。但是，同样千真万确的是，在偷盗方面能胜过巴塔·马拉尼亚的窃贼在这个世界上再也不可能找到了。因为我同他不得不有这么一层所谓亲戚关系，对他的那些丑行我不能再多说了。

他有办法让我们一无所缺，在妈妈活着的时候始终如此。但是，他让我们过的这种优裕生活和我们可以为所欲为的自由自在却有一个作用，即掩盖了一个深渊，在母亲死后，我自己不得不单独面对这一深渊奋力挣扎，因为哥哥贝尔托已经结下了一门很有益的姻亲。

可我的婚事，咳，恰恰相反……

"喂，唐·埃利焦，我的婚事您能给提一提吗？"

在梯子上爬上爬下的唐·埃利焦·佩莱格里诺托回答我说："怎么不行？当然可以，堂堂正正地……"

"什么堂堂正正！您知道……"

唐·埃利焦笑起来，好像整个这一改为俗用的小教堂也跟着他笑起来。笑完，他对我说："帕斯卡尔先生，如果我是您，我要先读薄伽丘或者班德洛①的一些小说。至于说到格调，格调嘛……"

　　我的唐·埃利焦，格调有什么关系？真是毫无办法！好了，随他去吧！

　　好，就这样继续讲下去吧！

①　班德洛（1485—1561），作家，其小说打破《十日谈》作者薄伽丘作品的传说，开辟新风，在莎士比亚之前就创作了小说《罗密欧与朱丽叶》。

四　原来如此

有一天，出去玩的时候，不知为什么，在一个稻草人面前我感到十分激动，于是停了下来。那个家伙个子矮矮的，肚子很大，头上顶着个破锅。

"我认识你，"我对这个家伙说，"我认识你。"

随后我突然高声喊起来："对了，你是巴塔·马拉尼亚！"

我在地上捡起一个三股叉，高高兴兴地插进他的肚子，他头上顶着的那个破锅差点儿掉下来。这样一来，巴塔·马拉尼亚像个满头大汗喘着粗气的家伙，头上歪戴着帽子，更显得滑稽可笑了。

他所有的一切都向下滑下来，眉毛和眼顺着长脸向下耷拉下来，鼻子掉到了难看的山羊胡子上，肩膀也从脖子旁脱落下来，软乎乎的大肚子几乎拖到了地上。他的个子本来就矮，两条腿又这么短而粗，裁缝给他做衣服时实在很为难，裤子怎么也做不合适。这样一来，从远处看，他好像只穿着上衣，肚子几乎就要碰到地面了。

现在，马拉尼亚成了这副嘴脸，成了这副熊样，到底还能不能再当窃贼，我实在不太清楚。我认为，窃贼也应该有窃贼的样子，我觉得他没有。他走起路来慢吞吞的，肚子向下耷拉着，双手总是背在背后。他说起话来很费力，细声细气，像猫叫一样。我很想弄清楚他是怎么想的，很想弄清他不断偷窃我们之后又怎么能够问心无愧。正如我已经说过的，他这样做没有任何必要，他总该给个理由，给个借口吧。我想，他这样偷窃很可能是在通过某种方式寻开心，真是个可怜虫！

他自己知道，他应该是被他那几个让他不得不俯首听命的妻子中的一个折磨到家了。

他自己属于小门小户，可他硬要高攀，找了个门不当户不对的老婆，这是他犯下的第一个大错。翻过来说，如果这个女人嫁给一个同她的条件差不多的男人，或许不会像嫁给马拉尼亚这样烦恼。于是，每有机会她常常会说，她出生于大户人家，在娘家时她是如此这般行事的。于是，顺从的马拉尼亚只好也像她说的那样如此这般行事，好像要表明，他也是个很像样的先生。可是，他为此付出了巨大的代价！他往往总是要为此冒一身大汗。

另外，贡达莉娜太太结婚之后不久就染上了一种不治之症，要想治好她得付出难以付出的代价：那些松露甜点一口也不能再吃了。可是，她太喜欢这种甜点了。另外，类似的甜点也不能再吃了。最重要的是，酒不能再喝。她本来就喝得不多，这一点我敢保证，因为她出生于大户人家。麻烦在于，现在连一滴也不能喝了。

小时候，我和贝尔托有时应邀到马拉尼亚家吃饭。马拉尼亚一边面对美味大嚼大咽，一边又喋喋不休地向他妻子大讲克制，听听他这一套宏论实在令人开心。

他说："下面的情况是我不能容许的，为了一口饭咽下嗓子眼儿时的短暂痛快，比如说，现在这一口（他边说边咽下一口饭），一定会一整天都不舒服。今天还有什么汤？我知道，之后我会感到十分难受。罗西娜（他在喊女用人）！再给我盛一点儿。这奶酪蛋黄沙拉真好吃！"

这时，他的妻子怒气冲冲地跳起来："蛋黄沙拉！别吃了！等着吧，上帝一定会让你尝尝胃痛是什么滋味。你应该好好学学怎么考虑你妻子的感受。"

"怎么，贡达莉娜？我没有考虑？"马拉尼亚边说边倒了一点儿酒。

他的妻子从椅子上站起来，顺手夺过他手里的酒杯，走到窗口扔了出去。这就是对他的回答。

"为什么？"他嘟哝了一句，但一动不动。

"因为我认为那是毒液！"他的妻子说，"你见我喝过一滴吗？我要喝的话，你也可以夺过来，从窗口扔出去，像我刚才那样，懂吗？"

马拉尼亚窘迫地笑着看看贝尔托，看看我，看看窗户，看看酒杯，这才说："啊呀呀我的上帝啊，你还是个小姑娘吗？我，我动粗了？没有嘛，我亲爱的，你，你得理性一点儿，你得克制一点儿。"

"什么？"他的妻子吼起来，"眼看着你穷奢极侈不管？眼看着你喝那么多不管，眼看着你品尝之后发酒疯侮辱我？去你的吧！我说了，去你的吧！如果是别人，如果是另外一个人做我的丈夫，为了不许他让我受这个委屈……"

最后，马拉尼亚毫无办法，只能戒酒，他要向他的妻子表示，比如说，他能自我克制，也为的是让她不再受委屈。

此后他就染上了偷盗的毛病，这一点我敢保证，总得有点儿事干嘛。

不久之后了解到，贡达莉娜太太也开始偷喝起酒来，为了不让他干涉，她喝的时候总是不让他发觉。马拉尼亚也开始喝起来，不过，不在家里喝，到外边喝去，为的是不让他的妻子生气。

他仍在偷盗，这是千真万确的事。我知道，他如此没完没了地受气，他能容忍是希望有个补偿，也就是说，希望有那么一天她能给他生个儿子。这就对了，这样一来，他偷盗也就有了目的，有了借口，有谁不是为了自己的子女们着想？

可是，他的妻子不争气，一天比一天消瘦，他甚至都不敢向她表示这一强烈愿望了。可能她天生就是一个不能生育的女人。她的病需要被认真对待。可是，如果生孩子的时候她死了那又该怎么办呢？另外还有个危险，就是她可能无法把孩子养育成人。

就这样，他只能听天由命了。

他忠诚吗？在贡达莉娜去世时，他的表现说明，他不够忠诚。当然，他哭了，哭得很伤心。他一直很认真地纪念她，对她还是很尊重的，所以不想马上娶另外一个女人来代替她。这怎么可能呢！怎么可能呢！他有能力再娶一个女人，他也已经很有钱。可是，他还是另娶了，那个女人是一个农庄管家的女儿，她结实健壮，活泼开朗。他这样做的唯一原因是，他不能再有这样的疑问：她能不能给他生育他早就想望的子女。如果说他有点儿太急了，这也是可以理解的，因为他毕竟早已不是一个年轻小伙子了，时间耽误不起。

她叫奥莉娃，是我们双溪那个农庄的管家彼得·萨尔沃尼的女儿，她很小的时候我就认识她。

由于她，我的好多愿望无法让妈妈理解。也就是说，我是认真考虑的，而且也爱上了乡下的生活。她很满意，喜不自胜。真是个可怜的姑娘！可是，有一天，令人生畏的斯科拉斯蒂卡姑妈把事情给挑明了："傻瓜，你没看到他老往双溪跑？"

"他是去了，可他说是去收橄榄。"

"什么橄榄，只不过是一个橄榄①，一个！傻瓜！"

于是，妈妈把我叫到身边，结结实实把我训了一顿。她告诫我不要诱骗人家，不要作孽，不要毁掉一个可怜的姑娘，如此等等。

那种危险是不存在的，奥莉娃是个正派姑娘，她的正派是不可动摇的，因为她知道，一旦让步，由此造成的内心痛苦将是难以忍受的。由于她是如此理智，所以也就没有那种由于假正经而表现出的忸怩作态，所以就显得热情大方，无拘无束。

她笑起来真漂亮，上下嘴唇像两个粉桃。还有她的牙，洁白如玉！

可是，她的嘴唇我从来没有吻过，她的牙倒是碰过，应该说是被这副牙咬过那么几次，当我抓住她，不让我至少吻吻她的头发就不放开她时，她就会咬我一口。

唯此而已，别无其他。

现在，如此年轻漂亮的可爱姑娘竟成了马拉尼亚的妻子，咳！碰上好运之后谁肯放手不要呢？而且，奥莉娃清清楚楚地知道马拉尼亚是如何富起来的！过去，她向我说起过他的坏话，现在，就因为他有了这笔财富，她嫁给了他！

他们成婚后，一年过去了，又一年过去了，儿子还是没给他生出来。

马拉尼亚老早就认为，他的第一个妻子没给他生出儿子只是

---

① 奥莉娃这一名字在原文中是 oliva，意思是橄榄。

因为她是个不育的女人，或者只是因为她不断生病，现在他也不怀疑问题可能在他自己身上。因此，他开始给奥莉娃颜色看了。

"还没有？"

"没有。"

他又等了一年，这已经是第三年了，还是没有。于是，他开始公开呵斥她。又过了一年之后，看来是毫无希望了，他的怒气达到顶点，开始没完没了地虐待她，指着她的鼻子骂她，说她的漂亮外表骗了他，坑了他，说什么仅仅是为了让她给生个儿子他才把她抬举到这个位置上的，这个位置本来是留给另外一个女人的，那是一个名副其实的太太，他始终记着这个真正的太太，要不是为了让奥莉娃给生个儿子，他永远不会如此薄情地对待他的那个真正的太太。

可怜的奥莉娃一言不发，不知道该如何回答他。她常到我们家向我妈妈诉苦。妈妈只好好言相劝，劝她不要失望，她毕竟还年轻，十分年轻。

"你刚二十岁吧？"

"二十二岁。"

是的，是这样！这样的情况并不少：有的人婚后十年才生孩子，甚至有的十五年之后才怀孕。

"多少？十五年？可他呢？他已经老了，如果……"

他们结婚后刚一年，奥莉娃就开始怀疑，在他和她之间存在——怎么说呢？就叫作缺陷吧，缺陷可能在他而不在她，虽然他一再否认。能检验吗？能试一试吗？奥莉娃在结婚的时候就曾暗暗发誓，一定要正派，即使只为了相安无事，也不能破坏自己的誓言。

这些事我是怎么知道的呢？这你就不用管了，反正我已经知道了……对了，我不是说过吗，她常到我家来诉苦；我不是说过吗，她还很小的时候我就认识她；现在，我看着她因为那个糟老头子的令人愤慨的高傲和令人反感的行径而伤心痛哭……我必须把所有的一切都讲出来？咳，还是算了吧，不去讲它了。

我很快就平静下来。那时，我的头脑曾乱糟糟的，或者说是感到头昏脑涨（确实是很多事使我真的头昏脑涨）。我当时也有钱，有了钱，当然就会有些想法，没有钱肯定是不会有这些想法的。可是，那个讨厌的小杰罗拉莫·波米诺在帮我胡乱花钱，这个人的钱老是不够花，因为他爸爸很抠门。

波米诺像我们的影子，一会儿是我的影子，一会儿又成了贝尔托的。他像个猴子，很善于随机应变，时而站在我一边，时而又倒向贝尔托。他站到贝尔托那边时，马上就成了一个花花公子。那时，他的爸爸也妄想显出很大方的样子，钱口袋也就松了一点点。可是，他同贝尔托在一起的时间不太长，我哥哥看到，波米诺连走路的姿势都模仿他，所以很快就讨厌这个家伙了。或许是担心别人笑话，贝尔托对他不客气起来，最后甚至躲着他，不让他再靠近。于是，他又来拉住我不放。这时，他的爸爸把钱口袋看紧了。

我对他更有耐心，因为我想让他同我在一起，我可以从中感受一些快乐。后来，我后悔了。我发现，在某些事上由于他的原因我很吃亏，这可能是由于太不合我的性格，也可能是由于我在表达我的心情时太过分，我恨不得让他措手不及，或者干脆把他赶走。为此我自然也吃了不少苦头。

有一天，在玩的时候我们谈到了马拉尼亚，我过去曾对他讲过这个家伙对他的新妻子如何粗鲁。波米诺对我说，他看上一个姑娘，这个姑娘不是别人，正是马拉尼亚的表侄女。为了这个姑娘，他就是干点儿蠢事也在所不惜。要说干点儿什么野蛮行径，他倒是真能干得出来的。从另一方面说，那个姑娘也不是那么太难以对付，只可惜的是，到现在为止，他一直连同她谈话的机会都没有。

"你太胆怯，勇敢点儿，去嘛！"我笑着说。

波米诺红着脸，表示没有这个勇气。

"我同女佣谈过，"他马上补充说，"你猜她怎么说？她说，你讨厌的那个家伙老待在她家，看那种架势，她觉得，可能在对这个姑娘搞什么阴谋诡计，而且是伙同他的表姐一起搞的，那个妈妈才真是个老妖婆哩。"

"什么阴谋诡计？"

"嘿嘿，据说，他去那里诉苦，说是他一直未能有个儿子。那个粗暴、心肠又硬的老妖婆回答他说，这是活该。她说，马拉尼亚的头一个妻子去世时，她就想让她这个表弟娶她女儿做填房，她用尽了浑身解数想达到这一目的。后来，她没有达到目的，就变着法说这个家伙的坏话，骂他是亲戚们的敌人，背叛自己的血统，如此等等，甚至对她自己的女儿也骂个没完，因为她女儿没有把这个表舅拉住。现在，这个老头子说他很后悔，没有高高兴兴地娶他的这个表侄女，而那个老妖婆谁知又想出了什么厚颜无耻的主意！"

我怒不可遏，双手捂住耳朵，对波米诺大喊："住口！"

那时，我表面上好像很精明，实际上却十分天真。可是，听到那些关于马拉尼亚家发生的事的传闻之后，我还是想，那个女用人讲的话可能是有根据的。为了奥莉娃，我想去试探一下，看看我能不能弄清一些情况。我让波米诺将那个老妖婆的地址告诉我。波米诺一再叮嘱我，别伤害那个姑娘。

"你放心好了，"我对他说，"姑娘留给你，当然如此！"

第二天，我去佩斯卡托雷的寡妇家找马拉尼亚，借口是一张期票的事，说是我妈妈当天早上偶然发现这张期票就要过期了。那天早上我是故意跑步去的，满头大汗地跑进那个寡妇家。

"马拉尼亚，你看这张期票！"

如果说我以前不知道他多么昧良心的话，那天我可看了个一清二楚，因为我看到，他脸色发白，不自然地跳起来，喃喃地说："什么期……什么期票？"

"就是这张，今天到期了，是妈妈打发我来的，她很担心！"

巴塔·马拉尼亚一下坐了下去，看得出来，他吃了一惊，嘴里发出哎呀呀的轻声惊叫。

"放心，都延期了，已经延期了！真吓我一跳。我不是又延了三个月吗？我已经拿水果顶替了。你真的是为了这点儿事大老远地跑来的？"

他笑了，挺着个大肚子笑起来。他要我坐一会儿，还把我介绍给那个女人。

"马蒂亚·帕斯卡尔。她叫马里亚娜·顿迪，佩斯卡托雷的妻子。他已过世，她是我表姐。这位是罗米尔达，我表侄女。"

他说，我跑得太快，一定很渴，要我喝点儿什么。

"罗米尔达，劳驾去拿点儿……"

他说话的样子好像是在自己家里。

罗米尔达站起来，看着妈妈，好像是征求妈妈的意见。尽管我说不喝，一会儿之后她还是端着一个小盘回到房间，盘子上是一瓶苦艾酒和一个杯子。她妈妈一看，立即显出生气的样子，站起来对女儿说："不是这个，不是这个，拿走！"

她从女儿手里抢过盘子走了出去，一会儿之后，她托着另外一个漆盘走进来。盘子很新，上面放着一个非常漂亮的露酒盘，盘子外形像一只大象，周身镀银，大象背上是一个玻璃桶，另外还有一些小杯子，杯子挂在玻璃桶上叮当作响。

我当然更想喝苦艾酒。现在只好喝露酒了。马拉尼亚和那个老妖婆也喝了一点儿，只有罗米尔达没有喝。

这是我第一次到这个地方，只待了不多一会儿。为了找个借口再来，我说，我急着回去好让妈妈别再为那张期票担心。我还说，过几天我还想再来，同他们一起消消停停地享受享受乡下的清闲。

从佩斯卡托雷的寡妇马里亚娜·顿迪同我告别的样子来看，她并不太欢迎我再来造访。告别时她只是向我伸了伸手，她的手很凉，又干瘦又黄。她低着头，咬着嘴唇。使我感到些许安慰的是，她的女儿倒是很亲切地笑了笑，说是欢迎我以后再来。她望了我一眼，显得很亲切，同时也显现出一点儿先前的那种郁郁不欢的样子。她的一双眼在我第一眼看到她时就给我留下了深刻印象。她的眼是一种古怪的绿色，深沉专注，在长长的睫毛之间转来转去，像两只夜猫的眼睛。她的黑发乱蓬蓬的，像波浪一样从头上披到额前和两鬓。在这头秀发的映衬下，她的皮肤显得更加白皙。

他们的房子并不大，在老家具之间，一些新近塞进来的家具特别显眼，好像是要故意炫耀它们外在的新颖，但又显得那么笨拙，那么不自然，更显出故意卖弄的本意。比如，那两盏崭新的带花饰的陶瓷大台灯，毛玻璃灯罩，形状奇特，但底座却是用很不起眼的黄黄的大理石做的。旁边还有一面镜子，镜子已经不太亮，四周是圆形的边框，好几个地方的油漆已经剥落，这个东西放在这样一个房间里真像一个人十分疲劳，正在张着大嘴打哈欠。另外，破破烂烂的大沙发前是一个小茶几，四条腿像动物的四只爪子，镀着金色，茶几面是花色瓷面，色彩十分鲜艳。墙边是一个日本漆小柜，如此等等。总之，就是这样一些不伦不类的东西。马拉尼亚得意的眼光在这些东西上扫来扫去，刚才佩斯卡托雷的寡妇端来露酒时他就是这样得意地注视着她手上的露酒盘子的。

墙上贴满了印得不错的旧画，马拉尼亚要我欣赏其中的几幅，他说，这都是弗朗切斯科·安东尼奥·佩斯卡托雷的作品。他还说，他这位表姐夫是一个很有名气的铜版画家（他低声补充说："这个疯子是在都灵去世的。"）。他还让我看了这位画家的自画像。

"是他对着镜子亲手画的。"

一开始我曾看看罗米尔达，看看她妈妈，当时的一闪念是："她应该像她爸爸。"现在，在她爸爸的自画像面前我真不知道该说她更像谁了。

我不想过多地猜测。我尊重马里亚娜·顿迪，这是真的，因为她什么都能干。但是，怎么能想象这么漂亮的一个男人会爱上她呢？除非他是个不折不扣的疯子。

我对小波米诺谈了我第一次拜访罗米尔达家的印象，也谈到了罗米尔达，而且是以赞赏的口气谈的。他立即高兴地说，连我也喜欢这个姑娘，我是同意这门亲事了。

　　于是我问他自己有什么打算。姑娘的妈妈，不用讲，确实是个老妖婆，可是姑娘本人我敢发誓，是个正派人。马拉尼亚针对她的卑鄙勾当也是毫无疑问的，因此，必须尽快挽救这个姑娘，要不惜一切代价。

　　"怎么救？"小波米诺问我。可以看得出来，他很想从我口里讨出办法来。

　　"怎么办？让我们想想看。首先，必须弄清很多情况，然后再一直走到底。要好好研究研究。你知道，不能这样立即就找出解决办法来，得让我想一想，反正我是要帮你的忙的。我喜欢干这种冒险事儿。"

　　"噢……可是……"小波米诺想要反问什么，他有点儿不好意思，显然看到我这么热衷于此事倒有点儿沉不住气了。"你是说，也许是……我得娶她？"

　　"我什么都没有说，现在我什么都没说。你害怕了？"

　　"不。为什么？"

　　"因为我看到你跑得太快了，要慢一点儿，走一步要考虑一下。如果咱们确实搞清楚了，她像咱们想象的那样，她正直、聪明、贞洁，她很漂亮，这一点儿没问题，你说不是吗？哦，如果真是这样，那咱们就……对，现在咱们设想一下，由于她妈妈和那个恶棍的卑鄙手段，她正面临非常严重的危险，她面临的是一个恶棍，是一场卑劣的交易，那你不是就要面临一场考验、就要进行一项救人的伟大事业吗？"

　　"我，我不……不行！"小波米诺说，"另外，还有，我爸爸会怎么样呢？"

　　"他会反对？为什么？为了嫁妆，对吧？不会为了别的！可你知道吗？她是一个艺术家的女儿，是一个很有名的铜版画家的女儿。这位艺术家不在了，是的，是在都灵去世的……可你爸爸很富，而且他只有你这么一个儿子，即使没有嫁妆他也不会在意，他会让你高兴的！另外，这是从好的方面出发的，如果说服不了他，那你也不必害怕，你可以从那个窝里飞出去，那就万事大吉了。波米诺，你心里是不是七上八下了？"

小波米诺笑了。于是，我立即给他解释说，他天生就是个好丈夫，正像他生下来就是一名诗人一样。我向他绘声绘色地描述了同他的罗米尔达一起生活该是多么快活，她将会多么体贴入微地照顾他，将会对他多么有感情，会多么感激他，因为他是她的救命恩人嘛。最后，我又说：

"现在，你得想办法让她注意你，想办法同她说话，或者给她写信。你看，在她被那个恶棍和老妖婆像蛛网一样网起来的时候，你的一封信在她看来就是活命的最后一线希望。此外，我反正还要去她家，还要见她，我将找机会向她介绍你的情况。怎么样？听明白没有？"

"明白了。"

为什么我这么狂热地要他娶罗米尔达呢？什么也不为。我再说一遍，我很喜欢把小波米诺弄个神魂颠倒。我讲啊讲啊，讲起来就没个完，所有困难也就不在话下了。我本来就是个易于冲动的人，所有的一切都不放在眼里。也许恰恰是因为这个，女人们才喜欢我，尽管我的一只眼有点儿斜视，而且又骨瘦如柴。可是，这一次，说实话，我这么狂热也是因为，我想清除那个老家伙给人制造的不幸，并且让他感到突如其来，防不胜防；同时也是因为我想到了可怜的奥莉娃；最后还因为——为什么不呢？——我希望能替那个姑娘办一件好事，她确实给我留下了很好的印象。

　　如果小波米诺按我的指点去办时胆怯，那我又有什么责任呢？如果罗米尔达不是爱上了小波米诺，而是爱上了我这个经常向她谈论小波米诺的人，那我又有什么责任呢？最后，如果佩斯卡托雷的寡妇马里亚娜·顿迪大搞无耻勾当，以致使我有了信心，相信以我的手段在不长的时间内能使她信任我，甚至能创造奇迹，使她不像过去那样，而是在我的古怪的办法面前欢天喜地，那么我又有什么罪过呢？我发现，她对我一次比一次好，像是放下了警戒的武器，我发现她热情地欢迎我到她家来。我想，一个年轻人常到她家，而且这个年轻人很富（我相信我当时还是很富的），常常透露出一些爱她女儿的无可置疑的行迹，她最终会放弃她原来的那种邪恶想法，说不定那种邪恶想法本来就是心血来潮，一闪而过。这样一来，到了最后我自己也怀疑起我自己当初的看法了。

　　确实，我得注意这样一个事实：在她家里再也没有遇到马拉尼亚。另外，她总是只在上午让我到她家，看来这也不是没有原因。谁能注意这些呢？另外，每次我想更自由一点儿，建议去乡下玩一玩，他们自然都是想在上午前往。后来，我自己也爱上了罗米尔达，但我仍然一直谈的是小波米诺对她的爱。我像个疯子似的爱她那双漂亮的眼睛，她的小巧的鼻子，她那张好看的小嘴。我爱她的一切，甚至她脖颈后边那颗小肉瘤，以及手上那个几乎看不太出来的伤疤，我着迷地吻啊，吻啊，吻个没完，我是在替小波米诺吻她的小手。

　　后来，并没有发生什么严重的事情，只是有一天早上，罗米尔达（那天我们是在鸡笼庄园，我们让她妈妈去欣赏磨坊去了）突然停下来，我们当时正在就她的那个躲在远处不敢亲近她的胆怯的恋人大开玩笑。她突然停下来，双手搂住我的脖子大哭起来，浑身颤抖着求我同情她。她求我无论如何使她摆脱窘境，只要离开她家就好，离得越远越好，特别是，离开她那个恶毒的妈妈，立即离开，离开所有的人，马上离开，越快越好。

越远越好？可是，我哪能立即带她远走高飞？

就这样过了好多天之后，我仍在狂热地爱着她，但我想到一个办法，一个堂堂正正的办法，可以解决一切问题的办法。我已经设法让我妈妈在思想上有所准备，我会告诉她，不久我要结婚。男大当婚，这是很自然的事，但我想让妈妈心理上有所准备。就在我正这样做的时候，也不知道为什么，我突然收到罗米尔达的一封信，信里说，我不必再想如何搭救她了，也永远不要再去她家了，我们之间的关系从此一刀两断了。来信的口气十分生硬。

嘿，这是怎么回事？究竟出了什么事？

就在同一天，奥莉娃哭着跑到我家，对我妈妈说，她是这个世界上最不幸的女人，她的家里从此再也不得安宁了。她说，她的男人试过了，试验很成功，他能够生育。他趾高气扬地正式将这一点告诉了她。

我亲眼见到了奥莉娃哭泣的场面。我是怎么控制住自己的，连我也不知道，大概是因为我太尊重我母亲了，这才控制住自己。

我怒不可遏，我感到恶心，我独自跑到自己房间关起门，双手插到头发当中，自己问自己，罗米尔达同我交往了这么长时间之后怎么能干得出这等丑事来！咳，真是有其母必有其女啊！看来，她们两个不只骗了那个老头子，连我也给骗了，她们连我也骗了！这就是说，像她妈妈一样，她也可耻地利用了我，利用我去达到她的可耻目的，去满足她的见不得人的欲望！另外还有那个奥莉娃，真是个可怜的女人啊！咳，她被毁了，被毁了……

傍晚，我仍在生气，气冲冲地来到奥莉娃家。我的口袋里装着罗米尔达的信。

奥莉娃含着眼泪在收拾她的东西，她想回到她爸爸身边。出于谨慎，迄今为止，关于她所受的气，她连一句都没有同她爸爸讲过。

"咳，还有什么办法？"她对我说，"完了！如果他是同另外一个女人，或许还……"

"这就是说，"我问她，"你知道他是跟谁做了这种事？"

她抽咽着低下头，双手捂着脸。

"是个姑娘！"她抬起双手喊起来，"恰恰是她妈给撮合的！是她妈妈！我知道是她妈，懂吗？不是别人，是她亲妈！"

"你还想告诉我？"我说，"给你，你读吧！"

我把那封信递给她。

奥莉娃看了一眼，吃了一惊，把信接过去之后又问我："什么意思？"

她认识的字不多，她的目光像是在问我，在这种时候，她是不是值得去费这个力气。

"你读吧。"我坚持说。

于是，她擦干眼泪，打开信纸，吃力地一个字一个字地读起来。她读过头几个词之后移目去看署名，边擦眼泪边向我喊道："是你？"

"拿来，"我对她说，"我给你读，全部都念。"

但她紧紧把信按在胸口。

"不！"她喊道，"不能给你！这封信我留着有用！"

"有什么用？"我冷笑着问她，"你要给他看？可是，在这封信当中，没有一个词能使你的丈夫回心转意。他们骗了你，还是算了吧！"

"咳，真是这样！"奥莉娃唉声叹气地说，"他还指着我的鼻子喊叫说，要小心，不能毁了他这个表侄女的名誉！"

"怎么样？"我又冷笑着说，"你看到了吧？你即使否认，依然是什么也得不到。你得小心！你得首先向他说，他真的能生育，那是千真万确的，一点儿不差，如此等等，懂吗？"

大约一个月后，马拉尼亚愤怒地把他妻子揍了一顿，他的嘴角还留着边揍边骂时的唾沫就跑到我家，叫喊说得立即赔偿他，因为我败坏了他表侄女的名誉，毁了她，可怜的姑娘。他这样大肆张扬又是为了什么呢？他还说，为了不丢丑，他本来是不想张扬的。他说，他同情那个可怜的女人，他没有儿子就没有吧，他想，那个女人生了孩子之后他抱过来当作自己的孩子养育就一切都解决了。可是，在上帝终于给了他这个恩典，他能同自己的妻子生育合法的子女了，从良心上说他就不能再做他的表侄女生下来的孩子的父亲了。

"马蒂亚，快想想办法吧！马蒂亚，你得想个万全之策！"他涨红着脸说，"快一点儿！你得马上听我的！你别让我说别的了，别让我再做什么荒唐事了！"

到了这种地步，我们只好一起考虑考虑了。就当这是一件傻事让它成为过去吧，要么……就算是说得再坏一点儿，对我来说，说到底也不是一场大祸。我再说一遍，我已经是社会生活之外的一个人了，对我来说，一切都无所谓了。到了这种地步，我要考虑的话也只能是从逻辑出发来考虑了。

我觉得，罗米尔达显然没干什么不道德的事，至少是没有去勾引她这个表舅，要不马拉尼亚怎么能立即去揍他的妻子把他的背叛公开暴露出来，而且还跑到我妈妈面前说我侮辱了他的表侄女呢？

罗米尔达说，我们那次到鸡笼庄园后不久，她妈妈从她口里听说，爱情已经把她和我连在一起，难解难分，这是她亲口承认的。她妈妈一听便大发雷霆，当着她的面大喊大叫说，永远不能把她的女儿嫁给一个游手好闲的人，更何况还是个眼看就要彻底破产的人。由于罗米尔达是自己找上这种倒霉事的，这是一个姑娘所能遇上的最不幸的事，现在，显然只能由她妈妈来想个最好的办法来解脱了。什么办法，自然不难想见。又是通常那个时刻，马拉尼亚来到他们家，妈妈找了个借口走了，只剩下女儿和表舅。于是，罗米尔达哭着扑到他脚下，向他述说自己的不幸和妈妈对她的要求，她请求舅舅调停，设法让妈妈听听好人的建议，因为她已经属于另外一个男人了，她无论如何也要忠于她的恋人。

马拉尼亚软下来，但只是软到一定程度。他对她说，她还不是个成年人，还受妈妈的庇护和支配，如果她妈妈愿意，完全可以不管我的意愿而自由支配自己的女儿，从法律上讲就是这么一种局面。另外，从良心上说，他也不能同意这门婚事，让他的表侄女嫁给像我这样的无赖，这样恣意挥霍的人，这样没有头脑的人，他无论如何不能向她妈妈提这个建议。他还对她说，妈妈的反对是有道理的，是天经地义的事。这样一来，做女儿的她就得做出某种牺牲，这种牺牲说不定将来还会是一种福气哩。他最后的结论是，他只能养育这个尚未出生的儿子，当然是在绝对保密的情况下把这个儿子收养起来，他就是这个新生儿的爸爸，而且，他没有儿子，早就盼望着能有一个儿子。

我直到现在还在问：还能有比这种人更正直的人吗？

情况就是这样：他从爸爸那里偷窃的一切又还给一个尚未出生的儿子了。

如果说是我在这样吃力不讨好地、忘恩负义地破坏他的计谋，那么，他自己有什么过错呢？

没有，双倍地没有！确实是双倍地没有！咳，真的没有！

他觉得，相比之下，这对他来说牺牲太大了。这或许还因为，正如我说过的，罗贝尔托攀了一门好亲，他算来算去这门亲事没给他造成很大损失，说不定还可以说对他有好处哩。

最后，可以说——在如此好的人们看来——一切损失都是我给他造成的，因此我得抵偿他。

一开始，我愤怒地拒绝了。后来，妈妈左说右劝，可怜的妈妈看到我们的家被毁了，她希望我能想点儿办法挽救自己，办法就是同这个仇人的表侄女结婚。在这种情况下，我让步了，结婚成家。

佩斯卡托雷的寡妇马里亚娜·顿迪的愤怒全部向我扑来。

五　成熟

　　那个老妖婆总是不让人安宁。

　　"你的结论是什么？"她问我，"你像个小偷一样钻到我们家里来，败坏我女儿的名誉，毁掉我女儿，你说说看，这还不够？你觉得这还不够？"

　　"不够，我亲爱的丈母娘！"我回答她说，"如果我被困在这个家里，这是你们的一件好事，对你们有好处……"

　　"你听到他说些什么了吗？"她又冲着她的女儿骂起来，"那个家伙还吹嘘炫耀，还敢以他同另外一个女人的丑事吹嘘炫耀……"接下来是咒骂奥莉娃的一大串不堪入耳的脏话，然后卷起袖子，叉起腰，活像个泼妇，"你的结论是什么？这样，你不是把你的儿子也给毁了吗？还有那个家伙，这对他说算得了什么？那个……也是他的，是他的……"

　　她到最后总是讲这套毒汁四溅的肮脏话，她知道这句话在罗米尔达的心灵中有多大的分量，因为罗米尔达对奥莉娃有可能生出的孩子十分嫉妒，那个孩子肯定将在欢乐的气氛中诞生，而罗米尔达的孩子则将要在焦虑、前途未卜、一场混战的气氛中诞生。另外一些传闻更使她嫉妒万分，比如，一些女人假装对这些事一无所知，来到罗米尔达面前，大谈马拉尼亚太太，说她真是幸福万分，说这都是上帝的恩典，上帝终于愿意赐给她这么大的福分，这简直太好了，使她美得像一朵鲜花，她从来都没有这么漂亮这么幸福过!

而罗米尔达只能一下子扑到沙发上，恶心，呕吐，没完没了。她面色苍白，浑身无力，显得憔悴万分，没有一时一刻显出舒服的样子，话也不想说，眼也不想睁。

这也是我的罪过？看来是。她既不想看我，也不想听我说话。后来，情况更糟：为了挽救鸡笼庄园和磨坊，不得不卖掉房子，可怜的妈妈不得不搬到我家这座地狱。

然而，卖掉房子也无济于事。马拉尼亚要为他的宝贝儿子安排好一切，使他将来既无任何磕绊，又没有任何忧虑。为此，只剩下最后一件事要做，这就是，他同高利贷者们达成协议，不用他出面，实际则是由他花了不多几个钱买下了我们那处房子。这样一来，以鸡笼庄园为抵押的那些欠债大部分没有着落，最后，债主们把这个庄园连同磨坊送交法院处置。于是，我们彻底破产了。

到了这种地步该怎么办呢？我开始找工作，尽管没有什么希望，但我还是要找，不管是什么工作，我都愿意干，必须先设法维持一家人迫在眉睫的日常开支。我什么本事也没有，我年轻时的那些事给我造成的名声，再加上我的游手好闲，肯定没有一个人愿意给我一份工作。我在家里天天遇到的、不得不面对的那些场面，使我没有一时一刻的安宁，我本来需要宁静，以便好好想一想，我能干些什么，我会干些什么。

我看到妈妈不得不同佩斯卡托雷的寡妇打交道就感到无比烦心。我那圣洁的妈妈现在已经麻木不仁。在我的眼里，她忍受的那些委屈的责任不在她，所有那些都是因为，她无论如何都无法相信人们竟然是那么邪恶，她的活动天地太小。现在她更是待在

自己的小天地里，双手揣在袖子里，低头坐在一个角落，那样子
很像她不敢肯定自己能不能待在这个家里，不敢肯定自己能不能
待在这个角落，好像随时准备动身离开，几分钟之内就要离开，
只要这是上帝的旨意！她不给任何人制造麻烦，连周围的空气也
不会打搅。她不时令人可怜地向罗米尔达笑一笑，她再也不敢接
近她，因为有那么一天，还是她刚刚到我们家不几天，她急急忙
忙跑过去想帮帮罗米尔达，那个老妖婆立即上前，粗野无礼地把
她赶开了。

　　"我来，我来，我知道该怎么做。"

　　罗米尔达在这种时候当然需要帮助，出于谨慎小心，我当时
一言未发。但是，我在暗中监视，不让任何人不尊重我的妈妈。

　　我终于发现，我为了妈妈如此警觉使那个老妖婆很不高兴，
也使我的妻子不高兴，她们这种态度我略有觉察。我担心，我不
在家的时候，她们为了发泄而虐待我妈妈。我知道，妈妈在受了
这种窝囊气之后肯定不会向我透露半点儿风声。这种担心使我
大受折磨。多少次我不敢看她老人家的眼睛，看看她是不是哭
过！她向我笑笑，她用眼光抚慰我，然后又问我："你为什么这样
看我？"

　　"妈妈，你好吗？"

　　她用手轻轻示意，并且回答说："很好，你看不出来？去找你
妻子吧，去吧，她很受罪，可怜的女人。"

　　我想给住在奥内利亚的罗贝尔托写一封信，希望他把妈妈接
过去，这并不是为了减轻我的负担，我就是再窘困也愿意承受这
种负担，这样做只是为了妈妈好。

　　贝尔托回信说，他不能接妈妈去，因为他在他丈母娘家和他

妻子面前的处境也极为不妙，特别是在我们破产之后。他现在也只能靠妻子的嫁妆为生，因此不能再把婆婆这个负担加到妻子身上。他还说，妈妈到他家后可能照样处境不妙，可能同在我这里时一样难堪，因为他也是同他妻子的妈妈住在一起，他这个丈母娘是个好人，这倒不假，但是，由于嫉妒和亲家母之间不可避免的摩擦，到时候她也会变坏。因此，妈妈最好还是留在我家。另外，这样一来她老人家也就没有必要到了晚年还得离开故乡，没有必要被迫改变生活习惯。最后他说，他是很想在经济上助我一臂之力的，只是由于上述种种原因，他在这方面也无能为力，因此感到十分痛心。

我把这封信藏起来不给妈妈看。也许是由于这时的愤怒还没有使我丧失理智，所以我并没有为此而感到过分愤慨。比如，我可以根据我的本性这样来思考：如果一只夜莺尾巴上的羽毛都掉光了，它还可以说，我还有歌喉呢。可是，如果仙女们把一只孔雀尾巴上的羽毛都给拔光了，那么孔雀还有什么呢？为了一点儿小事把贝尔托费了很多心思才建立起来的平衡给打破了，正因为有了这种平衡他才能干干净净地以一定的尊严靠着妻子的嫁妆维持生活，如果一旦打破了这种平衡，那么对贝尔托来说将是一种很大的牺牲，是一种无法弥补的损失。除去漂亮的仪表，潇洒的风度，高雅的姿态，他再也不能给妻子任何其他东西，不能给她哪怕一点点心意，也许我那可怜的妈妈到他们家去给这位嫂子造成的麻烦连那一点点心意也给抵消了。咳，这都是上帝的安排，上帝对他的眷顾太少了。可怜的贝尔托，他有什么办法？

与此同时，苦恼日益增多，我找不到任何补救办法。妈妈的金首饰全卖掉了，那可是她的珍贵纪念物啊。佩斯卡托雷的寡妇害怕我和妈妈不久之后会依靠她嫁妆的利息为生，那笔利息每个月是四十二里拉，所以她的脸色一天比一天难看，一天比一天阴沉。我预感到，这个老妖婆的愤怒会随时爆发，因为这种愤怒压抑得太久了，可能会因妈妈的某一表情和举止而爆发出来。看到我像个没有脑袋的苍蝇一样在家里转来转去时，那个老妖婆便向我投来女人特有的愤怒眼光，这种眼光正是暴风雨的前兆。我走出去，想断开电流，以免爆炸。可是我又担心我的妈妈，所以又赶紧回到家里。

可是，有一天，没容我赶回家，暴风雨终于爆发了，发自心灵的暴风雨终于爆发了。导火线是一件很小的事，妈妈过去使用过的两个老年女用人来看望她。

其中一个人因为无法积攒哪怕一点点钱，因为她得养活她的女儿，后者不久前丧夫，带着三个孩子，所以在我们刚破产后不久就另外找了一户人家去做用人。另外一个叫玛盖里塔，她可是世界上唯一幸运的女人，她现在可以用她在我们家当女用人时积攒下来的钱安度晚年。这两个女佣本来都是好人，又同妈妈在一起多年，因此她们一来，妈妈就不知不觉地叹息起来，在她们面前将她现在这种痛苦的可怜处境流露出来。于是，早就怀疑到这一点只是不敢说出来的玛盖里塔马上对妈妈说，还是同她一起走吧，到她家去住。她有两个干干净净的小房间，一个小阳台对着大海，家里到处都是鲜花。她们两人在一起一定相安无事。玛盖里塔还说，如果她能再服侍我的妈妈，向妈妈表明她的敬意和虔诚，她感到非常高兴。

可是，妈妈能接受这位并不富裕的老妇的好意吗？佩斯卡托雷的寡妇一定会大发雷霆。

我回到家里时正好看到，那个老妖婆正要将拳头伸向玛盖里塔，后者很勇敢地抬着头，担惊受怕的妈妈眼里含着眼泪浑身颤抖，伸出双手抓住玛盖里塔，像是向她寻求庇护。

我看到妈妈这一姿势时不由火冒三丈，一把抓住那个老妖婆，用力一推，她跌跌撞撞滚出好远。她一下子爬起来，冲我扑来，想扑到我身上。可是，她突然面对我站住不动了。

"滚出去！"她对我大喊大叫，"你，还有你妈，都给我滚走！滚出我这个家！"

"你听着，"我也对她喊叫，我极力控制自己，由于过分控制，我的声音也在发抖。"你听着，你给我滚，马上就滚，抬起你的腿给我滚开，别再想回来。你给我滚，为了你好，给我滚！"

罗米尔达又哭又叫，一下从沙发上跳起来，扑到她妈妈怀里。

"不！你要留下来，妈妈！你不要离开我，不要把我孤零零抛开不管！"

可是，这个所谓的妈妈怒气冲冲地一把将女儿推开。

"你不是爱他吗？现在你把他养起来，养起这个可恶的小偷吧！我自己走！"

当然，她并没有走。

两天后，斯科拉斯蒂卡姑妈像通常一样怒气冲冲地来到我们家。我猜想，一定是玛盖里塔让她来的，她说要把妈妈接到她那儿。

这一场面很值得描写一番。

那天上午，那个老妖婆正在做面包。她把袖子挽得高高的，裙摆掖到腰里，以免弄脏。她一转身正好看到姑妈走进来，但她继续筛她的面粉，好像什么也没有看到。姑妈对她的这一套并不感到意外，没有同任何人打招呼，径自向我妈妈走去，好像这个家里除她之外再无他人。

"快，穿好衣服，走！跟我走。我也不知道是敲响了哪个钟，反正我来了，走，快点儿！拿上包袱跟我走！"

她的话一句接一句。她的鼻子翘着，显出高傲的样子。她的脸色发黄，满脸怒气，怒不可遏。她不断对那个老妖婆现出嗤之以鼻的样子，眼睛里喷发出怒火。

佩斯卡托雷的寡妇一言不发。

她筛完面粉，放好水，开始和面。她故意用力搅拌，用力在面板上摔打。她以这种方式来回击姑妈。这时，姑妈更加怒气冲天。那个老妖婆也更来劲："是的！当然是！怎么不是呢？肯定是！"她好像觉得这还不够，故意把擀面杖拿来放到面板跟前，好像是说："我还有这个。"

斯科拉斯蒂卡姑妈从来没有吃过这种亏！她跳起来，一下把肩头的披肩扯下来，顺手扔给我妈妈。

"好了，把所有的东西都扔下！马上跟我走！"

她来到佩斯卡托雷的寡妇面前，后者不敢同姑妈真的胸口对着胸口，示威性地后退了一步，像是要去拿那个擀面杖。但是，斯科拉斯蒂卡姑妈眼疾手快，从面板上抓起那一大团面团向对方头上甩了过去，然后又从她头上抓下面团，向对方脸上、眼上、鼻子上、嘴上抹去，这里那里抹了个一塌糊涂。抹完之后，这才抓起妈妈的手臂，挽着妈妈走了。

这里只剩下我。那个老妖婆怒气冲天，大喊大叫，同时从头上、头发中把面团扒下来，向我脸上甩来。我只是笑个不停，笑得前合后仰。她抓我的胡子，她在我周身上下乱抓乱撕，然后像发了疯似的躺在地上，撕开衣服，在地板上滚来滚去。我的妻子坐在那里，像在祈祷，同时又在刺耳地大声呕吐。

这时，我对着地板上的老妖婆高声叫喊："嘿，大腿，大腿！谢天谢地，不要在我面前露大腿！"

我可以坦白，从那次之后我染上一种怪癖，每当我遇到不幸和痛苦时就笑个不停，笑得有滋有味。那天，我看到的是世界上最滑稽的一出悲剧的表演者，滑稽得简直难以想象：我妈妈逃走了，同那个疯子一起逃走了；我的妻子在那里……就让她在那里吧；马里亚娜·佩斯卡托雷躺在地上；我呢，我再也没有面包吃了，可以叫作面包的东西我是再也不会有了。第二天，我的胡子上满是面团，脸被抓破，满脸湿乎乎的，不知道那是鲜血还是笑得太多而流出来的眼泪。我拿起镜子照了一下，证明那是眼泪，同时从镜子里也可以看出，我的脸被抓得很均匀。啊，这时，我的那只眼是多么让我高兴啊！由于失望，那只眼促使我去看过去从来没有去看的远方，那是那只眼里的远方。于是，我决定出逃，坚决离开这里，只要不能为我和妻子讨到哪怕是寒酸一点儿的生活就决不回来。

这时，我对自己这么多年的轻率感到愤慨，但由此我也想到，我的不幸不仅不可能得到任何人的同情，甚至没有任何一个人去认真思索我的不幸。我是活该如此。只有一个人应该同情我，那就是把我们的一切家产偷盗干净的那个人。然而，可以想见，在我和马拉尼亚之间发生了所有这一切之后，他怎么还会想到应该帮我的忙呢。

然而，一个我连想都想不到的人帮了我的忙。

一天，我在外边转了一整天。傍晚，我意外遇到了小波米诺，他假装没有看到我，想要躲开。

"波米诺！"

他转过身，脸上说不清是一种什么表情。他低头站在那里。

"你想要什么？"

"波米诺！"我提高嗓门又叫了一声，同时摇着他的肩膀。他那样绷着脸也使我觉得好笑。"你说的是真的？"

咳，人是多么忘恩负义啊！他认为，由于我的背叛，他应该惩罚我。在他看来，是我背叛了他。现在，我很难使他相信，是他背叛了我，同时也很难使他相信，他不仅应该感谢我，而且应当爬到地上亲吻我的双脚站过的那片土地。

我依然如醉如痴地感到高兴，这仍是我照镜子时感觉到的那种无名的兴奋。

"你看到抓的伤痕没有？"过了一会儿我才问他，"是她抓的！"

"是罗米……是你妻子？"

"是她妈！"

我向他讲了那场风波。他笑了，但笑得很勉强。也许他在想，如果是他，佩斯卡托雷的寡妇不会抓他，他的情况同我大不相同，他的脾气秉性和心肠同我不一样。

这时，我突然想问问他，如果他当时真的是爱得那么痛苦的话，他为什么不及早娶了罗米尔达，像我给他建议的那样，及早同她一起离开这里，远走高飞，这样不是就不会因为他的胆怯和优柔寡断而使她爱上了我，使我遭受这么多不幸吗。如果是那样，在我高高兴兴时，我对他讲的一定是别的。可是，我忍住了。我拉住他的手，却问他现在同谁交上了朋友，这些日子同谁在一起。

"谁也没有！"他叹了一口气，"谁也没有！我很痛苦，我痛苦得要死！"

从他讲这句话的口气来看，我好像立刻明白了他如此痛苦的原因，这就是，他不是因罗米尔达而痛苦，而是因丧失了伙伴而痛苦。贝尔托走了，同我也不能来往了，因为中间有个罗米尔达。可怜的波米诺还能找谁呢？

"结婚吧。亲爱的！"我对他说，"你到时会感觉到，那是多么高兴的事！"

一开始，他认真地摇摇头，闭起眼，然后抬起一只手。

"不！永远不！"

"好样的，波米诺，说到做到！如果你需要陪伴，我愿来，只要你需要，整晚整晚地陪你也可以。"

走出家门时，我再次表示愿意陪伴他，我向他述说了我的困境。波米诺被感动了，他像个真朋友，把身上带的不多的几个钱全都给了我。我对他表示衷心的谢意，同时也告诉他，这点儿帮助无济于事，一天之后我照样还是一文不名，我需要的是一份固定的工作。

"等一下！"波米诺叫起来，"你知道吗，我爸爸在镇政府工作？"

"我不知道，但我可以想象到。"

"他负责镇上的教育事务。"

"这一点我倒是没有想到。"

"昨天晚上，吃晚饭的时候……等一下！你认识罗米泰利吗？"

"不认识。"

"怎么不认识！在博卡马扎图书馆干活的那个罗米泰利。他有点儿聋，几乎瞎了，傻乎乎的，老得连站都站不稳了。昨天晚上吃饭时，爸爸对我说，图书馆给他管得乱七八糟不像个样子了，得找个勤快人。这就是你的位置！"

"图书管理员？"我叫起来，"可是，我……"

"为什么不行？"波米诺说，"如果罗米泰利都干得了……"

这个理由把我说服了。

波米诺建议说，让斯科拉斯蒂卡姑妈去同他爸爸谈这件事，这样会更好。

第二天，我去看望妈妈，同她老人家谈了这件事，因为斯科拉斯蒂卡姑妈不想再看到我。就这样，四天之后，我成了图书管理员，一个月的工资是七十里拉。比佩斯卡托雷的寡妇还要富！我可以宣布，我胜利了！

头几个月，那简直就是闹着玩，就是同罗米泰利逗着玩。我没法使他明白，他被镇政府辞退了，因此，他不能再到图书馆来了。每天早上，总是同一个时刻，几乎分秒不差，我一定会看到四条腿迈进来（除去他的两条腿外还有两根拐杖，一手一根，这两根拐杖比他的两条腿还有用）。他一到图书馆就从裤子口袋里掏出一块老式铜壳大怀表，用它粗大的表链把怀表挂到墙上，这才坐下来，把两根拐杖夹在腿中间，从口袋里掏出一顶便帽、一个荷包和一块红黑点相间的手绢。他装满一袋烟，清理一下四周，这才打开抽屉，从中拿出属于这个图书馆的厚书，这本书的书名是《已故和仍然在世的音乐家、艺术家及爱好者历史词典》，1758年在威尼斯出版。

"罗米泰利先生！"看到他旁若无人不紧不慢地这样做，好像根本不知道我的存在，于是我大声叫了他一声。

可是，我是在同什么人说话呢？就是放大炮他也听不见。我推推他的臂膀，他这才转过身，挤挤眼，把整张脸完全绷紧，好斜着眼看看我。然后他又向我露出他的大黄牙，也许这就算是他在对我微笑。在此之后，他才把头低到书本上，像是要把书本当作他的枕头。咳！他就是以这种姿势读书的，眼睛距离书本只有两厘米，只睁着一只眼。读书时他却在高声朗读。

"伯恩鲍姆·乔瓦尼·艾布拉姆……伯恩鲍姆·乔瓦尼·艾布拉姆出版了一本……伯恩鲍姆·乔瓦尼·艾布拉姆1738年在莱比锡……1738年在莱比锡第八次再版了一本小册子，第八次再版了一本小册子：对批判音乐家微妙的一小节的公正评价。米采勒，米采勒把它……米采勒把它加入他的音乐藏书第一卷。1739年……"

他就这样高声朗读，人名和年代总得重复两三遍，像是要从记忆中把它们赶跑。他为什么这么大声朗读，我说不清楚。不过，我再说一遍，就是放大炮他也听不到。

我看着这个怪人，他到了这步田地，距坟墓只有两步之遥（实际上，他是在我被任命为图书馆管理员后四个月去世的），伯恩鲍姆·乔瓦尼·艾布拉姆1738年在莱比锡第八次再版他的小册子对这个奄奄一息的人来说有什么意义？他这样吃力地朗读对他来说至少是代价太高了！应当承认，至少是，不应该让他去记那些年代日期，去记那些有关音乐家的材料（要知道，他是个聋子！），以及那些艺术家、爱好者的材料，到1758年为止故去和依然健在的艺术家们的材料。或许是，他认为，图书馆的书就是让人读的，一个图书馆管理员更应该去读这些书，他不能不读，因为那里从来不曾来过任何一个活人。拿起这本书来读，同拿起另外一本书来读还不是一样吗？他确实很蠢，后边这种推想可能是有道理的，说不定比前一种推断更正确。

在正中间那张大桌上，灰尘足足有一指厚，为了弥补我的同乡对赠送这些书的那位主教的忘恩负义，我可以在那张落满灰尘的大桌上写上这么几行字：

献 给

博卡马扎主教

慷慨的赠书人

对其恩典永志不忘

全体乡民谨立

在这个图书馆里，老鼠个个又肥又大，简直像兔子。每当它们跑过，总有两三本书从书架上掉下来。

这一掉不要紧，对我来说，这就等于牛顿看到苹果从树上掉了下来。

"我找到了！"我高兴地叫起来，"这就是我的活，罗米泰利念他的伯恩鲍姆，我有我的事做。"

为了能着手干起来，我正式向负责教育的尊敬的骑士杰罗拉莫·波米诺打了一份极其详尽的报告，要求尽快为博卡马扎图书馆或圣玛丽亚自由教堂配备至少两只猫，养这两只猫不会给镇上增加任何负担，这是因为，它们抓的老鼠足可维持它们的生命。另外，我在报告中还说，如果再为图书馆配备半打捕鼠夹和必不可少的诱饵并非坏事。这里我用了诱饵这个词，没有使用乳酪这类太粗俗的字，我认为，一个下级把这样的字眼送到负责教育的镇政府负责人面前不大合适。

一开始送来两只可怜的花猫，它们一看到那么大的老鼠就吓得屁滚尿流。可是，它们还得填饱肚子，只好跑去偷吃乳酪，反被捕鼠夹子夹住。几乎每天早上都看到它们被夹在那里动弹不得。它们是那么瘦，那么难看，那么痛苦，苦得像是既不想叫也没有叫的力气了。

我再次提出要求，这次送来两只又大又机敏的花猫，它们一到就开始认真地尽起它们的职责来。那些老鼠夹子也很顶事，能给我活活捕捉住一些老鼠。一天晚上，我真的生气了，我的这些辛苦和胜利，罗米泰利好像根本不想过问，好像他的唯一任务就是朗读，而那些老鼠的任务就是啃噬图书馆的藏书。于是，那天晚上离开图书馆之前，我抓了两只老鼠，两只都还活着，放进了他那个抽屉。我想在第二天早晨至少能打断他那令人厌烦的朗读。可事实并非如此！第二天，他一打开抽屉，两只老鼠从他鼻子底下蹿出来。他转过身来看看我，我早已憋不住，哈哈大笑起来。

罗米泰利问我："那是什么？"

"是两只老鼠，罗米泰利先生！"

"噢，老鼠，老……"他平静地说。

那是家里的老鼠，他早已习以为常。像是什么事也没有发生，他又朗读起他的那本厚书来。

乔万·维托里奥·索德里尼的《论阿尔博里》一书写道，水果的成熟"一半归功于热，一半归功于冷，因此，像通常情况下所显示的那样，热量来自燃烧，这是成熟的唯一根源"。这样看来，乔万·维托里奥·索德里尼不知道，除去热量之外，水果商们还试验了另外一种促使水果成熟的方法。为了尽量早地把水果投放到市场，以较贵的价格出售，他们从树上摘下水果，或者是苹果，或者是桃子，要么是梨，水果还不熟，还不那么讨人喜欢，为了使这些水果成熟，他们使用的是让水果相互猛烈碰撞的办法。

现在，我的尚未成熟的心灵在碰撞之下成熟了。

在很短的时间里，我由原来的我变成了另外一个人。罗米泰利死了，这里只剩下我一个人。在这个废弃的小教堂里，在这些书中间，我感到十分厌倦，我也感到十分孤独，尽管我并不希望有人来陪伴我。每天我只能强迫自己在那里待几个小时。但是，我又不愿意到镇里的街上散步，不愿意让人见到我，看到我成了一个这么孤独可怜的人，我从家里逃出来，像逃出了牢房。因此，还是这儿更好一些，我多次这样安慰自己。可是，我干些什么呢？抓老鼠，这是当然的，可光抓老鼠就够了？

我拿起一本书，捧到手里，这是平生第一次认真读一本书。我是随意在书架上拿起这本书的，并不知道这是一本什么书，但这使我吃了一惊：我落到了罗米泰利先前的境地。那么，我这个图书管理员是不是也得像他一样被迫替所有那些根本不到图书馆的人读这些书呢？我把那本书扔到地上，过了一会儿，我又把它捡了起来。"是的，先生们，我来读吧。我也用我的一只眼来读吧，只用一只眼，因为另外一只眼根本不会读。"

我就这样随便拿起一本书读起来，说是随便，倒也有所注意，我读的是些有关哲学的书。这些书都很厚，以写作和阅读这些书为生的人一定都是些想入非非的人。这些书使我的脑袋里乱得像一锅粥，我的头脑本来就已经够乱了。每到这时，我就关好图书馆的大门，沿一条小路到一片空无一人的海边去散散心。

看到大海又使我感到吃惊，大海好像渐渐变成了一种无法忍受的重负向我头上袭来。我坐在海边，但不敢正视大海，只好低下头。我听到了海水拍着整个海岸发出的隆隆巨响，沉重的沙粒慢慢从我的手指缝里漏到地上。

我默默低声自言自语："就这样，始终如此，一直到死，一动不动，永远不动……"

这种一成不变的死气沉沉的生活很快使我产生了一些古怪的想法，几乎可以说是疯狂的闪念。我站起来，像是要把这些念头抖掉，沿着海滨慢慢散步。于是，我看到，永不平静的大海向海岸冲去，它的大浪汹涌澎湃。我也看到了被抛在岸边的沙粒。我挥着拳头疯狂地叫起来："为什么？这是为什么？"

我的脚被海水浸湿。

大海或许会向我这边涌来更多的浪花，为的是警告我：

"你看，亲爱的，问那么多为什么有什么用呢？你的脚湿了。回你的图书馆去吧！你的鞋会被含有盐分的海水腐蚀坏，你又没有多少钱好浪费。回图书馆去吧，把那些哲学书扔到一边，去吧，你也去读伯恩鲍姆·乔瓦尼·艾布拉姆吧，他于1738年在莱比锡第八次再版了一本小册子，你肯定会从中得到更多的教益。"

有一天，人们终于对我说，我妻子感觉到了临产的阵痛，我赶快跑着回家。我像头鹿似的逃出图书馆，我正是为了逃避我自己，不愿再自己同自己形影相吊地在这个图书馆里多待哪怕一分钟。我想到，我就要有一个儿子了，我，在这种处境下，就要有个儿子了！

刚跑到门口，丈母娘一把把我抓住，推着我扭转身。

"去找个大夫！快，罗米尔达就要死了！"

　　这么突然的消息使我停下脚步，有谁能不停住脚步呢？这种时候谁也不会说："快跑！"我感到，我的腿都软了，我不知道往哪个方向跑。我胡乱跑起来，也不知为什么，边跑边喊："大夫！大夫！"街上的人停住脚步，他们也想把我拦住，让我给他们解释一下出了什么事。我感觉到了，他们拉住我的袖子，我看到一些苍白惊恐的面孔。我东躲西避，想躲开这些人："大夫！大夫！"

　　大夫来了，大夫已来到我家。我跑遍了所有的药店，惊慌失措地喘着粗气又失望又愤怒地跑回家时，第一个女孩已经生出来，第二个女孩也快要生出来了。

　　"双胞胎！"

　　直到现在我还记得，她们在摇篮里，紧紧靠在一起，瘦弱的小手本能地互相抓握在一起，令人感到十分可怜。可怜的孩子，真是可怜哪，甚至比那两只每天都被捕鼠夹子夹住的花猫还要可怜。她们也像那两只花猫一样，连哭的力气也没有。可是，她们仍然拥抱在一起！

　　我去推她们，刚刚触到她们那柔弱但冰冷的嫩肉时我又震颤了一下，那是一种不可言状的柔情的震颤："她们是我的女儿！"

　　不多几天后，其中的一个死了，另外一个则想多给我几天时间，让我怀着父亲应有的爱多爱抚她几天。她这个父亲别无其他了，只希望他的女儿能够长大，这是他的全部生活的唯一目的。可是，她像是想要让我痛心到非死不可的地步，于是在快满一周岁时一去不复返了。她已经长得十分漂亮，金黄的头发卷成波纹，我常常把手伸到她的头发中，让她的鬈发卷到我手指上。我老是吻她，永远也吻不够。她喊我爸爸，我立即回答她："女儿！"她又叫我："爸爸！"我再回答她，就这样没有任何因由就有叫有答，像林中的鸟儿相互唱和。

就在我的女儿去世时，我妈妈也去世了，几乎死在同一天，同一时刻。我不知道怎么分身，不知道怎么分配我的痛苦和关心。我把我那像是在睡觉的小女儿扔下，跑到妈妈那儿。妈妈顾不得她自己死期已到，立即向我打听她的小孙女的情况，她因再也不能见到她、不能最后吻她一下而十分痛心。就这样，整整折磨了我九天，整整九天九夜，我来回奔跑，没有合一分钟眼。在忍受了如此折磨之后我能说什么呢？好多人也许能够克制住不说，可那是人之常情，那是人之常情啊。当时，我没有感到十分悲痛，但我又有好一阵子感到十分忧郁，那种忧郁甚至令人感到吃惊。此后，我还是睡着了，是的，我首先得好好睡一觉。我醒来时，一种疼痛的感觉向我袭来，那是一种让人疯狂的疼痛之感，是痛定思痛之感，是因我女儿、因我妈妈而肝肠寸断，再也见不到她们了。我几乎疯了，我在镇子上和田野里整整转了一夜。我不知道当时自己都在想些什么，我只知道，到了最后我来到鸡笼庄园，来到磨坊的渠道边上。在那里值班的老磨坊工菲力波把我拉住，让我坐在远处的一棵树下，同我谈了很长时间。他谈到了我的妈妈，也谈到了我的爸爸和老早老早的一些事。他说，我不应该哭，不应该如此失望，因为我那可怜的女儿在另一个世界会跑到她奶奶身边，奶奶是个好奶奶，她会把小孙女抱到膝头，她还会向小孙女谈到我，永远不会让小孙女孤独，永远不会。

三天之后，像是为了报答我流过的眼泪，罗贝尔托给我寄来五百里拉。他说，他想让我好好埋葬妈妈。然而，所有这方面的事斯科拉斯蒂卡姑妈都包揽了。

那五百里拉有好长时间一直被夹在图书馆的一本厚书中。

后来，那五百里拉归我用了，正如我要在下边讲到的，这五百里拉成了我第一次死亡的根由。

六　滴答，滴答，滴答……

在轮盘赌的轮盘中，那个象牙小球独自在里面逆刻盘方向转着，转的样子十分好看，像是在独自玩乐，同时发出悦耳的声音：

滴答，滴答，滴答……

它独自在转，那些盯着它的人都是那么焦急不安，它的每一个旋转移动都使那些人感到心急如焚。而在黄色小台刻度盘下边，像是向神祗奉献一样，很多只手把黄金拿了出来，那可是真正的黄金，黄金，黄金啊！那些手在颤抖，在焦急地期待，同时又不自觉地把另外的金子摸了出来，把下一盘的赌注也准备出来，眼睛当然还在死死盯着象牙球，那神情好像在说："你喜欢哪儿呢？你愿意停在哪儿啊，我那可爱的象牙球？你可是我们的无情的上帝啊！"

我是偶然来到蒙特卡洛的。

同我丈母娘和妻子像通常那样闹过一次之后，我感到无比压抑，感到筋疲力尽，就像最近那两场灾难之后一样压抑疲惫，这样的灾难给我造成了难以忍受的痛苦。我真的不知该如何忍受这种烦恼，更不知如何忍受这种生活方式带来的烦恼。真是可怜啊！既没有改善的可能和希望，也没有了我那可爱的小女儿给我的慰藉。这些痛苦、折磨和我面对的可怕的孤独又得不到任何报偿，哪怕是些微的报偿，解决的办法也没有任何踪影。于是，我逃离家乡，口袋里装着贝尔托的那五百里拉步行离开故乡，出来碰碰运气。

我边走边想，我应该到马赛去，就从附近那个小村庄的车站上火车，从那里可以直抵马赛，到马赛后可以买一张三等舱船票，乘船到美洲去碰碰运气。

在忍受了我家这些事之后，还能碰上什么更坏的事呢？是的，或许还会遇上一些绊脚的锁链，可是，比此前锁住我双脚的更沉重的锁链我觉得肯定不可能有了。除此之外，出去还可以看到另外的世界，看到另外的人，看到另外的生活，我至少可以摆脱我所忍受的、把我压扁的那种压力。

可是，到了尼斯之后，我内心感受到的仅仅只是再也没有勇气。我的年轻人所独有的冲动早已耗尽，那么多烦恼像蛀虫一样已经从内里把我蛀空，那么多悲痛已经使我精疲力竭。最使我沮丧的是，我没有钱去冒险，走进那漆黑的命运隧道去冒险。未来的命运是那么遥远，未来的生活如何，我一无所知，而且我又毫无准备。

现在，我来到尼斯，心里还是拿不定主意，不知是不是应该返回家乡。我在街上漫无目标地走着，在车站大街的一个大门洞前停下脚步，大门上方的大字金光闪闪：

精密轮盘赌场

那里所有一切一应俱全，另外还有一些赌博用具和小册子，这些小册子的封面都写着"轮盘赌"字样。

人人都知道，不幸的人很容易成为最迷信的人，而且他们反而嘲笑别人太轻信，迷信有时会使他们好像看到了希望，当然，这些希望是从来都不会得以实现的。

我记得，我看了一眼其中的一本小册子，它的题目是《轮盘赌赚钱法》，看过之后我带着讥讽的笑意走了出来。但是，刚走了几步之后我又返回来，嘴上又带着这种笑意走进赌场（这是出于好奇，别无其他！），买下了那本小册子。

对轮盘赌我一无所知，不知道如何玩，也不知道其中的奥妙在哪里。我开始读那本小册子，可是，所懂甚少。

"这可能是由于，"我想，"我的法文水平太低。"

没有任何人教过我法文，我是在图书馆里吃力地阅读时学到那一点点法文知识的。另外，我对我的发音也没有把握，我担心，我讲法语时别人可能会发笑。

正是这种担心使我在一开始的时候不知道是前进还是后退。可是，后来我想，我是出来碰运气的，甚至打算到美洲冒冒风险，我没有做任何准备，英文和西班牙文我甚至连看都不曾看到过。因此，还是大胆干吧，就凭我这点儿法文，再加上这本小册子的指引，还是去蒙特卡洛吧，那儿已经距此不远，说不定在那里可以遇上好运。

"无论是丈母娘还是我妻子，她们都不知道我钱包里的这笔钱。"在火车上，我自言自语，"我可以把这笔钱投进去，这样我就再也没有其他指望了，只能孤注一掷。我希望能赚够至少返回老家的一笔钱。不然，那就……"

我听人说过，在赌场周围，结结实实可以吊起一个人的歪脖子树有的是。总而言之，我可以不费太大力气就能把自己吊在一棵树上，用我的鞋带也就足够了。而且这样做我也不会很丢人，人们可能会说："谁知道这个可怜的人输了多少钱！"

　　说实话，我所期望的当然是更好的结局。进去是当然要进去的，入口处也没有什么不吉利的东西。可以看到，正面是八根大理石立柱，好像要用这几根立柱盖起一座财神庙似的。中间是一个大门，两边是两个小门，两个小门上都写着"拉"字。我已经来到这里，我又看到，中间那个大门上写着一个"推"字，这显然就是说，它同那两个小门正好相反。于是，我推开它走了进去。

　　那里的格调真是太差了，差得令人失望！至少应该让所有那些愿意把他们的好多钱扔在这里的人们满意，让他们在一个不那么豪华但比较漂亮的地方看着自己被盘剥而感到满意。现在，所有大城市都喜欢为可怜的被宰动物设一些漂亮的屠宰场，那些动物当然没有接受过任何教育，所以它们也就没有享受那种漂亮的福分。不过，前往赌场的大部分人确实也并不是想去欣赏这五个大厅的装饰风格，就像现在高高兴兴地坐在沙发上的那些人一样，他们常常不可能发现沙发的填塞和包装并不那么高雅。

　　通常，坐在那里的都是些倒霉蛋，他们的赌兴常使他们的大脑被搅乱，以一种古怪的方式思考问题。他们坐在那里研究的是一种所谓的概率均衡，他们在认真思考如何出击，那是一种完整的赌博机制，一切都基于数字的变幻。总之，他们是要从偶然性中发现规律，就像人们所说的那样，是从石头里面吸出鲜血。他们蛮有把握，今天，要么是明天，总会成功的。

　　然而，不应为基于虚无之上的奇迹欢呼。

　　"喂，12！12！"一个来自卢加诺的人对我说。这是个大块头，他的眼光会使你想到，人类居然能有那么大的力量坚持己见。"12是数目之王，是我的数！从来都不曾背叛过我！真好玩，当

然，有时它也捉弄我，是经常捉弄我。但是，到最后它还是会报
答我的，它总是要报答我对它的忠心的。"

那个大块头爱上了 12 ，他没法再讲别的数。他对我说，从
前有那么一天，他的那个数连一次也没有出现，可是他仍然不服
输，一次又一次地把他的赌注押在 12 这个数上，一直坚持到最
后，直到赌场收款人喊道："先生们，最后三盘！"

好，最后三盘就最后三盘，第一盘，不行，第二盘，还是没
押准，第三盘，好，果然是 12 ！

"它告诉我了！"他的眼里闪出兴奋的光彩，"它告诉我了！"

是的，他输了整整一天，到最后这一盘下赌注时没有几个钱
了，因此，最后这盘虽然押准了，但没能赢回几个钱。可是，对
他来说这有什么重要？重要的是，12 这个数告诉他了！

听了他讲的这一套，我突然想起我们那个可怜的家庭教师大
钳子的韵脚古怪的四句诗，他的这首文字游戏式的诗是在清理房
间时清理出来的，现在在图书馆里。我真想给这位先生朗诵一番：

> 我等待幸运之神已经等得不耐烦，
> 这变幻莫测之神定会在我路边走过。
> 它果然来了，
> 但十分吝啬。

那位先生用双手抱住头，他的脸在抽搐，显得那么痛苦。他
抽搐了一会儿。我看着他，起初感到意外，后来我有点儿害怕了。

"您怎么啦？"

"没什么，我在笑。"他回答我说。

他这是在笑！这笑使他难受，更使他的头疼，看来他是难以忍受这笑的震颤。

好了，您就去爱那个 12 吧！

在试试运气之前——对此我不抱任何幻想，我想先在那儿观察一会儿，弄明白是怎么个玩法。

我看了一会儿，觉得并不十分复杂，并不像那本小册子给我留下的印象那样难。

台面上铺着写有数字的绿毯，正中间就是那个轮盘。台子周围是那些赌博的人，有男有女，有老有少，他们来自各地，贫富不一，有的坐着，有的站着，个个都是那么神经质，急于把大堆小堆的金币、银币和纸币押到刻度盘上的黄色数字上。有的人凑不到台前，也有的就不想到跟前，他们把想要押的数字和刻度盘的颜色告诉赌场收款人，后者立即用钱耙把赌注拨到这些人指示的数字上，姿势优美，动作敏捷。这时，周围一片寂静，静得有点儿古怪，静得令人心焦，压抑的暴烈几乎像在震颤。赌场收款人那单调的、令人昏昏欲睡的声音时不时地打破这种寂静："先生们，请押下你们的赌注！"

别处，其他台子上也时时传来同样单调的声音："再来一次！多押一点儿！"

最后，赌场收款人把象牙球扔到轮盘上，球转起来：滴答，滴答，滴答……

所有的人都瞪着眼盯着它，跟着它转来转去，他们的表情各不相同，有的焦躁不安，有的蔑视鄙夷，有的慌乱痛苦，有的胆战心惊。在那些有幸坐在前排椅子上的人背后，那些站着的人有几个开始向前挤，他们想看看自己的赌注，想在赌场收款人伸出钱耙把这些钱扒走之前再最后看它们一眼。

最后，象牙球在刻度盘上停下来，赌场收款人再次以那种完成例行公事的懒洋洋的语调宣布象牙球显出的数字和刻度盘颜色。

我第一次冒险时在第一大厅左边那张台子上只押了一点点钱，我也没有思索就随便放到了 25 这个数上。这时，我也不自觉地盯住那个阴险狡诈的小球。但是，我在微笑，内心感到又痛快又好奇，感到这确实是在碰运气。

象牙球在刻度盘上停住了。

"25！"赌场收款人宣布，"红色，单数，收钱。"

我赢了！当我正要伸手去拿我赢得的那大堆钱时，一个高个子先生毫不客气地把我推开，伸手把我的钱给拿走了。我看了他一眼，这是个大个子，有力的肩膀上扛着个小脑瓜，扁平的鼻子上架着一副金丝边眼镜，前额宽大，长长的头发披在脖子上，黄中泛灰，胡子也是这种很难形容的颜色。

我的法语本来就不行，再加上有点儿胆怯，所以只是想向他说明，他错了，当然不是有意错的。

这是个德国人，他的法语比我的还差，但他很凶，像头狮子，向我扑过来，说是我错了，根本不是他错了，钱是他的。

我看了看周围的人，他们的表现令我吃惊，没有任何一个人吭一声，连我旁边那个人也一言不发，尽管他清清楚楚地看到，我把不多的几个钱押在 25 这个数字上了。我看看赌场收款人，他们一动不动，不动声色，像几尊雕像。"咳，这是怎么回事？"我在心里这样说，同时伸手把面前的几个钱收起来，扭头溜走了。

"这就是所谓轮盘赌赚钱的方法，"我边走边想，"在我那个小册子上根本没有写到。说不定这其实并非唯一的方法哩！"

可是，不知出于什么样的说不出口的目的，命运之神还是以郑重的、值得永志不忘的方式否定了我的结论。

我来到赌得十分起劲的另一个台子前，站在那里先观察了一番台子周围的这些赌徒。这个台子边大多数是身着燕尾服的先生，另外还有好多女人，其中有一个让我摸不清头脑，这是一个碧眼黄发的年轻人，蓝色的眼睛显得特别大，额上青筋暴露，一绺几乎是白色的头发显得更加突出。一开始，他向我投来极不信任的眼光。他也穿着燕尾服，但可以看出，通常他很少穿这种服装。我想好好看看他。他每次押的赌注为数甚大，押一次，输一次，但他依然不慌不忙，再次把大把大把的钱押上去。去他的吧，不看他了。又不会拿走我的一分钱！虽然我在第一次吃了亏，但我对自己的怯懦感到羞愧。这里有这么多人，他们把钱大把大把地押上去，有金币，也有银币，好像那只不过是些小沙粒，一点儿都不担心，我为什么要在意我那很少的几个钱呢？

在人群中我注意到一个年轻人，他的脸色蜡黄，戴一副很大的眼镜，但只有左眼有镜片，这使他现出一副睡眼惺忪、无动于衷的神态。他没模没样地歪坐在那里，从裤子兜里掏出他的金币，随便往一个数字上一放，连看都不看一眼，然后就咬住他那刚长出的胡子，等着象牙球停下来。球一停他就问旁边的人，他是不是输了。

我看到，他只输不赢。

他旁边是个瘦瘦的先生，穿着非常讲究，四十来岁，他的脖子又细又长，几乎没有下巴，眼睛黑而有神，头发乌黑浓密，直直地竖在头上。他回答身边那个年轻人确实是输了之时显然很得意。这个家伙有时能赢几盘。

　　我在一个胖先生身边坐下，这个人长得很黑，他的黑眼圈和眼皮给人一种印象，好像他刚被烟熏火燎过。他的头发的颜色像铁锈色，其中还夹杂着灰丝，他的山羊胡子卷曲，但仍是黑色。他显得身体健壮，十分有力。但是，好像那只象牙球的转动使他喘不过气来，过一会儿他就得喘息一阵，喘得那么厉害，那么难受，简直像是就要入土了。人们转过身看着他，可他很少发现人们对他的注意，一旦发现，他即停那么一会儿，看看周围，脸上带着神经质的微笑，然后又喘起来，无法缓和一下，直到象牙球停止转动为止。

　　看着看着，赌瘾渐渐把我也给制服了。头几次结果不佳。过了一会儿，我开始感到，像是陶醉了，那种醉意古怪、神秘。这时，我的行动像是受到一种不自觉的闪念的支配，不由自主，不知分寸。每一盘都是，别人押上赌资之后我才最后一个把钱押在那里。钱一放下，我立即清醒过来。我敢肯定，我会赢。果然不出所料，我赢了。一开始，我的赌注很少。后来，我押的钱逐渐增加，越来越多，最后连数也不数就押了下去。那种古怪的醉意在我的整个身躯内在逐步扩展，在生长发育。有时我也输几盘，即使此时我也不会神魂颠倒，因为我早就有所预料。有时我自言自语："这盘我可得输了，这盘我必定会输。"我像是中了电。到了某一时刻，我感到一切危险全都向我袭来。不行，我得离开这里。然而，我又赢了。我的耳朵在嗡嗡作响，满身大汗，我感到浑身发冷。我觉得，有一个赌场收款人觉得我每盘都赢的好运不合常情，正在盯着我观察。我心慌意乱，感到那个人的眼光满含挑衅意味。我想再冒一次险，把我自己的钱和赚来的钱通通都押上，不必再三考虑，押上就是了。我的手又不由自主地把钱放到先前那个数上，再次押到 35 上，完了之后我就退场。可是，不知为什么，我又留了下来，把钱再押上去，好像有人在暗地里操控着我。

我闭上眼，我的脸色一定很难看。这时，周围是那么静，好像只为我一个人开了这个赌场，好像所有其他人都在我那可怕的焦虑中一动不动地停了下来。象牙球在旋转，那是永恒的旋转，转得那么慢，好像是故意要把那难以忍受的折磨给放大、拖长。到了最后，球终于停止不转了。

我在等待，等着赌场收款人那种听惯了的声音（我觉得这声音十分遥远），他不得不宣布："35，黑色，单数，收钱！"

我收起钱，本来应该离开这里，像个醉鬼一样离开。可我一下坐到沙发上，软瘫到那里。我的头靠在沙发靠背上，真想舒舒服服地睡上一觉，这种需要真是突如其来又难以抵御，需要睡上一觉，只有睡上一觉才能振作起来。我感到一种重压向我袭来，那是一种实实在在的压力，它使我震颤了一下，这时那种睡意才被赶走。我到底赢了多少？我睁开眼。刚一睁眼，不行，还得闭上，头晕。赌场里热得使人透不过气来。怎么回事？天已经黑了？我看到，灯似乎已经点着。那么，我在这里赌了多长时间？我慢慢站起来，走了出去。

外边，前厅里，天色还早。清新的空气使我清醒过来。

很多人在那里走来走去，有些人在孤零零地低头沉思，另一些人三五成群地抽着烟在聊天。

我审视所有的人。这对我来说是个新的处所，我还有点儿拘束，我想让自己至少显出有点儿像在自己家里的样子。我在审视那些我觉得最从容不迫的人，当然也有另外一些人，其中的一个让我出乎预料，他突然之间脸色苍白，注目凝视，一言不发，把烟头一扔，在同伴们的笑声中匆匆逃走，重新返回赌场。那些同伴为什么笑？我也笑起来，不自觉地笑起来，边笑边看，像个傻子。

"喂，那位，我亲爱的！"我听到一个有点儿沙哑的女人的声音，声音很轻，显然是在同我说话。

我转过身，看到同我一起坐在台子周围的是一些女人，其中一个在向我微笑，同时递过来一朵玫瑰花。另一个女人手里也拿着花，花可能是刚才在门厅的花店买的。

我当时的神态可能显得很笨拙很难看吧？

我感到十分生气，拒绝了她的花，也没有向她道谢，反而躲开了。但她笑着抓住我的手臂，在大庭广众面前对我那么温柔，那么信任，低声向我说着什么，她讲得非常快。我似乎听懂了她的意思，是叫我同她一起赌，因为她刚才注意到了，我的运气不错，她要根据我的指点替我把钱押上去，也为她押上赌注。

我摇着头愤怒地走开了，把她甩在那里十分难堪。

过了一会儿，我又走进大厅，看到她正同一个男人说话，那个人很矮，黑黑的，胡子很长，眼睛有点儿斜，从外表看可能是个西班牙人。她把刚才要送我的那朵玫瑰花送给了他。从他们的动作表情可以看出，他们在谈论我，我开始警觉起来。

我走进另外一个大厅，来到第一个台子旁边，但我不想赌。我看到，那个小个子男人在那里，就在不远的地方，只是不见了那个女人。他也向第一个台子走来，但装出没有发现我的样子。

这次我可要好好盯着他了，我想让他知道，我早就发现了所有这一切，要想同我搞鬼名堂，他们真是打错了主意。

可是，从外表看，他不像是个普普通通的无赖。我看到，他下的赌注可真不少，连输了三盘。他老在那里眨眼，或许是在以这一动作掩饰他的难堪。第三盘输了时他看了我一眼，笑了一下。

我没有理他，又走进另一个大厅，来到我赢了好几盘的那个台子前。

赌场收款人都换了，只是那个女人仍在原来的座位上。我站在她身后，不让她发觉。我看到，她有时押一点儿钱上去，但数目很小，而且并非每盘都参与。我走到前边，她发现了我。那时，她正要把钱押上去，见到我后立即停了下来，显然是在等着我，看我押哪个数字，她也好去押这个数。这次她白等了。赌场收款人说："他押过了！不能再押了！"这时，我看了她一眼，她伸出一个手指，做了一个威胁性的动作，但她是在开玩笑。过了好多圈，我一直没有投注。后来，看着这些赌徒们，我突然激动起来，先前的那种冲动在我内心深处复燃。我不再看她，又玩起来。

是什么神秘力量使我起劲地跟着那些变幻无常的数字和颜色来碰运气？我相信的仅仅是我那下意识深处的神奇的预感？那么又如何解释我的那种疯狂的固执呢？那真是名副其实的发疯似的固执，至今想起来还使我不寒而栗，因为我把所有的一切都押了上去，所有的一切，也包括我的性命，我认为这样赌下去就是对命运的挑战。不，不是我自己的固执，我感到，当时内心深处有一种几乎可以说是邪恶的力量，是它控制了我，幸运之神使我神魂颠倒，我的那种固执同它的乖戾结合到了一起。这种信念不仅藏在我的内心深处，而且传染给了别人，传染的速度也非常快。此时，几乎所有的人都在跟着我玩着这种极为危险的游戏。也不知道总共有多少次，每次我都坚持押红色，每次都押红色和零这个数。每次都能押准，出来的果然是零，直搞得那个年轻人每从裤子兜里掏出他的金币时都要晃动一番，都要激动一番；直搞得那个皮肤黑黑的大胖子喘个没完，简直像是行将就木了。台子周围，紧张气氛愈益浓厚，人们忍不住了，有的做出神经质的动作。大家都强压住怒火，那是一种令人窒息、令人恐惧的气氛，连赌场收款人们通常的那种冷漠和无动于衷也一扫而光。

有那么一盘，我赢了一大笔。这时，我突然感到头晕目眩，我觉得身上好像忍受着巨大的压力。是的，一大早起来我就没吃什么东西，饿得周身发抖，抖得眼冒金星。我不能再赌了，遭受这一猛击之后，我摇摇晃晃地退了出来。这时，我感到一个人抓住了我的手臂。是那个长胡子的又粗又壮的西班牙人。他激动地抓住我，眼里冒着火星，无论如何他都要把我留下来继续赌。

"现在是十一点三刻，"赌场收款人要大家再赌最后三盘，"我们将赢尽庄家！"

他用意大利语和我说话，但他的意大利语很蹩脚，夹杂了一些西班牙词，听了令人感到十分好笑。尽管我当时已经语无伦次，但我仍坚持用意大利语回答他："不，不玩了，够了！我不能再玩了。让我走吧，亲爱的先生。"

他放开我。但是，他跟着我走出来，同我一起登上了返回尼斯的火车。他要我同他共进晚餐，不许我拒绝，而且还要我住在他落脚的那家旅馆。

一开始，对这个人对我的这种几乎是懦弱的钦佩，我并不感到很讨厌。他是那么兴奋地敬佩我，像是有什么魔法支配着他。人的虚荣心有时会成为接受某种有害的恭维的基础，成为接受某些卑鄙的别有用心的恭维者的吹捧的基础。我当时真像个将军，一场艰巨、毫无成功希望的大仗让我这个将军给打赢了。可是，那是碰巧了，我自己也不知道是如何打赢的。这一点我开始感觉到了，我又恢复了自主意识，我清醒过来，渐渐的，这个人这样跟着我越来越使我觉得非常讨厌了。

可是，在我这种情况下，在尼斯一下火车，我就无法摆脱他了，不得不同他一起去吃晚饭。于是，他承认了，在赌场的门厅，是他打发那个轻浮女人去找我的。三天以来，他给她插上翅膀，让她飞起来，至少在地上能飞起来，飞到另一个地方。所谓翅膀，就是纸币，就是钱。也就是说，他给了她好几百里拉，让她去碰运气。那天晚上，她仿照我去投注，一定赢了不少钱。可是，到了门口，她逃走了。

"我有什么办法？她捞了一大笔。我不行了，老了。感谢上帝，她没有把其余的都给我卷走！"他的这几句话又是意大利语，又夹杂着西班牙语，好不容易才猜懂。

他说，他到尼斯已经一个礼拜了，每天一早就赶往蒙特卡洛，直到今晚，一直运气不佳。他想弄清楚，我是怎么赢的。他认为，我一定是个内行，或者有什么只赢不输的秘诀。

我听了不觉哈哈大笑，我对他说，到今天早晨为止，我连轮盘赌的轮盘都不曾见过，我不仅不懂怎么玩，而且也根本就没有想到能玩得这么好，能用这种办法赢这么多钱。我比他还吃惊，比他还摸不清头脑。

他不相信我的这些说法。倒是相反，他巧妙地绕着圈子（他一定认为，他是在同一个十足的无赖打交道），用一种夹杂着西班牙语和谁知是什么语言的杂牌意大利语不动声色地谈着。但说到底依然还是那一套：像早上那样用那个轻浮女人做钩子把我拉下水。

"对不起，我不干！"我叫起来，但又尽量装出笑脸，掩饰我的愤怒。"难道您真的相信那种赌博能有什么规律或者秘诀？靠的只是运气！今天我有运气，明天或许就没有了，或许是，明天还会再遇好运，我当然希望明天依然会有好运！"

"那么为什么您……"他又用那种杂牌语言对我说，"为什么您今天不好好利用您的好运气？"

"我，利用……"

"是的，该怎么说呢？在那儿'使用'您的运气！"

"我只能按我的办法去做，先生！"

"好吧！"他说，"我支持您。您……我出钱，借用您的运气！"

"这样一来或许咱们都会输！"我笑着说，"不行，不行。要不这样吧，如果您真的相信我有运气……在赌博上我有运气，在其他各个方面可就不是肯定有运气了，如果您真的相信，那咱们这样做，您和我之间也不必签什么合同，我也不承担任何责任，我当然不想承担责任，您押您的大笔赌注，我押我的一点点小钱，就像今天那样，如果进展不错就……"

没等我说完他就笑起来，他的笑声很怪，从中可以看出他的狡猾。他说："啊，不行不行，我的先生！不行！今天可以，我今天这样做了，明天我肯定不能再这样干了！您今天押得多，那很好！明天不行，明天我肯定不能再继续这样干！谢谢！谢谢！"

我盯着他，极力想弄清他这是什么意思。毫无疑问，他那样笑，那样说，肯定是对我起了疑心。我很不高兴，要求他给我做出解释。

他不笑了，但脸上仍留着那种怪笑的痕迹。

"我说不行，我不干，"他又重复了一遍，"我没说别的！"

我站起来，用力敲了一下桌子，愤怒地追问："不行！您得给我讲清楚，您得解释清楚，您这种傻笑，您说的这些话是什么意思！我不懂！"

我看到，在我说这些话的时候，他的脸色慢慢变白，人也显得那么猥猥琐琐，显然他是在向我道歉。我怒不可遏地站起来，用力耸了耸肩。

"好了！我可以不同您计较，也不计较您的怀疑，您这样做真让我难以想象！"

我付了我的账后走了出去。

我认识了一个值得尊敬的人，由于他十分聪明，也是一个值得敬佩的人。我相信，尊敬敬佩他并不是因为他的服装，他穿一条浅色花格短裤，同他两条短腿十分相称。他总喜欢这样的穿着。我们也穿衣服，由于衣服的样式和花色，常常会使人们把我们想象成一些怪物。

然而，我现在感到十分恼火，因为我觉得自己穿得并不太差。我没穿燕尾服，这是真的，可我穿了一身黑衣服，像丧服，但它很合身。另外，穿上这么一身衣服，那个德国人一下子就把我当成了一个大傻瓜，他可以把我的钱抢走而不会出什么事。如果是这样的话，那么，现在这个家伙为什么又把我当成一个无赖了呢？

"也许是由于我的胡子，"我边走边想，"或者是由于我的头发，头发实在太短了……"

于是，我想随便找个旅馆住下来，以便关起门来看看我究竟赢了多少钱。我觉得到处都是钱，浑身上下哪儿都是钱，上衣口袋里，裤子口袋里，背心口袋里，有金币、银币，也有纸币，数目一定很大！

已经打过两点，街上的人稀少。一辆空车开来，我上了车。

我不用什么本钱一下子赚了一万一千里拉！已经有好长时间没有见过这么多钱了。一开始我觉得这个数目太大了。可是，我想到过去的生活时，我觉得我自己太让人沮丧了。咳！两年的图书馆生活，再加上周围的那些灾难，竟然使我的心憔悴到了这种地步？

看着床上的这些钱，我又以我的这些新毒品折磨起自己来："去吧，有德行的人，安分守己的图书馆管理员，去吧，回家吧，拿着这些珍宝回去让佩斯卡托雷的寡妇俯首听命吧。她可能会认为你的钱是偷来的，但她马上就会对你毕恭毕敬。要么，如果这些钱还不足以弥补你的辛劳的话，那就还是像你一开始设想的那样到美洲去吧。现在，你有了钱，可以到那里去了。一万一千里拉！多么富有啊！"

我把钱收起来，放到抽屉里。我躺到床上，但无法入睡。我该怎么办？回蒙特卡洛把赢的这么多钱还回去？还是就此罢手以这笔钱过我的小日子？怎么可能？在我过去组建的那个家庭，我还能有心情有办法享受吗？可能我给我那可怜的妻子穿得太差，她不仅不再梳妆打扮让我高兴，反而极尽一切能事使我不快。她成天不梳头，不穿紧身衣，穿一双拖鞋，衣服则让她怎么看怎么不顺眼。她会不会认为，对我这样一个丈夫没有必要打扮得漂漂亮亮？另外，自从那次面对严重危险的生产之后，她的健康状况再也没有恢复到先前的水平。她的脾气也一天比一天坏，不仅对我是这样，对所有的人都是如此。这种坏脾气和缺乏温情还使她一天比一天懒惰。她甚至对小女儿也没有耐心，她生下的这个女儿和那个刚生下几天后就夭折的女儿，使她感到是一大失败，因为奥莉娃生了一个大胖儿子，她比我的妻子后临产一个月，生的时候非常顺利，没有一点儿痛苦，怀孕的时候也没有太受折磨。所有这些麻烦再加上必然会出现的摩擦，就像一只黑猫蹲到了刚熄火的灰烬上，使我们双方再一起生活下去都感到不痛快。口袋里有了这一万一千里拉，我能使我的家庭恢复平静吗？能使我们刚刚产生不久就被佩斯卡托雷的寡妇活生生扼杀的爱情复燃吗？真是两个疯子！那么怎么办呢？到美洲去？可是，命运之神看来是要我留在这里，留在尼斯。在那个赌场门前我连想都不用想就赢了那么多，那又何必前往老远的美洲去找好运气呢？现在，我应该向她证明，我是配得上她的，是配得上她的那些好的，如果真的像她认为的那样的话，她是会同我和好的。好，就这样！要么是一切，要么是零。最多我不过是像先前一样过日子。一万一千里拉还不算什么？

就这样，第二天我又返回蒙特卡洛，而且连续去了十二天。对于命运之神对我的护佑，我甚至都没有办法也没有时间感到惊奇，那确实是出乎寻常的护佑。我喜出望外，简直可以说是发疯了。就是现在我也并不吃惊，现在我已经清楚地知道，命运之神给了我什么样的武器，给了我多大的好处。在前九天里，我拼着老命在赌场赌博，九天时间就赚了一大笔钱。第九天之后，我开始输，形势急转直下。我原来那种奇妙的冲动丧失了，好像它在我那已经枯竭的神经系统中得不到能量了。我不善于及时洗手不干，更确切地说是，我无法及时住手。后来我洗手不干了，我醒悟过来，这倒不是由于我自己幡然悔悟，而是由于一个令人害怕的场面使我震动不已，我觉得，那个场面似乎不应该在那里出现。

　　第十二天一大早，我走向赌场，那个喜欢 12 这一数字的卢加诺人来到我跟前。他的神经有点儿紧张、痛苦。他不是以他的话语，而是以他的神情告诉我，刚才有人在花园里开枪自杀了。我立即想到，死者应该是我认识的那个西班牙人，我感到十分内疚。我想到，肯定是他帮我赢了钱。第一天，也就是我们吵过架之后的第二天，我押哪儿，他就偏不押哪儿，他当然总是输。后来的那几天里，他看到我一直稳操胜券，他也想照着我的样子下注。但是，这时候我觉得好像不是我在押，而是由命运之神那只确实存在但又看不到的手在押注。我在这个台子和另外一个台子前转来转去，我不想再让他跟着我去净赚了。于是，有两天的时间没有见到他的影子，正是从我开始输的时候见不到他的影子的，也许是他不想再追着我了。

　　我觉得蛮有把握，肯定是他无疑。我跑到那个卢加诺人指给我的地方，只见死者躺在地上，已经没气了。可是，我看到，死者并不是那个西班牙人，而是那个白白净净的年轻人，那个睡眼惺忪无动于衷地从裤子口袋里掏出他的金币连看都不看就押下去的年轻人。

　　他躺在大路中间，显得更加瘦小，他端端正正地躺在那里，两只脚捆在一起，好像是预先准备好的，以便开枪后摔倒时不那么难受。他的一只手臂贴在身上，另一只手臂悬着，手微握。一只手指——食指——仍是扣动扳机时的形状。正是这只手抬起左轮手枪对着自己扣动扳机的。前边不远的地方是他的帽子。一开始我以为子弹是从左眼穿出来的，因为左眼有很多血，而且已经凝固，流到脸颊的血也已凝固。实际并非如此，左眼的血是从鼻孔和耳朵流过去的，另外的好多血从枪眼流到右鬓角，流到路边的沙土地上凝固了。十几只大黄蜂在那里嗡嗡乱叫，有的甚至飞到眼上贪婪地吮吸。好多人在围观，没有一个人想到应该把黄蜂赶走。我从口袋里掏出手绢，盖到他那不成人形的瘆人的脸上。没有一个人喜欢我的这个动作，因为我把最吸引人的画面给破坏了。

我匆匆离开那里。我回到尼斯，准备当天立即离开这个鬼地方。

我身上总共有八万二千里拉。

我是什么都能预料到的，只有一件事没有料到，这就是，就在同一天晚上，类似的事也必然会落到我头上。

七　换车

　　我想：

　　"我要把鸡笼庄园赎回来，我隐居到那里，那是乡下，到那儿去开磨坊一定不错。能接近大地一定很好，在那边也许会更好。

　　"其实，每一种职业都有它的好处，都会让人感到欣慰，就连掘墓人这种职业也不例外。石磨那有节奏的嗡嗡声，空气中飘浮着的粉尘，到处散撒的麸皮，这些一定会使磨坊主感到无限欣慰。

　　"我敢肯定，直到现在为止，磨坊那边一定连一口袋麦子也不曾打开磨过。不过，不用急，我很快就会让它磨的。

　　"'马蒂亚先生，大轴插销在这儿！马蒂亚先生，轴套坏了！马蒂亚先生，这是齿轮！'

　　"好心的妈妈在世的时候，马拉尼亚管事时就是这个样子。

　　"我要是来看着磨坊，庄园管家会偷我乡下的果实，我要是到乡下看着，磨坊工就会偷我磨坊赚的钱。这边是磨坊工，那边有庄园管家，他们在同我捉迷藏，我就在他们两人之间奔跑，这也可以说是一种享受。

　　"也许另一种办法更好，这就是，到我丈母娘那个不许任何人动的箱子里，拿出一件弗朗切斯科·安东尼奥·佩斯卡托雷的旧衣服，他的寡妇像保存圣人遗骸似的细心保存着这些衣服，夹上樟脑和胡椒妥善保存在箱子里，拿出这些衣服让马里亚娜·顿迪穿上，打发她去当磨坊工，或者打发她去管那个庄园管家。

"乡间的空气肯定对我妻子的健康有好处。看到她那副样子，也许树上的叶子会掉下来，鸟儿会停止唱歌。但愿那股泉水不会枯。而我，将留在图书馆里，孤零零一个人留在圣玛丽亚自由教堂。"

我就这样一直在胡思乱想。火车在奔驰。我无法闭眼，一闭眼马上就想起了那个年轻人的尸体，想起那具躺在路边的瘦小尸体，直挺挺地躺在树下，清新的晨曦中，树木纹丝不动。因此，我不得不用另一个噩梦来安慰自己，这一噩梦不那么血淋淋，至少还是实实在在的，这就是我那可怕的丈母娘和我的妻子。我想象着我回到家的情景，想象着我在神秘地失踪十三天后回到家的情景。这种想象也是一种享受。

我敢肯定（我好像已经亲眼看到了！），我一进门，她们两个都会十分冷淡，只瞥我一眼，那意思是说："你，又回来了？你没有断了脊梁骨？"

她们两个都一言不发，我也一言不发。

过了一会儿之后，无疑是佩斯卡托雷的寡妇先发雷霆之怒，话题当然是我的那个已经丧失了的工作职位。

我走的时候把图书馆的钥匙带走了。我失踪的消息传出后，他们肯定按照警察局的命令把门撬开了。可是，图书馆里没有我的影子，我可能死了，别的地方也没有发现我的踪影，没有我的一点儿消息。在这种情况下，镇政府的人也许还等了几天，三天，四天，五天，一周，我还是没有回来，他们只好把我的位置给了另外一个无事可干的人。

这样说来，我还坐在那里干什么？我不是该再次逃离出走吗？对，是这样！两个可怜的女人没有义务养活一个游手好闲的人，一个该送进监狱的家伙。他就这样逃走了，谁也说不清是什么样的勇气鼓舞他逃走的。

我一言不发。

马里亚娜·顿迪的火气越来越大，原因正是我的歧视性的一言不发。她的怒气在升腾，在沸腾，眼看就要爆发。而我，依然是一言不发！

到了火候，我从上衣口袋里掏出钱包，把一张张一千里拉的大票摊在桌上数起来，一张，两张，三张……

马里亚娜·顿迪目瞪口呆，我的妻子也目瞪口呆。

然后是："你从哪儿偷来这么多钱？"

"……77，78，79，80，81……500，600，700……10，20，25……总共是八万一千七百二十五里拉，口袋里还有四十分。"

我不动声色地把钱收起来，重新放回钱包，然后站起："你们不是不愿让我留下来吗？那好吧，非常感谢！我走了，再见。"

我这样想着，不觉笑出声来。车上的旅伴们都在看我，他们也笑起来，偷偷地笑着。

这时，为了使自己显出庄重的样子，我开始想我的那些债主，我的这些钱得在他们之间分，要藏也无处可藏，再说，藏起来对我又有什么用？

要是我能自己享用这些钱该多好啊，可是，那些狗东西们肯定不会让我去享用。要靠磨坊和庄园的收成还债并重振家业的话，谁知道还得等多少年呢。再说，磨坊和庄园都需要雇人经管，这又得花好多钱，又得被坑，庄园管家三口两口就会把收成全部私吞（磨坊也会被人三口两口就吞掉）。现在，用这么多现款来处置的话也许可以使我一举摆脱负担。我开始计算起来。

"得给雷基奥尼这个像狂犬一样的家伙一大笔，给菲力波·布里西戈又是一大笔，我希望他能用这笔钱去办他的葬礼，这样他就再也不能喝穷人的鲜血了！都灵那个奇钦·卢纳罗也得还他一大笔钱，还有寡妇利帕尼……还有谁呢？对了，还有德拉皮亚纳、博西和马戈蒂尼……这样一来我赢的钱就一干二净了。"

总而言之，我在蒙特卡洛赢了钱，其实是为他们赢的！后来那两天输了那么多，多令人气恼啊！要不然我会重新成为一个大富翁……我会成为一个大富翁！

我叹了几口气，这使我的旅伴们又回过头来看我，他们再次笑起来。可是，我依然不能平静下来。天眼看就要黑了，天灰蒙蒙的，旅途的烦恼令人难以忍受。

火车进入意大利境内之后，我在第一个车站买了一份报纸，希望读着这张报纸能够入睡。我把报纸打开，在小电灯的灯光下开始读起来。这样一来，我读到一条消息后感到很高兴，这条消息说，瓦伦西古堡第二次拍卖，最后以二百三十万法郎的价格卖给了德卡斯特拉内公爵。古堡周围的地共有两千八百公顷，是法国最大的一宗产业。

"同我的鸡笼庄园差不了多少。"

我还读到，德国皇帝中午在波茨坦接见了摩洛哥的使节，首相里希特霍芬男爵出席仪式。使节被介绍给皇后，皇后设宴款待。谁知道他们大嚼大咽了些什么！

俄国沙皇和皇后在彼得堡接见来自中国西藏的官员，官员向陛下转交了喇嘛的礼物。

"喇嘛的礼物？"我自己问自己。我闭上眼沉思起来："可能是些什么呢？"

可能是罂粟，这是一种安眠药，想着它我也许就能入睡。但是罂粟也没有用，还是睡不着。很快，火车猛地停下来，把我从昏昏沉沉中惊醒过来。又是一站！

我看了看表，八点一刻。再有差不多一小时我就到站了。

报纸仍在我手里，我翻到第二版，想在第二版寻找一些比喇嘛的礼物更有意思的东西。我的眼睛停在一行黑体字上，这行字是：

"自杀事件"

我立即想到，可能是我在蒙特卡洛遇到的那个可怜虫。我立即读起来。但是，看了第一行，我吃了一惊。第一行是用很小的字母排印的：米拉尼奥来电。

"米拉尼奥？我的故乡有谁会自杀呢？"

我继续往下看："昨天，二十八日，星期六,一个磨坊的水渠里浮起一具尸体，尸体早已腐烂……"

突然，我的眼睛模糊不清了，好像下面那一行里有我的庄园的名字，于是我努力去辨认，用我仅有的那只好眼去辨认，字母太小，认不清。我站起来，凑到灯泡跟前。

"……已腐烂。磨坊设在一个庄园，庄园的名字叫鸡笼庄园，距本镇大约两公里。司法当局和另外一些人前往现场查看，尸体确实是从水渠浮起来的，已派人看守起来以便确认。后来，已经确认是我们的……"

　　我的心跳到了嗓子眼儿，我神经质地看看旅伴们，大家都在打瞌睡。

　　"前往现场查看……从水渠浮起……看守起来……已经确认是我们的图书管理员……"

　　"是我？"

　　"现场查看……后来……原来是我们的图书管理员马蒂亚·帕斯卡尔，他已失踪多日。自杀原因：经济困难。"

　　"是我？'失踪多日……已经确认是……马蒂亚·帕斯卡尔……'"

　　我脸色铁青，心跳不止。那短短的几行字我不知反复读了多少遍。由于一时冲动，我的所有精力好像都集中起来，以表达我的抗议。这条消息是那么满不在乎，是那么简短，简直让人恼火。可是，连我也觉得，它报道的好像是真事。这条消息写出来要是没有让我看到，那么，任何人看了都会认为是千真万确的。然而，从昨天起，别的人就知道，我确实死了，这一事实使我觉得难以忍受，好像受了极大的欺负，而且永远难以释怀。我又看了看我的旅伴们，我觉得，好像他们几乎也都认为这一消息报道的事实千真万确，他们又都无动于衷地闭目养神了。我真想把他们通通推醒，因为他们那种无动于衷真让人难以忍受。我要推醒他们，我要向他们喊叫，我要告诉他们，事情并非如此。

　　"这可能吗？"

　　于是，我把这条令人震惊的消息又读了一遍。

　　我再也忍耐不住。我希望，火车应该立即停下来，我希望，这列火车应该开得再快些。它这单调的声音，像个呆头呆脑的家伙发出的沉闷声音，这声音使我越来越烦躁。我的双手不断地握紧又张开，张开再握紧，我的指甲抠到手掌里。我把那张报纸摊开，把它整理好，以便再把那条消息读一遍，尽管我已经可以倒背如流。

"'已经确认……！'他们认出是我，这可能吗？'早已腐烂……'咳！"

有那么一刻，我好像看到了水渠里的水，那绿色的、冷冰冰的、冒着泡的、令人害怕的渠水，水上漂浮着……我本能地双手抱在胸前，手掌抚摸着胸脯，我抽搐起来。

"不，不是我！不，不是……那么是谁呢？……他一定很像我……他可能也有我这样的胡子，体型同我差不多……他们辨认后认为是我！'已失踪多日……'咳！可是，我想弄清，我真想搞清，是谁这么急急忙忙地宣布说死者就是我。那个倒霉鬼很像我，这可能吗？他的穿着同我的很相像，这可能吗？能是这样吗？对了，也许是她，是马里亚娜·顿迪，是佩斯卡托雷的寡妇搞的鬼。对了，可能是她。我刚被捞起来，她就立即认出是我。她觉得不是我，这怎么可能！'是他，是他！是我女婿。咳！我可怜的马蒂亚！咳，我可怜的孩子！'说不定她还哭起来，甚至跑到那个可怜虫的尸体旁跪了下来。可这个可怜的人此时已经无法站起来踢她一脚，对她大喊一声：'走开，我不认识你！'"

我想到这里，不禁颤抖起来。火车终于在另外一个车站停下来。我打开车门跳下车，心里乱哄哄的，不知如何是好。对了，应该拍一份紧急电报，否认这一消息。

可是，从车上向月台上这一跳救了我，刚才的那些怪癖念头经这一跳给跳丢了，我看到了一线希望……对了，我解放了，我自由了，我的新生活从此开始了！

　　我身上有八万二千里拉，现在再也没有必要把这些钱还给任何人了！因为我已经死了！我死了，再也没有债务了，再也没有妻子了，再也没有丈母娘了，什么也没有了！我自由了！自由了！自由了！我还要再寻求什么呢？

　　我这样想着，当时的举止一定非常古怪。在那个素不相识的空旷的月台上，我的举止一定显得怪极了。我下车时没有关车厢门，任它开着吧！我看了看周围，好多人在向我喊叫，我不知道他们要干什么。最后，一个人边推我边向我大声嚷道："车开了！"

　　"让它开吧，让它开吧，亲爱的先生！"我也对他喊起来，"我要换车！"

　　现在我又疑惑起来，那条消息是不是已经有人否认了，在米拉尼奥也许已经有人承认错了，也许那个真正的死者的家属已经出面说搞错了。

　　因此，不能高兴得太早，我得先搞清楚确切的消息和细节，但怎么搞清呢？

　　我伸手到口袋里去掏那张报纸。对了，我把它落到火车上了。我转身看了看铁轨，那里空空荡荡，铁轨在寂静的夜间泛着寒光。在这个路过的小车站，我感到茫然。于是，一个更大的疑问跳上我心头：我这不是在做梦吧？

　　不，不是做梦，报上明明写着："米拉尼奥来电。昨天，二十八日，星期六……"

　　你看，这条电讯我不是能倒背如流了吗？毫无疑问！可是，这太少了，我仅仅掌握这些还很不够。

　　我看了看车站，站牌上写着：阿伦加。

在这个小地方能不能找到另外一些报纸呢？我突然想起来，今天是星期日。在米拉尼奥，《小报》今天上午出版，那是家乡唯一的一份报纸，我无论如何得找到今天出的这份《小报》，在这份报上我可以找到我所需要的一切细节。可是，在阿伦加如何才能找到《小报》呢？对了，我可以化名向报社拍一份电报。我认识这家报纸的总编辑，他叫米罗·科尔基，在米拉尼奥大家都叫他"小云雀"，因为他年轻时出版了他的第一本、也是最后一本诗集，书名用的就是《小云雀》这个可爱的名称。

可是，在小云雀看来，有人在阿伦加拍电报向他要他的报纸，他会不会认为这是一个重要事件呢？当然，这是本周最"令人感兴趣的"新闻，所以这一期最重要的文章写的当然就是我的自杀。那么，我这样向他要报纸，不是会引起他的怀疑吗？

"管他呢，"我又想，"小云雀不会想到我没有被淹死。有人向他要这份报纸，他一定会从这一期的另一条重要文章着手去找原因。一个时期以来，他极力在引水渠和煤气工程上反对镇政府，他更有可能会认为，原因在于这场'战斗'。"

我走进车站。

幸运的是，唯一的那驾驿站马车还停在那里，车夫正在同铁路职工聊天。从车站到村庄得走三刻钟，而且都是上坡。

我登上那驾破烂不堪的小马车，车上连灯也没有，我们在黑暗中出发了。

我心里有好多事需要反复思考，读了关于我的消息之后留下的强烈印象不时涌上心头，这使我清醒起来。在漆黑的夜里，在这孤独之中，我感到空虚，感到茫然，像刚才看到那两根泛着寒光的铁轨时一样茫然。我感到好像我自己没有生命了，好像我成了自己的幽灵，即将到另外一个世界生活，可是还不知道以什么方式在那边生活，想来真令人害怕。

为了散散心，我问车夫："村里有报摊吗？"

"什么？没有，先生。"

"阿伦加不卖报纸？"

"噢，卖的，先生！药店老板格罗塔内利卖报纸。"

"有旅馆吗？"

"有个叫帕尔蒙蒂诺的小店。"

他从车上跳下去，以减轻车的载重，那匹老骡马的鼻子都快碰到地面了。我看了看他。过了一会儿，他点着烟斗，这下我看清了他的面貌，他真像一座石雕。我想："如果他知道他拉的是谁，那么……"

这个问题再次让我纠结不清："他拉的是什么人？这连我自己也不知道。现在，我是什么人？这得我自己来考虑，我至少得有个名字，得马上给自己起个名字，以便在电报上签字，不然的话，在小旅店人家问我的时候，我会难堪。现在，只要想个名字就够了。想想看，起个什么名字呢？"

我从来都没有想到，自己得给自己起名，自己给自己选姓，没有想到这件事让我如此大费周折，让我如此焦躁不安。特别是，还需要选个姓！我不假思索地拼读了一下，拼出这么几个姓来：斯特罗扎尼、帕尔贝塔、马尔托尼、巴尔图西。我觉得这几个姓都太刺激，没有任何特殊之处，没有意思。作为一个姓，必须得有点儿……好了，随便选一个吧，比如说，马尔托尼，为什么不选它呢？就叫卡洛·马尔托尼。好，就这样了！过了一会儿，我拍了一下自己的胸脯："对，还是叫卡洛·马尔泰罗吧！"我又焦躁起来。

我们来到村庄，街上空无一人。幸运的是，在药店老板那里我买了一份报纸，这个药店也是邮电局、文具店、副食店、书报店……谁知还有什么店，反正我也无须在别的什么店买东西。我买的是一份刚运到这里的热那亚的报纸，叫作《卡法罗》，还买了一份《十九世纪报》。我问他有没有米拉尼奥出版的《小报》。

这个格罗塔内利的脸像一张鹰的脸，两只圆圆的大眼睛，像两只玻璃球，眼睛上面是几根黑乎乎的眼睫毛，一眨一眨的，像是十分着急。

"《小报》？我从来没有听说过。"

"是一份地方小报，每周出一期。"我解释说，"我想买一份，当然是今天出的。"

"《小报》？我从来没有听说过。"他又重复了一遍。

"好了！您从未见过不要紧，请给我往这家报社拍份电报，我付钱，请报社给我寄十份或二十份报纸，明天寄到，越快越好。可以吗？"

他不回答我，只是死死盯着我，但他又像什么也没有看到，再次重复："《小报》？我从来没有听说过。"最后，他总算根据我的口授拟出了电报，发报地址用的是他这个药店的地址。

那天晚上，在帕尔蒙蒂诺小旅店，我一夜没合眼，脑子里满是乱七八糟的想法。第二天，我收到十五份《小报》。

晚上只剩我一个人时，我赶紧打开那两份热那亚日报，可是，没有找到关于那件事的任何字句。现在，《小报》到了，我双手颤抖，赶紧打开，第一版上什么也没有，我到第二版和第三版去找。突然，第三版上部一条大字标题跳入我的眼帘，标题正好是我的姓名，但带着黑框，那篇悼文是这样写的：

马蒂亚·帕斯卡尔

　　已有多日听不到他的消息了，这些日子，对他那可怜的家庭来说，是十分痛心的日子，是难以言状的焦虑的日子，本镇大多数人也感到痛心和焦虑，大家爱他，尊敬他，因为他心地善良，性格开朗，天性谦逊，再加上其他天赋，他能忍受厄运而毫无怨言。因此，原来过着无忧无虑的富裕日子，到了最后，生活窘迫，他也能做到毫无怨言。

　　他不知何故而失踪后的第一天，他的让人深受感动的家属来到博卡马扎图书馆，在这座图书馆里，这位热心事业的人曾整天不懈地阅读，丰富他的学识，直到图书馆关门为止。在这关闭的大门前，立即让人产生了一种令人提心吊胆的不祥的猜想，这种猜想又被一种幻想驱散，这一幻想持续了好多天后才渐渐消失，人们好心地想象，他可能是由于某种个人的私密原因离开了这个地方。

　　呜呼！可惜真相是另外一回事！

　　在他祖上留下的产业丧失殆尽之后，他那令人极为尊敬的母亲不久前去世了，唯一的小女儿也跟着去世了，这必然在我们这位可怜的朋友的心灵深处留下了深深的创伤。不仅如此，大约三个月后，一天夜里，他曾试图结束他那可怜的性命，地点正是在这座磨坊的水渠边，这座磨坊一定会使他想起他家的辉煌的过去，想起他过去的幸福时光。

　　"……最大的痛莫过于在贫困中想起过去的幸福……"

在他那湿淋淋的、不成样子的尸体前，一个始终忠于这个家庭的老磨坊工眼含泪水哽咽着这样说。夜幕降临，这里更显得凄凉。地上，尸体旁，挂起一盏红灯。尸体由两名王国宪兵看守。老菲力波·布里纳（特别提到他是由于我们尊敬好人）含着眼泪对我们说，在那个可悲的夜间，是他成功地制止了马蒂亚自己对自己下毒手。可是，菲力波·布里纳没有及时制止他的第二次自杀。马蒂亚·帕斯卡尔也许在磨坊的水渠里泡了整整一夜，第二天又泡了大半天。

前天，天黑下来的时候，痛不欲生的寡妇看到了她那亲爱的伴侣的已经不成形的尸体。他走了，去找他那可爱的小女儿去了。现场的悲痛场面我们不忍心再去描写了。

整个镇上的人都很同情她，为了表示内心的同情，大家把尸体运到他那最终栖息地，镇上的负责人波米诺骑士还致了简短但动人的悼词。

我们谨向沉浸在悲痛中的这一家庭、向远离米拉尼奥的他的哥哥罗贝尔托表示我们对死者的沉痛哀悼，我们怀着痛心的心情最后一次向我们善良的马蒂亚讲一次：

"永别了，亲爱的朋友，安息吧！"

M.C.

就是没有最后这两个字母，我也可以蛮有把握地说，这一讣告出自小云雀的手笔。

然而，我不能不承认，看到自己的姓名印在报纸上，周围还加了黑框，尽管是预料中事，不仅不能使我高兴，反而使我的心跳得更快，甚至在读了几行之后不得不停止阅读。我家的"十分

痛心的日子"和"难以言状的焦虑的日子"并没有使我脸上出现一
丝笑意，当地人因我道德高尚因而对我表示的尊敬和热爱也没有
使我脸上出现一丝笑容，说我热心于事业也不能使我高兴。我想
起了在鸡笼庄园的那一可悲之夜，那是在妈妈死后不久，小女儿
也死去后的一夜，这是我必然自杀的最有力的佐证，想起这一点
先是使我感到吃惊，好像那一夜就是我这次所谓自杀的不祥之兆；
后来又使我感到内疚，感到沮丧。

咳，不是这样！我并没因为母亲和小女儿相继去世而结束
自己的生命，尽管那天夜里我也曾有过这种想法。我逃跑了，失
望地逃走了，这倒是真的。可是，我现在又回来了，我从赌场归
来。在赌场，说来真是奇怪，我竟交了好运，一上手就赢起来，
而且不断地赢，发了大财。另外一个人却为了我死了，那个人肯
定是个外地人，我偷了他那远方的亲属和朋友们的哭泣，是我让
他去忍受了并不属于他的那些东西，说来真是可笑透顶！是我让
他享受了那些并非真的哭泣，甚至是波米诺骑士的冠冕堂皇的
悼词。

这是我在《小报》上读了我的讣告之后的第一个想法。

后来，我想，那个可怜的人肯定不是由于我才死的，我现在
能让自己活着，可我无法让他复活。我想，我这样利用他的死不
仅不是骗了他的亲属，倒是相反，而是使他们得到了好处，因为
对他们来说，死者是我，而不是他，他们可能会认为，他失踪了，
他们还可以抱有一线希望，希望迟早有一天他会再露面。

另外就是我的妻子和丈母娘，我能相信她们为我的死而表现
出的悲痛吗？我能相信她们的"难以言状的焦虑"和小云雀的洋洋
洒洒的悼文中的"哀悼"吗？不，只要稍微睁开眼看一看就可以认

出那个可怜的死者来，就可以认出那不是我。就算是那双眼睛掉到了渠底，那么，作为妻子，只要不是故意说谎，她肯定不会轻易把另一个男人看作自己的丈夫！

她们大概巴不得快点儿把那个死者说成是我的吧？现在，佩斯卡托雷的寡妇大概希望马拉尼亚——对我这可悲的自杀马拉尼亚会有些震惊，甚至是歉疚——会来帮她这个寡妇？好，她们高兴了，我更高兴！

"我死了？我淹死了？坟头立起一个十字架，再也没有人谈起我了！"

我站起来，伸开双臂，深深出了一口气，我轻松了。

八　阿德里亚诺·梅伊斯

　　我马上下了决心，要成为另外一个人。我这样做倒并不是为了欺骗别人，他们向来是自己在骗自己。我这样做当然有点儿轻率，但在我这种情况下不应遭到谴责，当然也不值得赞扬。我这样做只是为了听从命运的安排，只是为了满足我自己的需要。

　　那个倒霉的死者我也没有必要去颂扬他，是别人不知为了什么原因把他投进水渠的。他可能干了很多傻事，或许他不值得有更好的下场。

　　现在，对我来说，最好是在我身上不留他的任何痕迹，不仅是外表，而且包括内心深处。

　　我现在已经孤零零一个人了，在地球之上，比我更孤立是不可能有的了。我现在摆脱了所有的联系和义务，我现在完全自由了，成了一个全新的人，而且绝对是自己的主人，再也没有我过去的那些包袱，只有将来的前途，这使我能够随心所欲地自己塑造自己的形象。

　　太好了，我像长了两只翅膀！真是太轻松了！

　　过去的事件使我对生活产生的观念，绝对不能再抱着不放了，已经没有再存在下去的理由。我应该对生活抱有一种新观念，绝对再也不能利用已故的马蒂亚·帕斯卡尔的不幸的老经验了。

　　现在，一切都取决于我自己，我能够、也应该成为我的新命运的主宰者，当然是在命运允许的范围之内。

"首先，我要认真维护我的这一自由，"我对自己说，"我要引它走向平坦的大道，而且始终是新路，始终不能让它背上沉重的负担。在生活这场戏于某一时刻给我带来不快时，我要立即闭上眼睛，设法渡过难关。我要使生活始终充满生气，寻找美的事物，寻找令人愉快安宁的场所。我还要逐步接受教育，我要通过愉快的、坚持不懈的学习改变自我。这样，到了最后，我不仅可以说自己是有过两次生命的人，而且是两个不同的人。"

为了开始新的生命的旅程，在阿伦加，出发之前我去找一个理发师，让他把我的胡子剪短。我本来想把胡子通通剪掉，后来又怕在这个小地方引起别人的怀疑，所以最后还是忍住了。

这个理发师同时也是一个裁缝，由于成年累月总是趴在缝纫机上，而且总是一种姿势，这位老裁缝的腰已经直不起来。他的鼻子上架着一副眼镜。应该说他是个裁缝而不是一个理发师。他手拿一把剪羊毛用的大剪刀，剪刀大得吓人，有时不得不用另一只手去帮忙。他活像上帝派来的刽子手，把已经不再属于我的那些胡须剪下来。我连大气也不敢出，生怕他剪我一刀。我闭起双眼，直到我觉得他在轻轻推我时才敢睁开。

这个剪毛老手满头大汗，拿来一个镜子，显然是要我夸奖他一番。

我觉得这有些多余！

"不必了，谢谢。"我故意避开，"把它放回去吧，我不想让您担心。"

他眨了好几下眼："担心谁？"

"担心那个镜子，很漂亮！一定非常古老……"

那是一个圆镜，把手镶有骨刻，不知已有多久的历史，也不知是从哪儿来的，是如何来到这个裁缝店兼理发店的。店主人吃惊地望着我。为了不让他失望，我最后把它拿来照了照。

他确实理得不错！

通过这场厮杀我看到，像耍魔术一般，我已经摆脱了马蒂亚·帕斯卡尔的外貌，而且是彻底摆脱了！这是我恨那个马蒂亚·帕斯卡尔的新根由。他那个下巴多么小，又瘦又向里凹。过去，他有大胡子，这个下巴在胡子下藏了那么多年，我觉得现在这是一种叛变。现在我不得不光秃秃地露着这个可笑的小下巴了！还有，我继承了一个什么样的鼻子啊！另外还有那只眼！

"是的，还有那只斜眼。"我这样想，"一方面是不美观，一方面是，那是他马蒂亚的，以后老留在我脸上了！我只能再买一副有色眼镜，把它藏起来，当然，这副眼镜一定也会使我显得更加可爱。我要让头发长得长长的，加上宽阔的前额、这副眼镜，胡子刮得光光的，我将很像一个德国哲学家。我得穿一套礼服，戴一顶宽檐礼帽。"

有了这副神态，那就只能是一个哲学家了，别无他途。我得以适当的哲学知识武装起来，以便笑嘻嘻地步入可怜的人群之中，尽管我在内心中极力克制，但仍很难使我认为，他们在我面前显得不那么可笑又可悲。

我的新姓名几乎可以说是在火车上捡到的。那是在开往都灵的火车从阿伦加出发后不多几个小时之后的事。

我的车厢里有两位先生，他们在热烈争论天主教圣像学方面的事，在我这样一个无知之辈眼里，这场争论显得，这两位先生都是饱学之辈。

其中那个年轻一点儿的面色黄瘦，黑黑的胡子又粗又密，在讲他的知识时显得特别得意。他说，这一知识古老至极，连朱斯蒂诺·马尔蒂雷和特图利亚诺也认为是这样，他还说了另外几个人的名字，我孤陋寡闻，实在不知道那是些什么人。这一知识就是：基督十分丑陋。

他说话时瓮声瓮气，同他那富有灵感的外表很不相称。

"是的，确实丑极了！丑极了！连奇里罗·达莱桑德里亚也说是这样！我敢肯定，奇里罗·达莱桑德里亚甚至说，基督是世界上最丑的人！"

另一个是个瘦瘦的老头，说话平心静气。他面色苍白，像个苦行僧。但是，嘴角的一丝笑意暴露了他那淡淡的嘲弄意味。他几乎都坐到靠背上了，脖子伸得长长的，像头老牛在拉车。他的观点却是，那些老得不能再老的说法不值得一信。

"因为教会在头几个世纪完全致力于把教义和赋予它灵魂的启示者的心灵结合在一起，所以很少考虑……对了，很少考虑他的相貌。"

后来，他们又谈起维罗尼卡[①]和帕内亚德城的两尊塑像，人们认为，这两尊塑像就是耶稣和那个女人。

"怎么可能！"那个长胡子的年轻人叫起来，"早已没有疑问的是，那两尊塑像代表的是阿德里亚诺皇帝[②]和拜倒在他脚下的那座城市！"

---

①　维罗尼卡，犹太传说中的一个女人，曾用纱巾擦掉耶稣的血迹，保护了基督的形象。

②　阿德里亚诺 (76—138)，117—138 年为罗马皇帝，罗马许多古迹出自他手，是著名军事家、建筑学家、诗人。通常汉语译为哈德良，这里为同帕斯卡尔给自己起的新名字一致，译为阿德里亚诺。

那个老一点儿的仍坚持他的见解，但外表很平静。他的意见显然同那个年轻人的看法不同，因为后者一边望着我一边坚定地再次重复说："是阿德里亚诺！"

"……在希伯来语中叫贝罗尼克，后来才演变成维罗尼卡……"

"是阿德里亚诺！"（他仍在望着我。）

"要么是把维罗尼卡拼成了维罗·伊卡，很可能是拼读错了……"

"是阿德里亚诺！"（他仍在望着我。）

"因为，在《彼拉多纪事》①中，维罗尼卡是……"

"是阿德里亚诺！"

他就这样重复了好几遍阿德里亚诺，每次喊的时候都望着我。

火车在一个车站停下时他们下了车，车厢里只剩下我一个人。我把头伸出窗口，想再看看他们。他们仍在争论，渐渐走远了。

突然，那个老一点儿的沉不住气，跑了起来。

"是谁说的？"那个年轻人停下来，以挑衅的口气大声问那个老头。

老头回头对他喊道："卡米洛·德梅伊斯！"

我觉得，这个姓名好像是那个老头喊给我听的，我机械地重复了一遍："阿德里亚诺……"我决定，把两个名字结合起来，把姓氏中的"德"字去掉，只留下"梅伊斯"做姓氏。

"对，就叫阿德里亚诺·梅伊斯！很好听！"

我觉得，这个姓名同我的没有胡子的面貌、那副眼镜、长长

---

① 彼拉多，犹太总督，耶稣被出卖后交给他，他以水洗手后说："流义人血之罪，不在我身上，你们自己承当吧！"然后将耶稣交给兵丁钉上十字架。

的头发、宽檐礼帽和礼服很相称。

"阿德里亚诺·梅伊斯！很好！我有了姓名。"

过去的生活依然深深刻印在我心里，但我已下定决心，从现在起，我要开创我的新生活。我感到，我好像沉浸在儿时的欢乐之中，因而轻松愉快，我的意识纯洁透明，我要时刻注意利用由此带来的所有好处来创造新我。与此同时，在我的内心深处，新的自由带来的欢乐使我激动不已。我从来没有见过这么多的人和事，他们同我之间的空气突然之间清新起来。我觉得，在我们之间将要确立的新关系将是简单而又轻松的，因为我心里这么满足，从此后将很少再有必要求助于他们。啊，心情多么轻松愉快啊，多么平静安详啊，这真是难以形容的狂喜啊！命运突然之间清除了我的所有麻烦，把我从普通生活中解脱出来，使我成为烦恼的局外观察者，而其他人仍在烦恼中挣扎。我暗暗警告自己：

"你看吧，你会看到，那将会是多么有趣，现在，你只是一个局外人在看！比如刚才那场戏，那个年轻人气急败坏，让那个可怜的老头怒气冲冲，为的仅仅是，那个年轻人坚持认为基督是世界上最丑的人……"

我笑起来，好像世上一切都很好笑。比如，我向乡下的树木微笑，它们迎面向我奔来，它们像幻影，带着极其古怪的姿态迎面而来；我向这儿那儿的几座别墅微笑，我想象着，佃农们在别墅周围的庄园里鼓着腮帮子向大雾猛吹，因为大雾毁掉了橄榄，也可能是另一种景象，佃农们在向天挥拳抗议，因为老天不给下雨；我向一哄而起的飞鸟微笑，不知是什么东西在田间跑过，发出一阵响声，将那些鸟惊起；我向飘摇不定的电线微笑，报纸上的一些消息就是通过这些电线传送的，比如，我在米拉尼奥那个鸡笼庄园的水渠中自杀身亡的消息就是通过电线传送的；我向养路工人的可怜的妻子们微笑，这些女人有的挥舞卷着的旗帜，有的挺着大肚子，头上戴的是丈夫的帽子。

我笑着，一直到我的视线不知为什么落到了我的结婚戒指上，它仍然套在我的左手无名指上。它使我猛地震颤了一下。我眯住眼，用另一只手攥住左手，想把这个金圈摘下来藏到一边，永远不再见它。我想象着，它被打开，里侧刻着两个名字：马蒂亚-罗米尔达，同时也刻着结婚的年月日。我该怎么办？

我睁开眼，皱着眉头看着手里的戒指，沉思了一阵。

周围好像又黑暗起来。

把我同过去捆在一起的锁链依然存在！这是一个小小的戒指，它本身并无多大重量，可是它显得多么重啊！这个锁链已断开，这最后的一环也应该扔得远远的！

我正想把它从窗口扔出去时，突然又收住伸出去的手。这有点儿太意外，我这种心血来潮的做法太不可靠。不然，什么事都有可能发生，其中包括，扔到田里的这只戒指凑巧被一个农民捡到，一传十，十传百，戒指里刻有姓名和结婚日期，真相就会暴露，鸡笼庄园淹死的人并不是图书管理员马蒂亚·帕斯卡尔！

"不行，不能扔掉。"我想，"得找个更可靠的地方……可是，放到哪儿呢？"

这时，火车在另一个车站停下来。我看了看周围，心里立即产生了一个想法。为实现这一想法，我开始设法找个能够实现它的地方。我把它讲出来，是因为我想在这样一些人面前说声对不起，这些人爱的是高雅行为，不怎么左思右想，他们喜欢的是，不必老记着人类有时只能听从客观需要的摆布，可惜的是，就是那些值得人们深切怀念的人也不能不听从这样的摆布，恺撒、拿破仑，尽管看起来这同他们的身份不相称，最漂亮的女人等等也是如此。好了，那就是这么一个地方，它的一边写着"男"，一边写着"女"，我拿这个地方做了我的结婚戒指的坟墓。

做完这件事，我开始思索起来，这倒不是为了分散我的注意力，而是为了设法使我的凭空而来的新生命更真实可信。我开始想这个阿德里亚诺·梅伊斯，为他设想他的过去，想想我的父亲应该叫什么，我出生在什么地方，如此等等。我极力不慌不忙地设想所有的一切，尽可能详尽地把各种各样的细节都确定下来。

我应该是个独生子，在这一点上，我觉得好像不值得再多加考虑了。

"独生子似乎有点儿……不，不是这样！那些处于我这种境地的人都应该是我的兄弟，这样的人谁能知道总共有多少啊！比如有那么一位，把帽子和衣服往河边小桥的栏杆上一放，上衣口袋里还装着一封信，然后，他不是跳河自尽，而是平心静气地走了，去了美洲或别的地方……过了几天，河里捞起一具难以辨认的尸体，这应该是那个把信留在河边桥上的人。以后就再也没有人谈起这个可怜虫了。确实，我并没有把我的遗嘱留在河边桥上，既没有留下信，也没有留下衣服和帽子……可是，我同这些兄弟们没有什么差别，只比他们多一样东西，这就是，我可以心安理得地享受我的自由，这是别人非要送给我的自由，因此，我可以……"

好吧，就说成是独生子吧。我出生在……"为了谨慎小心，还是不说出任何一个具体地点更好些。那么怎么说好呢？总不能生在云彩里吧！云彩，那是为月亮洗脸的东西，尽管在图书馆的书中可以读到，古代就有一种职业是用云彩洗月亮，怀孕的女人还把月亮叫作小月亮，这样就能顺产。"

　　出生在云中还是不好，比如说，出生在一艘轮船上，这倒可以。好，就这样说，就说是父母在旅行……为的是让我出生于一艘轮船上，好，就这样说，这样说一点儿也不荒唐！一个临产的女人长途旅行也要有一个令人信服的理由……对了，我的父母为什么要去美洲？为什么不能去？不是有好多人要去吗？甚至连穷光蛋马蒂亚·帕斯卡尔也想去。还有这八万二千里拉，说是我爸爸在美洲赚的？不对，如果他口袋里有这么八万二千里拉，他一定会等着妻子在家里顺顺当当地生下儿子之后再出发。还有，太好笑了！一个移民在美洲能赚到八万二千里拉绝非轻而易举之事。我的父亲……"对了，他叫什么名字？就叫保罗吧，好，他叫保罗·梅伊斯。我爸爸保罗·梅伊斯也像别的人一样抱有很多幻想。他拼命干了三四年，后来泄了气，从布宜诺斯艾利斯给我爷爷写了一封信……"

　　对了，爷爷，我确实还得认个爷爷，一个十分可亲的老头，比如，刚才下车的那个老头，那个很懂天主教圣像学的老头。

　　想象力多么神秘、多么变幻莫测啊！有什么不可告人的需要和理由使我在这种时刻非要把我的叫作保罗·梅伊斯的爸爸设想为一个愣头青呢？不管怎么说，就把他想象成一个给爷爷带来很多麻烦的人吧，他违背爷爷的意愿同一个女人结了婚，然后逃往美洲。或许他也应该认为，基督是个丑陋的人，对，是很丑，很恶心，他都不愿在美洲那边再见到这个基督。他刚刚得到爷爷的一笔接济，立即同妻子上路，准备让妻子回乡生产。

　　为什么一定把我设想为生在旅途中？生在美洲不是更好吗？

比如说在我父母回故乡前几个月出生在阿根廷。对，就这样！而且，爷爷因为这个无辜的孙子而心软了，爷爷为了我，只是为了我才原谅了他的儿子。就这样，我刚刚几个月就不得不漂洋过海，坐的也许是三等舱，路上得了支气管炎，由于奇迹，我居然没有死在路上。很好，就这样！爷爷经常同我谈起这些。在通常情况下，一听说自己刚刚几个月就差点儿死在路上一定会痛哭，不，我没有哭。不，不该哭，这是因为，其实我一生忍受了多少痛苦啊？仅仅一次，说真的，只有一次，这就是，同我相依为命的爷爷的去世。我的爸爸，保罗·梅伊斯，受不了家里的约束，回乡后不几个月再次逃往美洲，把妻子和我撇给了爷爷。不久，爸爸患黄热病死在美洲。到了三岁，妈妈也离开了人世，我成了孤儿。因此，我对父母的情况所知甚少，只知道这么一点点一般情况。而且不仅如此，我连自己出生的确切地点也不知道！在阿根廷，这没错！但在阿根廷的什么地方？爷爷也不知道！因为爸爸从来没有对他说过，或者是因为爷爷忘了。我自己当然不知道自己出生在什么地方。

好，现在来归纳一下：

（1）我是保罗·梅伊斯的独生子；（2）生在美洲的阿根廷，但不知道具体地点；（3）出生后几个月回到意大利（路上得过支气管炎）；（4）记不起父母的详情，或者知之甚少；（5）跟爷爷长大。

在哪儿长大？几乎哪儿都去过，最初在尼斯，对尼斯的记忆模糊不清，"马塞纳广场""散步广场""车站林荫大道"……后来到了都灵。

现在我就到都灵去，到那儿得确定好多事情，要选择一条街和一个家，爷爷把我安置在那里，直到我长到十岁为止。当时是托付给一户人家照料，这户人家的情况我到了都灵再设想，因为这个家庭需要具有当地的所有特点。我得确定自己在那里的生活，或者更明确地说，是以我的想象力根据当地的实际情况想象一下小阿德里亚诺·梅伊斯的生活。

这种回味，或者说，以丰富的想象力进行的虚构，虚构一场实际上并不存在也没有经历过的生活，逐步把别人和别的地方的生活变成我的生活，这又使我产生了一种莫名其妙的快感。当然，对我最初的流浪生涯也不能不感到凄凉。我可有事可干了，我不仅生活在现在，还得生活在我的过去当中，也就是阿德里亚诺·梅伊斯实际上并没有生存过的那些年当中。

以前想象的那些东西我没有记住，或者说所剩无几。当然，并非一切都是编造的，并非一切都不是或多或少地植根于现实；就是那些最古怪的东西也可以是真实的，但任何想象力都难以想象出某些荒唐怪诞的东西，难以想象出某些来自乱哄哄的生活看起来真实而并非真实的奇遇；而且，那些怪诞和奇遇同我们根据活生生的现实编造出来的东西差别是多么大啊！有多少实质性的、细腻的、难以想象的东西又需要我们的创造力去想象，然后才能重新成为现实，而它们本来就来自这样的现实，多少条线相互交叉编织才能构成生活，多少条线只有我们截取下来去编织才能编织成一件事实啊！

现在，如果说我自己不是一个编造出来的人的话，我能是什么呢？这是在旅途中的编造，尽管它已经成为现实生活的一部分，但它要求成为实际上的事实，必须人为地使它成为实际上的事实。

我细致地观察别人的生活时，从中看到了人间的多种联系，同时也看到了我的好多一段一段的断线。现在我能把这些断线重新同现实编织到一起吗？谁能知道它们会把我带到哪里！也许它们会马上成为新的羁绊，代替我刚刚躲开的那些羁绊，或许它们会把我用这些必要的编造构成的这辆车拖向深渊。不，我必须只把这些线同想象编织到一起。

在街上和公园里，我追着那些五岁到十岁的孩子们观察，研究他们的行动和游戏，搜集他们的表情，以便一点一点地把阿德里亚诺·梅伊斯的童年组合起来。我干得不错，到了最后，他的童年在我心中几乎很像真的了。

我不打算设想一个新母亲，这样会亵渎对我的真妈妈的深切的、痛心的怀念。但一个爷爷是需要的，好，就是我最初想象的那个爷爷，我还是应该把他设想出来。

为了把我的这个爷爷设想出来，我观察了多少真正的爷爷、真正的老头啊！我观察他们，我追着他们仔细研究，有的在都灵，有的在米兰，有的在威尼斯，有的在佛罗伦萨。我去掉了这个老头嘴上常年含着的骨质烟嘴，去掉了一个老头的红黑格的大手绢，去掉了另一个的手杖，去掉了另一个的眼镜和连鬓胡子，摈弃了第四个的走路姿势和吸鼻子的动作，摈弃了第五个的说话和笑的样子，最后编织出一个精明的、有点儿爱发脾气、热爱艺术的老头。他是个从无偏见的人，他不让我去上学，要亲自教我，以他的讲解和会话来教我。他带着我跑了一个又一个的城市，看了一个又一个的博物馆和艺术画廊。

前往米兰、帕多瓦、威尼斯、拉韦纳、佛罗伦萨和佩鲁贾时，他始终跟着我，像我的影子。他不是我的影子，而是我凭空想象出来的爷爷，他多次通过一位老导游的嘴同我说话。

我也想过实实在在的生活，就是现在这样的生活。我不时会想到我的无边无际的、独一无二的自由，这时就会产生一种突如其来的幸福感，这种感觉如此强烈，几乎使我感到有些含着快感的惊讶。我感到，它进入了我的胸腔，带着持久而又开阔的气息，它使我的整个灵魂飘浮起来。我独自一人！我仅自己一个人！我是自己的主人！我没有任何必要向任何人偿还债务！我可以想到哪儿去抬腿就走！去威尼斯？好，去威尼斯！去佛罗伦萨？好，去佛罗伦萨！而且，我的好运气随时随地都跟着我。我想起来了，有那么一天的傍晚，是在都灵，那是在我的新生活开始后的最初几个月，在波河边的大街上，在一座桥边，河边有一个土坝，将湍急的河水引开。就是这样的时间和地点，我看到，空气清新、透亮，所有在阴影中的东西像抹上了一层釉彩。看着看着，我的自由又使我陶醉起来，我甚至担心，我会因这种自由而丧失理智，担心我不能再坚持多久。

我的外貌从头到脚彻底改变了，胡子剃光了，戴一副浅蓝色的眼镜，头发长长的，艺术地散乱开来。我确实成了另外一个人！有时我站在镜子前同我自己对话，有时会不自觉地笑起来。

"阿德里亚诺·梅伊斯！你是个幸福的人！你不得不装扮一番，这实在有点儿可惜。嘿，去它的吧，这有什么要紧？这样很好嘛！如果不是由于他的那只眼，那个傻瓜的那只眼，你一定不会那么丑，你恐怕还会为你的样子漂亮而感到自豪哩！你现在这副样子会引妇女们发笑，可这不是你的过错，说到底不应该是你的过错。如果他原来不是短头发，那么你现在也就没有必要非留这么长的头发不可了。不是你想这样，这我知道，现在你不得不刮掉胡子，像个神甫。还是耐心点儿吧！女人们发笑的时候……你也笑，这是最好的办法。"

我活着，但过的几乎完全是另一个人的生活，他同我同在一身，他因我才能存在。因此，我很少同别人谈话，只是偶尔同旅馆的人、同侍者、同同桌吃饭的客人略谈几句，但从不同他们深谈。因为我需要克制，我能克制，从这种克制我发现，我不是一个喜欢说谎的人。另外，别的人也好像不怎么愿意同我说话，原因可能是由于我的外貌，他们可能把我当成一个外国人了。记得有一次在威尼斯，一种想法老也赶不走，这就是，那个划贡多拉小船①的老船工一定是把我当成德国人或者奥地利人了。我生在阿根廷，这不假，但我的父母可是意大利人啊。我的真正的……怎么说呢，就叫作"外来性"吧，我的真正的"外来性"是另外一回事，这只有我一个人知道。这就是，我再也不是我自己了，任何地方都没有登记我的户籍和其他信息，当然，米拉尼奥的除外，不过，那里登记的是另外一个姓名，而且我已经死了。

这我倒并不伤心。但是，成为奥地利人我可不干，我不喜欢被当成奥地利人。我从来都没有把心思用在"祖国"这个词上。过去，我得好好想想别的事，有好多事需要我去想！现在，有了时间，我开始有了考虑好多事情的习惯，在过去，我从来都不相信这些事也会同我有些许关联。是的，有时我也会去想一些事，但不是情愿的，此时，我只是讨厌地耸耸肩了事。我转悠累了之后，看得厌烦了之后，我得找点儿事干。为了摆脱这些讨厌的、没有用的思虑，我有时拿起纸笔，练习我的新签名，写满了整张整张的纸。现在我是另一个人了，得用另一种笔迹签字，握笔的方法

① 贡多拉，威尼斯特有的一种小船，头尾高翘，很像我国的龙舟，游客喜欢乘这种单人划的小舟游览这座水城。威尼斯及其周围地区在意大利统一前曾被奥地利占领。

就得同以前的握笔法不一样。练了一会儿，我又突然一下把纸撕掉，把笔扔开，我是个文盲就挺好嘛！我需要给谁写信？我收不到任何人的信，不会有任何人给我写信。

　　这种想法和另外一些想法又使我一下子回到了过去。我似乎又看到了那时的家、那个图书馆、米拉尼奥的大街和海滩。我问我自己："罗米尔达是不是仍然穿丧服？也许仍然穿着，穿给世人看。她在干什么？"我想象她在干些什么，想象她的情况，就像好多次那样，我好像看到她在家里。我也在想象佩斯卡托雷的寡妇的情况，可以肯定，就是在我想象她时她也在咒骂。

　　"这两个女人没有一个到公墓去为那个可怜的人扫过墓，一次也没有，尽管那个人死得那么惨。"我这样想。"另外，谁能知道他们把我埋葬到哪里去了！也许斯科拉斯蒂卡姑妈不想花好多钱埋葬我，不会像妈妈去世时那样做。罗贝尔托也不会花这笔钱，他可能说：'谁让他那样做的？他可以作为图书管理员每天赚两个里拉活着。'我可能像只可怜的狗，埋在穷人们的坟地……算了，不要再想了！我为那个可怜的人感到遗憾，他可能有些亲朋好友，这些人可能比我的亲属们更人道一些，待他更好一些。"我又想，"不过，对他来说，所有这些不是一样无关紧要了吗？算了，不要再想了！"

　　我想再旅行一段时间。我想到国外去，看看美丽的莱茵河畔，直至科隆，然后乘船沿河而下，在各大城市停留几天，包括曼海姆、沃尔姆斯、美因茨、宾根、科布伦茨……我还想走得更远一些，穿过德国，至少要抵达挪威。但我又想，我应该限制一下自己的自由。我得用身上的这笔钱活一辈子，钱显然不能算多。我还可以再活三十来年，但我没有任何法律保障，手上没有任何证件作为证明使用，不说别的，连证明我的实际存在都难以做到。因此，我不可能谋求任何职业。要想不落入窘境，我就得节俭度日。计算下来，每个月的开支不能超过二百里拉。实在太少了。不过，在此之前，至少有两年的时间每月的开支实际比这个数还要少，而且当时还不仅我一个人，因此，我能适应。

事实上，我对这种单独一人到处乱跑已经厌倦，路上连个说话的人都没有，而且我也不能多说。于是，自然就产生了一种需要一个伴侣的感觉。那是在十一月份的很不舒服的一天，是从德国回到米兰后不久，我产生了这种感觉。

那天，天气很冷，到了傍晚，像是很快就要下雨的样子。路灯下走来一位老人，他是点路灯的人。老人胸前斜挎着一个盘子，由于胸前突出这么一块，所以那件破斗篷无论如何也难以把他的整个身子裹好。他的胸前垂下一条绳子，一直垂到脚边。我低头一看，发现他的破皮鞋之间有一只小狗，大概刚生下来没几天，冻得瑟瑟发抖，直往斗篷里躲藏。真是个可怜的小动物！我问那位老人，是不是肯卖这只小狗。他说可以卖，甚至可以贱卖，尽管这只狗值好多钱。这只小狗可以成为一只漂亮的狗，可以长成一只大狗，可以成为一个有用的动物。

"给二十五里拉吧。"

那只可怜的小狗仍在颤抖，根本没有为这么高的估价而自豪。它肯定知道，它的主人给的这一估价，显然是没有预计到它未来的前程。但是，我脸上露出的愚蠢它显然看出来了。

这时我倒想起来，买了这只狗，它一定可以成为我的一个不错的忠实朋友，它一定会尊重我，把我奉若神明，绝不会问我是谁，从什么地方来，我的证件是不是真实有效。但是，有了狗，我就得按规定为狗上税，我才不想上哩！因此，我觉得，这是我的自由受到的第一个伤害，我这样做差点儿在我的自由上造成一个小小的缺口。

"二十五里拉？再见吧！"我对那个老头说。

我推了推额上的帽子，在已经开始下起来的蒙蒙细雨中转身走开了。但是，我第一次想到，我的无边无际的自由确实很不错，这毫无疑问，可它又有点儿过分严酷，你看，连买一只狗都不成。

九 一点儿雾

第一个冬天虽然十分寒冷，而且多雨，成天雾气沉沉，但由于愉快的旅行和获得新的自由的欢乐，对于这些我几乎没有感觉，第一个冬季就这样过去了。现在，第二个冬天又开始了。使我感到吃惊的是，像前边所讲的，我对这种漫无目的的闲逛感到有些厌倦，决心要限制一下。我发现，有点儿烟雾弥蒙，是的，有点儿模糊不清。天也有些冷。我还发现，尽管就我的禀性来说我是不会因为天气好坏而改变心情的，但这样的天气还是使我难受。

"你看着吧，"我警告自己说，"天不会更阴了，好让你能够好好享受你的这种自由。"

我东游西逛，逍遥自在的日子已经过得够多了。在这一年里，阿德里亚诺·梅伊斯已经度过了他的无忧无虑的青年时代。现在，他应当成为一个大人了，他应当收一收心，应当养成在平平静静但又不奢华的生活中度日的习惯了。是的，这样的生活对他来说应当轻而易举，像过去一样自由自在，没有任何强制性的义务。

我觉得应当是这样，因此，开始考虑，应当在哪个城市定居更为合适，不能再像一个没有窝的鸟一样到处乱飞了，应当过一种正常生活了。可是，到哪儿定居呢？到一个大城市还是一个小地方？我犹豫不决，难下决心。

我闭上眼，回想我去过的那些城市的情况，一个个城市在我的心目中掠过，但一直下不了决心。正因为犹豫不决，所以连那些城市的某条大道、某个广场、某个具体地点也在心目中一一闪过。总之，这些地方是在我的记忆中留下深刻印象的地点。最后，我对自己说："你看，这个地方我到过！现在看来，多少好日子在我面前一闪而过，紧接着的是这儿那儿到处乱逛。而且，在好多地方我都对自己说过：'我要在这里安个家！我多么想在这儿住一辈子！'我对那些地方的人嫉妒过，他们过着平静安然的生活，他们有他们的习惯，有他们的职业，他们有自己的住处，难以理解那些提心吊胆地到处游逛的人的心情，好像走到哪里都只是临时住一住。"

我依然保留着这种令人难以忍受的不安定的感觉，因此，我不喜欢我睡的床，不喜欢我周围的各种东西。

每一样东西都会因它在人的心目中围绕着这个东西形成的印象而变幻形象。确实，某种东西令人喜爱可能是由于它本身就可爱，也可能是由于它完美和谐而在人的心目中显得变化多端因而引起好感。但是，更多的情况是，某种东西令人感到高兴的原因并不在这种东西本身，人的想象力会在这种东西周围围起一圈可爱的形象，几乎使之光芒四射，因而使它变得可爱。这样一来，我们甚至弄不清它究竟是什么东西了，几乎是用它在我们心目中形成的形象或者我们的习惯赋予它的形象使它具有了活力。总之，在某一事物中，我们所喜欢的是我们自己注入到这一事物中的那些东西，是我们认为它和我们之间存在的那种和谐和一致，是它仅仅在我们心目中获得的、由我们的记忆形成的精髓。

现在，对我来说，住在一个旅馆的小客房里，所有这一切怎么可能实现呢？

可是，一个家，一个我的家，一个完全属于我的家，我还能拥有吗？我手头的钱太少了……可是，一个只有几间房的小小的住家呢？还是慢慢来吧，首先需要好好考虑好多事。当然，我是自由的，可以说十分自由，我也可以就这样手提行李，今天住这儿，明天住那儿。如果我停下来，成为一所房子的所有者，那我就得去不动产管理局登记，就得立即上税！户口管理处大概没有我的姓名吧？肯定没有！那怎么办呢？用个假姓名？这样一来，也许警察很快就会对我秘密调查，这有谁能说得清呢？真是难办，真是一团乱麻啊！不，还是走吧，看来我命中注定不该有自己的家和自己的东西。我可以租别人的一个带家具的房间。有什么必要为这点儿小事折磨自己呢？

冬天，寒冷的冬天使我想了这么多令人不快的事。一年一度的圣诞节即将来临，正是这种节日前夕的气氛使我感到应该有个温暖的窝，应该有个家，应该享受一下家的温暖。

我的这个家的所有一切肯定没有什么可惋惜的。另外一个家，即我父母留下来的那个家，我的老家，那是唯一使我感到惋惜的一个家，它早就被毁了。当然，不是被我的这种新处境毁掉的。这样一来，考虑到我即使真的回到米拉尼奥同我的妻子和丈母娘（提到她我就发抖）一起过圣诞节我也不会再那么高兴，因此，我现在反倒应当感到心满意足。

为了笑一笑，为了散散心，我开始想象，比如，我腋下夹个圣诞节大面包站到了我家门口。

"有人在家吗？帕斯卡尔的寡妇罗米尔达·佩斯卡托雷和佩斯卡托雷的寡妇马里亚娜·顿迪太太还住在这儿吗？"

"是的，还住这儿。可您是谁啊？"

"我应该是帕斯卡尔夫人已故的丈夫，就是前年淹死的那个可怜的人。是这么回事，我向上司请了假，匆匆从另一个世界回来同家人一起过节来了。完事之后我很快就走！"

佩斯卡托雷的寡妇如此意外地见到我大概会给吓死吧？真不错！她会怎么样？咳，还是算了吧，过不了两天，这个老家伙又会把我再次置于死地。

我的福气——对此我深信不疑——正在于此：我摆脱了我第一次生命中的妻子、丈母娘、债务以及人世间的各种烦恼和纠纷而获得了自由。现在，我完全自由了，这还不够？就这样吧，我的面前还有整个一生的路要走。再说，眼下谁能知道世界上还有多少人像我一样孤独呢！

"是这样，可是，"阴沉沉的天气，可诅咒的大雾又使我胡思乱想起来，"这些孤零零的人，要么是外地人，他们在别处有自己的家，他们迟早会回自己的家；要么是根本就没有家，像你一样，可他们将来可能会有，或者会有朋友接待他们。可是你就不同了，不客气地说，你无论走到哪里，将永远是一个外来者，区别就在这儿。阿德里亚诺·梅伊斯，你是个永生永世的局外人。"

我震颤了一下，喊叫起来："好吧！这样可以少好多麻烦。我没有朋友？将来会有的……"

在这几天常去的那个小饭馆里，我的餐桌旁边的那个先生就显出很想同我交个朋友的样子。这个人大约四十来岁，有点儿秃顶，但不严重，面色黝黑，戴一副金丝眼镜，眼镜在鼻梁上老是架不好，也许是那条金链子太重了。正因如此，他显得更为持重，也更显得可亲。瞧，他从椅子上站起来戴上帽子的时候，立即就成了另外一个人，像是年轻了好多。他的缺陷在两条腿，简直有点儿太短了，甚至坐在椅上时都无法够到地面。在椅子上，他根本不是伸腿站起来，而是从椅子上爬下来，这才能站起来。他想弥补这一缺陷，因此穿的是高底鞋。这有什么不好？当然，高底鞋走路时声音太大，但这又使他的小小的步伐显得更加威严。

他聪明能干，也许有点儿脾气古怪，性情变幻无常，但他对人对事有其独特的看法。另外，他还是个骑士。

他给了我一张名片，上面写着：蒂托·伦齐骑士。

就为这张名片，差点儿使我难受起来，因为我在他面前有点儿难为情，无法拿出自己的名片来给他。我还没有名片，我不得不克制一些，不用我的新姓名印制名片。真可怜！没有名片难道就不成？可以口头通告自己的姓名嘛！好，就这样！

我就是这样做的，说老实话，通告时还是讲的我的真姓名……这样问题不是就解决了！

蒂托·伦齐骑士真会讲话！他还懂拉丁语，西塞罗的语录随口就能背出来。

"良心？良心毫无用处，我的先生！用良心来做向导是很不够的。如果说够也可以，那就得是这么一种情况，就是说，它是一座城堡，而不是一个广场，如果能够这么比方的话。这就是说，我们能够把自己孤零零地保护起来，良心的本性就是不向其他人开放。总之，我认为，在良心当中存在一种本质性的联系，我敢肯定，确实是本质性的，一种在思考的我和我所想到的其他人之间的联系。因此，一种绝对的自我本身是不够的。我讲清楚没有？只要我所想的别人或者您所想的别人的感情、倾向和趣味没有在我或您的心目中反映出来，那么，我们就没有得到报偿，就不可能安宁，就不可能高兴。确实，我们大家都在斗争，为的是使我们的感情、我们的想法、我们的倾向和我们的趣味反映到别人的心目中。如果这一点做不到，这是因为，可以说是因为，当时的空气不适于把……我亲爱的先生，不适于把您思想中的胚芽转移到别人的心目中，并使之生长发育，这样，您就不能说，光有您的良心就够了。怎么能说够了呢？您一个人单独生存能行吗？把您变成一个孤零零的阴影能行吗？事情就是这样！请注意，我恨修辞学，那只不过是谎言，是自吹自擂，是戴眼镜的那些所谓学究的谎言。我敢肯定，正是修辞学编造了那句发自肺腑的话：‘我有我的良心，这就够了。’对了，西塞罗早就说过：我的良心更像人们的言辞。说实话，西塞罗确实是个雄辩家，但是……上帝保佑，我亲爱的先生，那比一个刚学小提琴的学生拉出来的调子还要令人讨厌！"

我真想去亲吻他。我这个小个子朋友想继续讲他的这套灵巧精辟的说辞，对于这些，我很想检验一番。就这样，我们相互信任起来。我已经认为，推进我们的友谊已经不成问题，已经是好事。但我很快又感到不安，感到内心有一种力量要我躲避，要我后退。只要是他在讲，只要对话一直围绕着一些不着边际的空洞议题进行，一切就进展顺利。可是，蒂托·伦齐骑士现在让我开口了。

"您不是米兰人吧？"

"不是……"

"路过这儿？"

"是的……"

"米兰是个漂亮的城市，对吧？"

"漂亮，是漂亮……"

我像个训练好的鹦鹉。他的问题越是使我窘迫，我的回答就越是不着边际，使我走得越来越远。谈话很快使我到了美洲。当他知道我出生于阿根廷时，一下从椅子上跳起来，紧紧抓住我的手。

"啊呀呀，我恭喜您，亲爱的先生！我嫉妒您！啊呀，美洲，美洲……我到过那里。"

他去过？还是避开为好！

"在这种情况下，"我赶紧对他说，"我应该为您去过那里而恭喜您，因为我几乎可以说不是那里的人，我只是出生在那边，出生几个月后就离开了。因此，我的双脚真的没有踏过美洲的土地，情况就是这样。"

"真可惜！"蒂托·伦齐惋惜地说，"我想，您在那边还有亲戚吧！"

"没有，一个也没有……"

"那么，是全家都到意大利来了，在意大利定居了？您的家在什么地方？"

我只好耸耸肩膀。

"咳！"我不安地叹口气，"有时住这儿，有时住那儿……我没有家属，就这样到处游逛！"

"太美了！恭喜您！您到处游逛……您真的没有任何亲属？"

"没有……"

"太好了！恭喜您！我真羡慕您！"

"那么，您有家属？"我想向他提出问题，把话题从我身上引开。

"可惜我也没有！"他叹了一口气，皱起了眉头，"我单身一人，一直是单身！"

"那你跟我一样！"

"可是，我现在对此感到厌倦了，我亲爱的先生。我厌倦了！"这个小个子突然说，"我觉得，孤独……是的，我厌倦了。我有好多朋友，可是，您想，到了一定年龄，回到家里别无一人，这不是什么好事。咳！有人理解，也有人不理解，我亲爱的先生。更坏的是理解，因为到头来他一定会无精打采，缺乏动力，什么都不想干。理解的人会说：'我不该干这个，不该干那个，以便不做这种或那种蠢事。'这确实好！但是，到了一定时刻就会发现，一生原来就是一大蠢事。那么，请您说说，不做任何蠢事意味着什么，那至少意味着，您没有活过，我亲爱的先生。"

"可是您，"我想安慰他，"幸运的是，您还来得及……"

"还来得及做蠢事？可我做过的蠢事已经够多的了，但愿您能相信！"他大声回答我，同时又含糊地笑了笑，"我也转了好多地方，像您一样，我也到处冒险，到处游逛……我也遇到不少很有意思的事，遇到一些很刺激的事。是的，什么事都遇到过。比如，在维也纳，一天晚上……"

我大吃一惊。怎么他也……他也有艳遇？在奥地利、在法国、在意大利，三次、四次、五次，甚至在俄国也有？好大的艳福！大概一次比一次更大胆……为了看清他的面目，这里是他同一个有夫之妇的一段对话。

他说："是的，不妨想想看，这我知道，我亲爱的太太……背叛自己的丈夫，我的上帝！忠诚、正直、庄重，这是三个神圣的词，重音都在最后的那个字母 a 上。另外还有荣誉！这又是一个神圣的词。可是，要知道，事实是另外一回事，我亲爱的太太，那只不过是几秒钟的事！您可以去问问您的那些冒过险的女友们。"

有夫之妇说："是的，试过的人后来都醒悟过来！"

他说："还是算了吧！大家都明白！因为那些脏话反而碍了事，一年，半年，用了好长时间才解脱。事情本来很小，可你们想了好多，两者之间不成比例，正是因为这个才醒悟过来。应当立即解脱，我亲爱的太太！我怎么想就怎么做，事情就是这么简单！"

只要看看他，只要稍微考虑一下他这个可笑的小个子，就可以发现，他在说谎。再也不需要其他证据。

吃惊之余，我感到很沮丧，我替他害羞，他根本不知道他的这些胡言乱语自然会产生什么结果，在我身上也会产生影响，因为我看出他是在如何面不改色地公然撒谎的，而且撒得津津有味，而他根本无须撒谎。可我就不同了，我不能不说假话，我在挣扎，我感到痛苦，甚至常常会感到我的灵魂受到摧残。

我觉得自己受到侮辱，我怒气冲冲，我真想抓住他的手臂向他大叫："骑士先生，这都是为了什么啊？为了什么？"

可是，我又仔细想了想，我发觉，如果我的这种被侮辱的感觉和愤怒是有道理的，是自然的，那么，我的上述那句问话就很荒唐。如果这个小个子如此急于要我相信他的冒险，那么，原因恰恰在于，他没有任何必要去撒谎。而我呢？我不能不撒谎。总之，对他来说，这是在寻开心，在行使权利，对我来说可就相反了，是迫不得已，是在受惩罚。

想到这些之后又会如何呢？咳！我是在受惩罚，我的处境使我不得不说谎，我永远也不可能有自己的朋友，不能有真正的朋友。这样一来，我既不能有家，也不能有朋友……友谊意味着相互信任，我怎么能把我生活中的秘密告诉别人呢？我的这次生活既无姓名又无过去，我是在马蒂亚·帕斯卡尔自杀后诞生的，像蘑菇一样生出来的。我只能同别人建立浮浅的关系，我只能同我的同类简单交换一些无关痛痒的话语。

很清楚，这就是我的幸运中的缺陷。没办法，忍着吧！难道我能为此而失去信心？

"我要同我自己一起生活，只为自己而生活，就像迄今为止所做的一样！"

不过，说实在的，我担心的是，对我的自我相伴我既不会高兴，也不会满足。另外，我摸摸自己的脸，发现自己没有胡子，伸手摸摸自己的长头发，扶一扶鼻梁上的眼镜，这样一来，我产生了一种异样的感觉，好像我不再是我，好像我触摸的不是我自己。

对了，我这样把自己打扮一番是为了别人，而不是为了我。我现在只能这样戴上这个假面具？如果我为阿德里亚诺·梅伊斯所设想和假扮的所有这一切不是为了别人的话，那么是为了谁呢？是为了我？可是，只有在别人相信那些东西时我才可以相信。

现在，如果这个阿德里亚诺·梅伊斯没有勇气说谎，没有勇气投入到生活当中，如果他想退缩，躲进旅馆，再不愿看着自己这么孤单，在冬季的阴沉沉的日子里，在米兰的大街上，他是那么孤单，陪伴着死去的马蒂亚·帕斯卡尔，寸步不能离开，如果他厌倦了这一切，那么我敢断定，我的事可能就会进展不妙；我也预料到，对我来说，就不要以为这是一场消遣娱乐，那么，我的好运气就会……

也许真正的问题在于，由于我的自由无边无限，所以我很难开始某一种生活。一到要做出决定的时候我就感到受到了限制，我就好像看到存在好多障碍、阴影和绊脚石。

于是，我又走了出去，再次来到街上，观察所有的一切。我常常无凭无故地停下脚步，为某些极小极小的事反复思考。我感到很累，走进一家咖啡馆，拿起一份报纸阅读。我看着进进出出的人。最后，我也走了出去。但是，生活，作为一个局外的观众来观察它，我觉得它就丧失了意义，也就没有目的可言了。我感到，我好像淹没到了人群当中。城市持续不断的混乱和嘈杂使我感到震耳欲聋。

"嘿，为什么人们急于要使他们的生活机制一步步复杂化呢？"我焦躁不安地向自己提出了这个问题，"为什么有这么多机器在轰鸣呢？机器什么都能干时人将要干什么呢？那么人们是不是会发觉如此这般的所谓进步同幸福快乐毫不相干呢？所有的发明——科学认为所有这些发明会使人们富裕（也会使人们变穷，因为代价实在太高）——尽管我们赞赏它们，可说到底我们能从中得到什么乐趣呢？"

昨天，我在电车上偶然遇到一个可怜虫，也就是说，他是那种不善于同别人就自己所想的东西进行交流的人。

"电力这玩意儿真是一种有用的发明，花上很少几个钱，用上那么几分钟，我就可以转大半个米兰市。"

这个可怜虫只看到坐一趟电车花不了几个钱，可他没有想到，这座吵吵闹闹的城市有电车、有电灯，还有其他好多东西，他的那份工资就差不多花光了，哪里还能维持生计。

我想，科学妄想使人们的生活更容易，更舒适。可是，科学带来了那么多复杂难用的机器，就算是它能使人们的生活真的更容易，那么我又可以提出这样一个问题：那些像是遭到惩处的人所干的最烦人的活计又如何使之更容易、如何使之机械化呢？

我又回到旅馆。

走廊里，窗前挂着一个金丝雀鸟笼。我不能同别人交往，我无所事事，因此，就同这只金丝雀对谈起来。我吹起口哨，学它的叫声，它大概真的认为是有人在同它谈话，它听着，也许从我的这阵窃窃私语中得了一些关于鸟巢、关于树叶、关于自由的好消息。它在笼子里飞腾跳跃，摇头晃脑，东瞅西瞧，然后张口鸣叫，像是在回答，像是在询问，最后又静静地听我低语。多么可怜的小鸟！是的，它可能在怜悯我，而我不知道对它讲了些什么……

值得考虑的是，我们人类是不是也会落到相似的处境？我们不是也认为大自然在同我们对话吗？我们不是也根据我们的愿望要从大自然的神秘声音中获得某种信息、为我们向大自然提出的一些紧迫问题找到答案吗？可是，大自然或许在它那无边无际的空间内也不可能拥有比我们人类更遥远、更怀着无用的幻想的听众了。

你们看看，一个被惩处的只能孤零零一个人生活的人无聊到这种地步时会因一个小小的玩笑得出什么样的结论！我真想打自己几个耳光。我是不是就要真的成为一个哲学家了？

不，不会，我的行为不合逻辑。因此，我不能再这样继续混下去了。我必须战胜胆怯，无论如何也要做出决定。

总之，我要生活，我要生活，生活，生活！

十 圣水钵和烟灰缸

几天之后我来到罗马，想在这个城市住下来。

为什么选中罗马而不到其他地方呢？真正的原因现在才知道，是经过所有这一系列的事之后才懂得的。但是，从叙述的顺序来看，经过考虑后我觉得，现在把这个原因讲出来不合适。我选择了罗马，首先是因为，我喜欢这座城市胜于其他城市。另外一个原因是，我觉得，这里有很多外地人，这些外地人同我这样一个特殊的外地人没有多大差别，因此，这座城市更适于我这样的人居留。

挑选一个家，也就是说，在僻静的街道找个像样的小房间，挑选一个合适的人家，费了我好大精力。最后总算在台伯河边不远处的里佩塔大街找到一间房子。说实话，我要借住的这家人家给我的第一个印象不太好，而且在回到旅馆之后我又犹豫了好长时间，不知道是不是还要继续再去寻找。

那套房子在一座楼上的第五层，门口钉了两个牌子，一边写的是帕莱亚里，一边是帕皮亚诺，在后边这块铭牌下用两个平头铜钉钉了一张铭牌，上面写的是西尔维娅·卡波拉莱。

出来开门的是一个六十来岁的老头（是帕皮亚诺，还是帕莱亚里？）。他穿一条短布裤，没穿袜子，拖一双肮脏不堪的破拖鞋，光着上身，肥肥胖胖，没有一根胸毛。他的双手沾满肥皂沫，头上裹着一条穆斯林式泡泡头巾。

"噢，对不起！"他首先叫起来，"我还以为是女用人叫门呢……请原谅，我这副模样就出来开门……阿德里亚娜！特伦齐奥！快，快点儿来！这儿有位先生……请等一下，请……您来是为什么事？"

"这儿不是有一间带家具的房子要出租吗？"

"是的，先生。这是我女儿，您同她谈吧。请吧。阿德里亚娜，有人来看房子！"

一个个子很矮的姑娘急急忙忙来到门口，这个姑娘很瘦，黄头发，蓝眼睛，显得温柔但又阴郁忧伤，她的面部表情说明了这一切。阿德里亚娜，这个名字同我的差不多！"啊呀，你看，"我心里想，"我可不是故意起的这么一个名字！"

"特伦齐奥哪儿去了？"那个头上裹着穆斯林式头巾的老头问。

"我的上帝，爸爸，你知道得清清楚楚，他到那不勒斯去了，昨天就走了。你快回去吧！如果我看到你……"快快不乐的女儿对他说，她的嗓音很娇嫩，用这样的嗓子说话，即使是在生气，也会表明，她的性格是多么温顺。

那个老头边退边说："噢，是的！是的！"他拖着两只肮脏的拖鞋退了回去，一边走一边用手抚摸他的秃头和灰色的胡子，把肥皂沫弄得到处都是。

我忍不住笑起来，但我的笑不怀半点儿恶意，为的是不让那个姑娘更伤心。她闭起眼，好像是为了不要看到我在笑。

一开始我以为她是个姑娘，后来仔细看她的面部表情时才发现，她已是个妇女，因此她不得不穿那身衣服，我们可以说这是一套睡衣，因为它又肥又大，使她显得臃肿，这身衣服同她的身条和小小的脸型很不相称。她这身衣服几乎可以认为是丧服。

她说话很慢，不时偷眼看我（谁知道我给她留下的第一个印象是什么呢！）。她带我穿过一个走廊，走廊很暗，最后来到那个要出租的房间。门一打开，我立即感到心胸开阔起来，新鲜空气和阳光立即从那两扇朝台伯河的大窗户中透进来。远处可以看到马里奥山、玛尔盖里塔桥和普拉蒂一带的新居民区，一直可以看到天使古堡。这座楼房俯瞰里佩塔桥，这是一座老桥，它的旁边又建起了一座新桥。再远处是翁贝尔托桥和托迪诺纳一带的老房子，这些老房子在台伯河拐弯后的另一边。另一个方向是贾尼科洛山上的绿树、蒙托里奥山上的圣彼得大喷泉和加里波第将军的骑马铜像。

看到这里的环境这么好，眼界这么宽，我租下了这个房间。另外，房间的装饰也很简单，墙壁涂成白色和浅蓝色，显得很亮堂。

"旁边那个小阳台也是我们的，至少现在是这样。"那个姑娘穿着便衣向我解释说，"听说他们想把它拆掉，改建成一个大阳台。"

"建什么？"

"大阳台，不是这样叫吗？但需要时间，先得等台伯河大街搞好之后才行。"

看她这身打扮，讲得慢条斯理，十分认真，我不由笑了笑说："什么？"

她像是受到冒犯，低下眼，轻轻咬住嘴唇。为了让她高兴，我也严肃地说："对不起，小姐，这个家里没有小男孩，对吗？"

她摇摇头，但没有开口，也许她从我的问话中仍能听出一点儿讥讽的意味，可我根本没有那个意思。我说的是小男孩，没有用小女孩这个词。我赶紧又提了一个问题。

"请问，小姐，没有别的房间出租，对吧？"

"这是最好的一间，"她回答我的问题，但没有抬眼看我，"如果您觉得不合适……"

"不，不，不是那个意思，我只是想问一问，是不是……"

"我们还有另一间房子可以出租。"她说。这次她抬起眼，但脸上显出不动声色的样子，显然这是勉强装出来的。"在那边，朝大街。那间房住着一个小姐，她已住了两年。她在外边教授钢琴……现在她不在家。"

说着，她的脸上显出一丝轻轻的笑意，但笑中带着忧伤。

她接着说："我们家里有我、我爸爸和我姐夫……"

"就是帕莱亚里？"

"不是，那是我爸爸，我姐夫叫特伦齐奥·帕皮亚诺。他不久就要同他的兄弟一起离开这里，他这个兄弟现在也住在我们这里。我姐姐已经去世……已经半年了。"

为了变变话题，我问她，应当付多少房租。我们很快就此达成协议，然后我问是不是要交一笔押金。

"随您的便，"她回答说，"如果愿意的话，倒不如留下您的姓名……"

我伸手去掏口袋，但我不得不尴尬地笑着说："我没有……我连名片也没有……我叫阿德里亚诺，对了，我听说您也叫阿德里亚娜，小姐，也许这很对不起您……"

"不会的！为什么会对不起我？"她显然是看出了我的尴尬，这次笑得真像一个小姑娘了。

我也笑起来。接着我说："那好，如果是这样，我叫阿德里亚诺·梅伊斯。好了，谈妥了！我今天晚上就可以住进来吗？或许明天早上再来更好……"

虽然她回答我说"随便"，但我走的时候的印象是，如果我今天不再回来她更高兴。我不能不考虑，她穿的是睡觉前穿的便装。

几天之后，我亲眼看到，我切实地感悟出来，这个可怜的姑娘不能不穿那套衣服。她只能穿这身便装，至少是喜欢穿它。我看出来，整个家庭的重担都在她一个人肩上，没有她，这个家就难以维持！

父亲安塞尔莫·帕莱亚里，就是第一次看到的那个脚穿拖鞋，头上裹着泡泡头巾的老头，他的脑子大概也像那块头巾上的泡泡一样，看来是个糊里糊涂的人。我搬进他家那天，他自我介绍后说，他感到不安，再次为第一次见面时他的那种不太讲究请求原谅。他说，相比之下，那次的遗憾不如这次的高兴更为强烈。他为认识我而高兴，他说我是个学者，要么是个艺术家。"难道我说的不对？"

"不对。艺术家……根本不是！学者……一个不怎么样的……我喜欢读书。"

"啊呀，您有不少好书！"他看着我摆在桌上的不多的几本书的书脊说，"过几天我让您看看我的藏书，好吗？我也有些好书，真的！"

他耸耸肩，心不在焉地站在那里，两眼发直。显然，他这时什么都记不起来了，既不知道他在什么地方，也不知道他在同谁谈话。他又说了两遍"真的，真的"，嘴角向下撇着。说完转身走了，连个招呼也没有打。

对此我有点儿吃惊。不过，后来，像当初答应我的那样，他让我看了他房间里的藏书。这时，不仅他那种恍惚神态我已经明白，而且另外的好多事我也懂了。他的书都是些法文书，书名都很怪:《死亡和来世》《人和人体》《人的七情》《因果报应》《神智学要览》《神智学入门》《秘密法则》《天体模式》，如此等等。

看来，安塞尔莫·帕莱亚里先生上的是教授神智学的学校。

看起来他好像是提前退休了，不知道是哪个部的中层领导提前把他辞退了，这不仅在经济上毁了他，而且在精神上也是如此，因为他有了那么多空闲时间可以自主支配之后，一头钻进了他的幻想式的所谓研究和不着边际的遐想之中，脱离了现实生活。看来，他的退休金至少有一半拿来买了这些书。他已经在家搞起一个小小的图书馆。然而，神智学的理论并不能使他完全满足。进行注释的愿望像一条蛀虫一样在蚕食他的心灵。这一点可以看得出来，因为在这些关于神智学的书旁边，还放着好多古代和现代的哲学著作和一些科学调查报告。最近一个时期，他还进行了一些精神方面的试验。

他发现，他的女房客，教授钢琴的西尔维娅·卡波拉莱小姐很灵，一点就通。不过，说实在的，他认为，她的这种通灵性还没有充分发展，随着时间的推移和反复练习，将来一定会发展，直至超过所有著名的"通灵者"。

我敢说，在丑人的脸上，像狂欢节时人们戴的假面具似的脸上，也难以看到比西尔维娅·卡波拉莱的那双眼睛更为悲伤的眼睛。那双眼黑黑的，椭圆形，十分专注，一下就会给人一种印象，像机动洋娃娃的眼睛那样，眼睛后面一定有两个铅坠。西尔维娅·卡波拉莱小姐四十多岁，鼻子下边有两颗痣，她的鼻子像红红的小球。

后来我了解到，这个可怜的女人在爱情问题上吃了亏，因而开始酗酒。她知道自己长得本来就丑，现在又上了岁数，失望之余更加喝个没完。有时，她整晚躲进房间，样子确实凄惨。她披头散发，鼻子红得像胡萝卜，眼睛半睁半闭，更显痛苦无比。

她一头扑到床上，泪如泉涌，好像喝过的酒又从她眼里流出来，形成眼泪构成的喷泉，没完没了地喷涌起来。这时，这个家里充当小家庭主妇角色的那个穿便装的可怜姑娘就得来照料她，安慰她，直到深夜。她同情她，有了这种同情，她就不会对这一切感到恶心了。她知道，卡波拉莱小姐别无亲人，非常不幸，她心中的那些愤怒使她痛恨生活，她已两次轻生。阿德里亚娜轻轻地安慰她，要她平静，一直到卡波拉莱小姐答应她不再这样做为止。确实，第二天，她周身上下打扮起来，动作也那么轻松，一下子成了一个天真活泼的小姑娘。

她断断续续为那些在咖啡馆和音乐会上演唱的初出茅庐的歌手伴奏，挣来的几个钱不是喝了酒，就是用到穿衣打扮上。她住在这里既不交房租，也不向这家人家付饭费。但是，这家人家不能赶她走。这是怎么回事？该不会是安塞尔莫·帕莱亚里先生用她来搞他的精神试验吧？

实际上是另外一回事。两年前，卡波拉莱小姐的母亲去世，她从家里搬出来，来到帕莱亚里家。她把变卖家具的大约六千里拉交给特伦齐奥·帕皮亚诺，后者向她建议用这笔钱买下一个店铺，那家店非常赚钱，生意很可靠。可是，这笔钱后来丢了。

这些事是卡波拉莱小姐流着眼泪亲口告诉我的，知道这些后我对安塞尔莫·帕莱亚里还是能够原谅的，因为他有那么一种疯狂的爱好，这使我在开始的时候觉得，他是因为他女儿的缘故才在家里养了这么一个女子。

当然，对小小的阿德里亚娜来说，对这个生来心地就善良、甚至是过于文静的人来说，也许没有什么可怕的。实际上，更让她感到心灵受到伤害的是她爸爸的那些神秘活动，是用卡波拉莱小姐去招魂。

阿德里亚娜小姐是个虔诚的信徒，这是我刚搬来后不久发现的，我是通过我小床边那个小桌上方的墙壁上端端正正挂的那个蓝色玻璃圣水钵发现的。我叼着一支香烟躺在床上，点着烟开始读帕莱亚里的一本书。我有点儿心不在焉，伸手把烟头在那个圣水钵中拧灭。第二天，那个圣水钵不见了，小桌上放了一个烟灰缸。我问是不是她换的，她的脸微微涨红，回答说："很抱歉，我觉得您更需要的是一个烟灰缸。"

"可圣水钵里有圣水吗？"

"有的。我们对面就是圣罗科教堂。"

她说完后走了。我想，如果这个小小的家庭主妇也为我的圣水钵里加了从圣罗科教堂圣水池中取来的圣水，她不就是想让我成为虔诚的信徒吗？当然，她给我的圣水钵加了圣水，也给她自己的圣水钵加了。她的父亲不应当使用这个圣水钵。在卡波拉莱小姐的圣水钵里，如果她有的话，里面的液体更应该说是祝圣的酒。

一个时期以来我好像被悬在一种古怪的真空里，每件细小的事情都会使我陷入长时间的反复思考之中。这个圣水钵使我想到，从年轻的时候起我就不参与宗教活动了，自从"大钳子"走了之后，我就再也没有进过任何一个教堂去祈祷，他带我和贝尔托那次去过，还是奉妈妈之命带我们去的。我从来都没有感到过，我有必要扪心自问：我是不是真的虔诚？马蒂亚·帕斯卡尔已经暴死，没有得到宗教方面的恩典。

我突然发现，我处在一种名副其实的似是而非的处境之中。在所有认识我的人看来，我已经摆脱了——不管是好是坏——最令人心焦、最令人伤心的忧虑，只要是活人都会有这样的忧虑，即对死亡的担忧。在米拉尼奥，不知有多少人在说："祝福他！不管怎么说，那个问题他算解决了。"

但是，我实际上什么问题也没有解决。现在我手里就拿着安塞尔莫·帕莱亚里的书，这些书告诉我，死人，真正的死人，处于同我相似的处境，处在欲界①的"硬壳"中，特别是那些自杀的人。《天体模式》（神智学认为，天体是神智之后的看不见的世界的第一级）一书的作者利德比特说，自杀的人是被人类的各种欲望所激励，但又不能得到满足，因此就会轻生，消灭自己的肉体，他们甚至不知道自己的肉体已经丧失。

"噢，那么应该说，"我想，"我几乎可以认为，我真的在鸡笼庄园那个磨坊的水渠里淹死了，可是，我还幻想去掉这个躯体后仍然活下去。"

据说，令人发狂的东西很容易沾染上。帕莱亚里的这套东西也是这样，尽管我一开始很反感，可到了最后还是被它征服了。我不相信自己真的死了，死亡也不是什么坏事，因为死亡是一种强有力的东西。我相信，一旦死亡之后，就不会再有强烈的复生愿望。问题是，我突然发现，我还得再死一次，这才是真正的麻

①　欲界（Kâmaloka），梵文也称欲世、色世，与无色界相对，欲望最盛之处。

烦所在！谁能想到这一点？在我于鸡笼庄园死亡之后，在前面，我自然不会看到别的，看到的只是继续活着。可是现在，安塞尔莫·帕莱亚里先生不断置于我面前的是死亡的阴影。

这个老好人除去这些之外再也不能谈别的东西！但是，他是怀着极大的热情讲的，他的令人摸不着边际的言辞常常会使人产生一种特殊印象，常常会使人产生一种特殊感觉。听着听着，我觉得心头掠过一种愿望，希望赶快躲开，希望搬到别处去住。另外，帕莱亚里先生的理论和虔诚有时使我感到有些幼稚可笑，但说到底又是令人欣慰的。不幸的是，我不断产生一种念头：迟早有一天我会真的死去，不过，以这种方式谈论死亡我又觉得并不太坏。

有一天，他给我念了菲诺特所著的一本书中的几句之后问我："有道理吗？"那是一本关于哲学的书，那种哲学真的令人毛骨悚然，像是掘墓人吗啡中毒之后的梦呓，所论述的生活也只不过是蚕食人体的寄生虫的生活。他说："有道理吗？从物质的角度看是有道理的，不过，我得承认，一切都是物质的。但是，除去物质之外，还有形状、方式和质量，还有基石，还有深奥不可解的以太！我的上帝！在我自己的躯体上有指甲，有牙齿，有毛发，还有细而又微的眼球组织。现在，我的先生，谁能说不是呢？我们现在称之为灵魂的东西说不定将来也会发现是物质的东西。但是，应当承认，它将不是像指甲、牙齿、毛发那样的物质，而是像以太一样的物质，或者是我能相信的某种物质。以太，应当说是像假设、像灵魂一样的东西，对吧？这样说有没有道理呢？物质，是的，是有物质。请听我讲下去，请看一看，我走到什么地步了。现在我们来谈大自然。我们现在都认为，人是一代一代演化来的，对吧？是大自然从容不迫地培育出来的。比如说您吧，亲爱的梅伊斯先生，您也认为人是一种动物，一种极为残忍的动物，整个人类是一种不值得珍视的动物，对吧？这些我也承认，同时我还要说，别着急，人是生物系列中并不太高的一个等级，从寄生虫到人不过有八级，还是说七级吧，或者只有五个级之差。但是，真是该死！从寄生虫到人，大自然用了成千上万个世纪才登上这五个台阶。这应归功于进化，对吧？这种物质以一定的方式和一定的实质爬了这五个台阶，这才变成这种动物，这种偷窃、屠杀、撒谎的动物。但是，梅伊斯先生，这种动物也能写出《神曲》这样伟大的作品来，这种动物又能像您的母亲和我的母亲一样做出牺牲。可是，会不会有那么一天一下子又都回到零呢？这有没有道理呢？我的鼻子，我的脚将会变成寄生虫，我的灵魂则不会变成寄生虫。但是，它也是物质，谁说不是呢？但它不是像我的鼻子和我的脚那样的物质。这些有道理吗？"

"对不起，帕莱亚里先生，"我反问他，"一个大人在走路，他摔倒了，碰破了脑袋，成了一个傻瓜，灵魂到哪里去了？"

安塞尔莫先生停了一会儿，他盯着我，像是有一块大石头突然落到了他的脚下。

"灵魂到哪儿去了？"

"是这样，您，或者我，我不是一个伟人，但是……好，我来想一想，我在散步，摔倒了，碰破了脑袋，成了一个傻瓜，灵魂到哪里去了？"

帕莱亚里合起双手，面带和善同情的表情回答说："啊，我的上帝！为什么您非要说摔倒，非要说碰破脑袋，我的梅伊斯先生？"

　　"这是一种假设……"

　　"不会的，先生，您还是放心地散步吧。我们还是看看老人吧，他们自然就会成为傻瓜，无须摔倒，也无须碰破脑袋。那么，这是什么意思呢？您是不是想这样试一试，损伤身体，也损伤灵魂，以证实一下一种死的方式比另一种死的方式更有意义呢？且慢，对不起，请您想象一下相反的情况，从体力上说那已经是精疲力竭的身体，但那强大的灵魂之火依然在燃烧，像贾科莫·莱奥帕尔迪①，还有好多老人，比如教宗利奥十三世②！怎么样？您再想象是一架钢琴和一个演奏者。钢琴家奏着奏着，突然钢琴的弦断了，一个琴键按不下去了，两三根弦断了，那么我敢保证，用这样一个破烂乐器，钢琴家尽管很有才华，但仍演奏不好！如果钢琴不响了，连钢琴家也不存在了？"

　　"大脑就是钢琴，演奏家就是灵魂？"

　　"这是老比喻了，梅伊斯先生！现在，如果大脑坏了，那么灵魂就必然表现为傻瓜，或者疯子，或者我所知道的某种状态。这就是说，如果演奏家把乐器弄坏了，乐器不是因故障而坏的，是由于演奏家粗心大意或者故意弄坏的，那么他就得付出代价。谁弄坏了谁就得赔偿，赔偿所有的一切，不赔是不行的。但这是另外一个问题。对不起，整个人类，我说的是整个人类，总是想有另一种生活，另一个世界的生活，对此您是了解的，难道您不

———————————

①　莱奥帕尔迪（1798—1837），著名诗人，早年钻研希腊、罗马文学，后受烧炭党人思想影响，写出颂歌《致意大利》等，歌颂祖国过去的光荣，呼吁同时代人不要再为侵略战争流血，要为拯救祖国而战斗。他的诗洋溢着崇高的爱国情操，成为民族复兴运动时期自由战士心中之火种。烧炭党失败后较消极。

②　利奥十三世（1810—1903），1878—1903 年为教皇。

认为这说明些什么吗？这是事实，这是一个事实，一个真正的证据。"

"人们说，这是一种本能，为了延续后代……"

"不是，我的先生，因为我不在乎这张皮，知道吗？我不在乎把我包起来的这张不值钱的皮！我觉得披上它负担太重，但我不能不忍受，因为我知道，我不能不忍受。但是，如果有什么人能真正向我表明，再忍受五年、六年或者十年，我的天哪，那时我不会得到任何报答，一切就那样结束，那我就要把这张皮抛掉了，就在今天，不，就在现在立即把它抛掉。这样说来，哪里有什么延续后代的本能？我忍受它仅仅是因为，我觉得不能就这样结束！一个人是一回事，大家都说，整个人类又是另外一回事。个人会完结，人类会继续它的发展进化。这是考虑问题的一种很好的方式方法！但是，请您注意这样一点，这就是，人类不是我，不是您，也不是所有的每一个人。我们每个人都有不同的思想感情，这也就意味着，如果所有的一切仅在于此，仅仅在于忍受苦难，即经历世上的苦难生活，五十年、六十年的烦恼、困苦和劳顿，那么，这就有点儿太荒唐、太残忍了。经历这些都是为了什么？什么也不为！是为了整个人类？可是，如果人类有一天也完结了呢？请您想想看，所有这些生活，所有这些进步，所有这些延续进化，都是为了什么呢？什么都不为？是的，什么都不为，真的什么都不为，而且人们还说，并不存在……还有星球的完美，对吧，您那天讲的是星球的完美吧。好吧，星球的完美，但需要看一看，是什么意义上的完美。您看，梅伊斯先生，学识的坏处正在于此，它正是要为生活忧虑担心，而且只为生活而忧虑。"

"噢，"我叹了一口气后笑着说，"因为我们不得不活下去……"

"但我们也得死亡!"帕莱亚里又说了一遍。

"我知道。可是,为什么从早到晚要考虑这么多呢?"

"为什么?因为……因为,如果我们不能以某种方式把死亡解释清楚,那么我们就不能了解生活的意义!梅伊斯先生,指导我们的行动的原则,指引我们从迷宫中走出来的那条线路,指引我们的光明,不能不来自那边,不能不来自死亡。"

"那边一片漆黑又该怎么办?"

"一片漆黑?对您来说是一片漆黑!您不妨试试看,用灵魂的纯洁的油点起信仰的明灯。如果没有这盏明灯,我们就会徘徊不前,就会在生活中原地踏步,就像盲人一样,尽管我们发明了电灯,尽管电灯确实带来一片光明!在生活中有一盏电灯确实不错,应该说确实很好,但是,亲爱的梅伊斯先生,我们也需要另外那盏灯,那盏为死亡照路的灯。您看,有时我在晚上也试着这样做,也就是说,点上一盏红玻璃的灯。总之,需要想尽一切办法来看清道路。我的女婿特伦齐奥现在在那不勒斯,过几个月他就回来了,那时我将邀请您参加我们的一种小小的仪式,只要您愿意就行。谁知那盏小灯……算了,我不想再多说了。"

可以看出,安塞尔莫·帕莱亚里的陪伴并不令人愉快。但是,仔细想一想,我能够要求有另一种距离生活不太遥远的陪伴而又使我不必面临危险、不必撒谎、不被人认出来吗?我又想起了蒂托·伦齐骑士。帕莱亚里先生不想了解我的任何情况,我只是认真听他说下去就是了。几乎每天早上都是这样,淋浴完全身之后,他就来陪我散步,我们要么上贾尼科洛山,要么去拉文廷山,要不就去马里奥山,有时一起走到诺门塔诺桥,总是边走边谈论死亡。

"看来我真的赚了，"我想，"我看来真的没有必要死了！"

有时我想引诱他谈谈别的，可是，看起来帕莱亚里先生没有一双把周围的生活看作一场戏的眼睛。他散步时几乎总是把帽子拿在手里，走着走着，他会突然把帽子一扬，像是在同某个影子打招呼："糊涂虫！"

只有那么一次，他出其不意地向我提了一个特殊问题："梅伊斯先生，您为什么到罗马来？"

我耸耸肩回答说："我喜欢到这儿来……"

"这可是个令人生厌的城市，"他摇摇头说，"好多人吃惊，这个城里什么事都干不成，什么生动的思想也扎不了根。这些人之所以吃惊是因为，他们不想承认，罗马已经死了。"

"罗马也死了？"我吃惊地叫起来。

"早就死了，梅伊斯先生！知道吗，想让它复活的一切努力都毫无用处。它只沉浸在过去的辉煌美梦中，不再想了解现在的这种不幸生活。一个城市如果它的生活像罗马一样，有这么突出的特点，那么它就不可能成为一个现代化的城市，也就是说，就不可能成为一个像其他城市一样的城市。罗马躺在那里，它的伟大心脏已经破碎，躺在坎皮多利奥山①的肩膀上前进不得。这些新住房难道是罗马的？您看看吧，梅伊斯先生。我女儿阿德里亚娜对我讲了圣水钵的事，就是在您房间里的那个圣水钵，您还记得吧？阿德里亚娜从您房间里拿开了，把那个圣水钵拿走了。有一天，那个圣水钵从她手里脱落下来摔碎了，只剩下了一些碎块，

①　罗马称为七丘城，坎皮多利奥山是七丘之一，在市中心，山顶为市政府，山前的祖国祭坛耸立在威尼斯广场，这一广场在意大利人心目中的地位与中国人心目中天安门广场的地位相似。

其中一块在我房间里，放在我的书桌上。像您当初那样，无意中把它当成了烟灰缸，我桌上的那块也是烟灰缸。对了，梅伊斯先生，罗马的命运也是这样。历代教皇把它建成一个圣水钵，当然是按照他们的方式；我们意大利人则以我们的方式把它变成一个烟灰缸。我们从全国各地跑来，把我们的烟灰扔到这里，我们手上的香烟不是别的，是我们这种可怜的生活多么轻浮的象征，是这种生活给我们带来的所谓乐趣是多么苦、多么有害的象征。"

十一　晚上，望着河水

　　渐渐地，这家人的主人对我的尊敬和仁慈在增长，我们的关系因而越来越好，但是，使我不知如何是好的难堪也越来越多。这是因为，对我越好，我越是暗暗感到不自在，甚至感到内疚。我感到自己像一个无缘无故闯入这家人家的外来人，姓名又是假的，身份还得不断变化，生活简直像是假的、虚伪的，甚至不能称之为生活。我想尽可能地保持距离，随时提醒自己注意，不要同别人的生活太接近，必须逃避来自任何人的亲近，满足于这种局外人式的生活。

　　"这就是自由！"我对自己说，我开始看出自由这个词的含义，我开始衡量我的这种自由给我造成的局限。

　　自由就是，这里只是举个例子，晚上，站在窗前，望着河水在新建的堤岸中间和桥下静悄悄地流过，像一股黑流，无声无息，桥上的灯光反射到河面，留下一串串蛇一样颤动的光流；自由就是凭着自己的想象，跟着这条河穿行，从它在遥远的亚平宁山区的发源地来到平原，然后穿过眼前的这座城市，再经过一段平地，最后到达入海口；自由就是，想象自己成为广袤的大海，掀动巨浪，永不止息，各条河流的流水长期奔流后归入我的怀抱。望着望着，我不断张开口打起哈欠。

　　"自由……自由……"我自言自语，"别的地方不也是这样吗？"

有时，我看到，这个家庭的那个年轻的小主妇晚上来到旁边的那个小阳台上浇花，她还是穿着那套便服，神情很专注。"这就是生活！"我这样想。我的眼光跟着这个女人的弱小身躯，看她认真劳作，期望着她能抬眼向我这个窗子望一望。但我的期望毫无用处。她知道我站在窗口。有时，仅她一人时她也假装不知道我就站在那里。这都是为了什么？这种克制仅仅是由于太腼腆呢，还是说这个可爱的小主妇还需要我再像以前那样悄悄表现出对她的一点儿尊敬呢？

现在，她把水壶放下，靠在栏杆上，她也望起这条河来，这也许是要向我表明，她对我根本不在意，因为她也有自己的严重问题需要考虑。这样一种姿势表明，她也需要独自一人不让别人打扰。

这样想着，我自己笑起来。过了一会儿，我看到她离开了。我想，我的判断可能错了，那是每个人在感到自己被轻视时的一种本能的反应所造成的后果。"为什么是她，"我自己问自己，"为什么是她应该考虑到我的存在，是她根本没有任何必要就向我打招呼呢？我到这里来已经成为她生活中的不幸，另外还有她爸爸的那种疯狂，我也许已经委屈了她。也许她仍然为她爸爸上班的年代而惋惜，那时没有必要把房子租出去，也就不会在家里出现一个局外人，而且，进来的是我这样一个局外人！也许我让她感到害怕，我的这双眼，再戴上这么一副眼镜，可能使她害怕。好可怜的姑娘！"

近处一座木桥上驶过一辆车，车的响声使我从思绪中清醒过来。我叹了一口气，离开了窗口。我看了看床，看着那些书，不知拿哪本更好。最后我耸耸肩，抓起帽子走出来，希望能在室外摆脱这令人焦躁的烦恼。

我信步闲逛，有时是到人多的街上，有时是到僻静的地方。记得有一天夜里，在圣彼得广场①，很像是一场梦，一场遥远的梦，像我在漫长的世界历程中的一场梦。我被庄严肃穆的柱廊②环抱，周围一片寂静，广场两侧两个喷泉的水声更衬托出这里的寂静。我向一个喷泉走去，我感到只有它喷出的水是活的，其余的一切像幽灵，在寂静、无垠的庄严中，这一切更令人感到压抑。

回来的时候，穿过新博尔戈大街时遇到一个醉鬼。这个醉鬼走到我身边时，醉眼迷离，弯腰低头，由下向上看着我的脸，头略微抬起，轻轻摇着我的手说："祝您快乐！"

我吃了一惊，一下子停下脚步，从头到脚打量这个人。

"祝您快乐！"他又重复了一遍，而且还做了一个似乎是规劝的动作，那个动作的意思像是："你在干什么？你在想什么？你什么都不必在乎！"说完，一手扶着墙壁趔趔趄趄地走了。

在那样的时刻，在那样一条空无一人的街上，在这座神圣的教堂附近，再加上这座教堂在我心中形成的那些思想，竟然会在这种场合出现一个醉鬼，还有他那种友好的、从哲学上说是仁慈的、然而又古怪的规劝动作，所有这些使我的头大起来。我站在那里一动不动，看着这个人走远，不知道看了多长时间。我感到震惊，几乎狂笑起来。

---

①　即梵蒂冈圣彼得大教堂前的广场，呈椭圆形，纵长三百四十米，宽二百四十米，可容三十万人。两侧柱廊如教堂伸出的双臂，寓意教会拥抱万民。广场有两座喷泉，象征哺育人类的乳汁源泉。
②　广场两侧柱廊为巴洛克鼻祖贝尔尼尼设计监造，有分为四行的二百八十多根圆柱，柱高达十八米，每排柱上都有一圣人雕像。

"快乐！是的，我亲爱的。可我不能像你一样到一个小酒馆去寻求快乐，不能寻求你向我建议的那种快乐，不能端起酒杯一饮而尽。很可惜，我不能到那里去！到别处也不能那样做！我去过咖啡馆，我亲爱的，那里是些正常人，他们抽烟聊天，他们谈论政治。经常到这家咖啡馆的王国律师说，我们大家都很快活，都很幸福，但要有一个先决条件，那就是，我们大家由一个拥有绝对权威的好国王来统治。可怜的醉鬼哲学家，你不懂这一点，这一点你大概连想都不曾想过。所有我们这些不幸的人以及我们忍受痛苦的真正原因你知道是什么吗？是民主，我亲爱的，是民主，即多数派组成的政府。原因是，如果权力掌握在唯一的一个人手里，这个人知道他只是孤零零的一个人，他知道他必须让很多人满意。如果是好多人掌权，他们想的只是让他们自己满意，于是就会产生最残忍、最令人可恨的专制，自由假面具掩盖下的专制。这是肯定无疑的！喂，为什么你认为我会忍受这些？我忍受这种专制正是因为它拥有自由这个假面具来遮掩其真面目……好了，咱们还是回家吧！"

这就是我们那天晚上相遇时的情景。

此后不久，天刚黑，我从托迪诺纳大街走过，突然传来一声尖叫，是从这条街旁边的小胡同里传过来的。我走过去一看，原来是一群人在斗殴，四个叫花子手里拿着棍子，向一个穷女人扑过去。一阵狂叫又从那个小胡同传到我耳朵里。

我提到这件事，并不是说我多么勇敢，反而是说那是多么可怕，怕的是这件事会带来严重后果。那些无赖总共是四个人。问题是，我手里拿的是更结实的铁手杖，打起来可就不知结果如何了。他们当中有两个人手拿刀子向我冲来。我左旋右转，跳来跳去，努力自卫，尽量不让他们把我包围。最后，我举起手杖，手杖的铁柄正好打到那个最厉害的无赖头上，这个家伙抱头鼠窜，另外三个也许是担心那个女人的喊叫会招来另外一些人，也跟着逃跑了。我的额头受了伤，刚才搏斗时根本没有发觉是怎么伤的。那个女人仍在喊叫救命，我要她住口，她不再喊叫。可她看到我满脸血迹后不知如何是好。她披头散发，边哭边取下胸前的丝巾，撕成细条，要帮我包扎伤口。

"不必，不必，谢谢。"我以这种厌恶的口气来保护自己，"够了……没什么事！您走吧，快走吧……不要再露面了。"

我知道，那座桥旁边不远处有个喷泉。我向喷泉走去，想洗洗脸上的血迹。刚走到那里，两个气喘吁吁的警察走来，他们想弄清出了什么事。紧跟着，那个女人也走来，她开始讲起她同我"共同经历的灾难"。从谈话中听出，她是个那不勒斯人。她添油加醋，把我大大赞扬了一番。两个认真的警察一定要我跟他们走一趟，到警察局报案，我好说歹说，极力想摆脱他们。真是勇敢啊！倒霉透顶！现在不得不同警察局打交道了！第二天报纸上的社会新闻栏一定会把我写得像个英雄，可我需要的不是这个，我不能抛头露面，不能张扬，我得躲开所有的人……

现在清楚了，英雄，我再也不能当英雄。要不就只能死……可我已经死了！

"对不起，梅伊斯先生，您是个鳏夫吧？"

一天晚上，卡波拉莱小姐突然这样问我。那天晚上，她同阿德里亚娜一起在那个阳台上，她们邀我同她们一起待一会儿。

我很不自在，回答说："我不是鳏夫。为什么问这个？"

"因为您经常用食指去揉那个无名指，就像那些想给无名指戴个戒指的人那样。就是这样……阿德里亚娜，是这样，对吧？”

请看，女人们的眼是多么尖啊！应该说是某些女人的眼是多么尖，因为阿德里亚娜说，她没有发觉我的这个动作。

“可能是你没有注意！”卡波拉莱叫道。

我不能不承认，我自己也不曾注意过，或许那是我的一个习惯动作。

“很久以前，”我不得不解释说，“我戴过一个小戒指，戴了很长时间，后来不得不找金银匠给打开，因为戒指太小，手指卡得很疼。”

“好个可怜的小戒指！”卡波拉莱撇着嘴叫道，这个四十来岁的人今晚也显得像个小姑娘了。“就卡得那么疼吗？它就真的不想从您手上脱开？大概是纪念某个人的信物吧。”

“西尔维娅！”阿德里亚娜打断她。阿德里亚娜的声音含有指责的味道。

“这有什么不好？”卡波拉莱仍不甘心，“我是说，大概那是初恋时的……快点儿，快给我们讲讲吧，梅伊斯先生。永远藏在心里不讲，这可能吗？”

“是这么回事，”我说，“我在想您的结论，您看到我揉这个手指后所下的结论，这个结论太武断，亲爱的小姐。这是因为，据我所知，鳏夫一般不想把结婚戒指脱下来。当然，更重要的是妻子，而不是戒指，可是，妻子去世之后，戒指就重要了。就像从前线归来的那些将士一样，他们总喜欢把军功章戴上，我想，鳏夫也像他们似的总是把结婚戒指戴上。”

“啊呀，您真行！”卡波拉莱叫起来，“您巧妙地把话题引开了！”

"哪里！我正是想进一步谈谈这个问题。"

"有什么好谈的！我从来都不想深谈它，我只不过是有这么一个印象罢了。"

"即我是个鳏夫？"

"是的，先生。阿德里亚娜，你不觉得梅伊斯先生就是这样吗？"

阿德里亚娜想抬起眼看我，但立即又低下头，她是那么羞怯，不敢紧紧盯着别人。她像通常那样温柔又有些悲伤地笑了笑之后说："你想让我知道鳏夫是什么样？你真有意思！"

一种想法，一个形象显然在她心中闪过。她动了一下，转过身去看下边的河水。另外那个女人显然也了解阿德里亚娜的这一想法，因为她叹了一口气，也转身去看河水。

一个看不见的第四者显然已插入我们三人之间。看着阿德里亚娜这身几乎像丧服的便装，最后我也明白过来。我想，还在那不勒斯不曾露过面的她的姐夫特伦齐奥·帕皮亚诺肯定没有那种痛心疾首的鳏夫的样子，因此，在卡波拉莱小姐看来，这种样子在我身上就显得十分明显了。

我不能不承认，我已预感到，这次谈话结果不妙。阿德里亚娜因想起她那死去的姐姐和鳏夫帕皮亚诺而感到痛苦，这种痛苦在卡波拉莱看来是对她的惩罚，因为她太不小心。

我觉得那是她太不小心而失言了，如果不是这样，就像她们想要向我表明的，而且又不是由于情有可原的好奇心，那么，这在多大程度上产生于我周围形成的这种奇怪的沉默呢？由于孤独已使我感到难以忍受，想同别人接触的欲望无法抑制，别人当然有权知道同他们打交道的这个人是什么人，所以对别人提出的这些问题，我只能尽可能地回答，尽可能地满足他们，也就是说，我只能撒谎，只能编造，别无他法！罪过不在别人，罪过是我的。现在，我的情况不妙，因为我撒的谎越来越多，真的越来越多，如果我不再撒谎，如果撒谎使我无法忍受，那我就只能离开，继续过我的孤寂的、不能开口的流浪生活。

我注意到，阿德里亚娜从来没有向我提过不太合宜的问题，但是，当我回答卡波拉莱的问话时，她在一边认真地听着我的回答。说真的，卡波拉莱的问题常常超越了仅仅是出于情有可原的、自然的好奇心的界限。

比如，一天晚上，就在那个阳台上，我吃完晚饭回来后，我们常在那个阳台上一起待一会儿。那天晚上，她笑着在阿德里亚娜背后向我提了个问题，而阿德里亚娜则在那里大叫："不行，西尔维娅，我不让你提这个问题！你不要冒险！"

可是，卡波拉莱还是提出了她的问题："对不起，梅伊斯先生，阿德里亚娜想知道，为什么您甚至都不让您的胡子长得长一些……"

"不是那么回事！"阿德里亚娜叫起来，"梅伊斯先生，别信她的……是她，不是我……"

可怜的家庭小主妇突然流下了眼泪，卡波拉莱立即去安慰她："算了，没关系的！这有什么不好？"

阿德里亚娜直用肘撞她："不好，你撒谎就是不好，你让我很生气！我们那次说的是舞台上的演员们，他们都……完了你就说：'真像梅伊斯先生！不知道为什么他甚至不让胡子长起来？'我只是重复了一句，'谁知道为什么……'"

"就算是这样吧，"卡波拉莱说，"那么是谁说，'谁知道为什么……’那就是说，说这句话的人想要知道！”

“可是是你最先说的！”阿德里亚娜表示抗议，她愤怒到了极点。

“我可不可以回答？”我这样问了一句，想使她平静下来。

“不行，对不起，梅伊斯先生，再见！”阿德里亚娜说完，站起来就要走。

卡波拉莱抓住她的一只手臂：“算了吧，真像个小孩子！简直有点儿好笑……梅伊斯先生是个好人，他会原谅我们的，阿德里亚诺，对吧？请您说说看，为什么您不让胡子长长一点儿。”

现在阿德里亚娜笑起来，眼里仍含着眼泪。

“因为这里边有个秘密，”我回答说，但我的口气变成了开玩笑的口气，“我是个阴谋家！”

“我们才不信哩！”卡波拉莱也以同样的口吻说了一句，“不过，您是个两面派倒是毫无疑问的事。比如说，今天午饭后您到邮局干什么去了？”

“我，到邮局？”

“是的，先生，您不承认？我亲眼看到的。四点钟左右……我从圣西尔维斯特罗广场走过……”

“您搞错了吧，小姐，那不是我。”

“是您，是您，”卡波拉莱不相信我的解释，“秘密信件……因为这位先生的信从来不寄到这个家里，对吧，阿德里亚娜？女用人对我说过，咱们可要小心一点儿了！”

阿德里亚娜突然从椅子上站起来：“别听她的。”说完，向我投来伤心的、几乎又很亲切的目光。

“既不在家里，也不在邮局！”我回答说，“很不幸，真的，没有任何人给我写信！小姐，原因很简单，因为再也没有任何一个人能够给我写信了。"

"连个朋友也没有？这可能吗？真的一个人也没有？"

"真的一个也没有。在大地上，只有我和我的影子。我带着这个影子不断走到这里，又逛到那里，迄今为止，从来没有在一个地方待很长时间，也就无法结交可以长期交往的朋友。"

"真该恭喜您，"卡波拉莱叹了一口气后说，"因为您能一辈子到处旅行！如果不愿谈别的，您至少应该同我们谈谈您的某些旅行。"

起初那些令人难堪的问题构成的暗礁渐渐让我给躲开了，我是以撒谎作为双桨划船绕过暗礁的，那两只桨像两个桅杆，像两根支柱，我用双手紧紧抓住它们，划船绕过最使我担心的暗礁。我谨慎小心地划着我的这只以伪装作假编织起来的小船，目的是能竖起想象的大帆穿过险滩。

在为期一年多的时间被迫缄默不语之后，现在我真想大谈特谈，每天晚上都到这个阳台上谈我看到过的事物，谈我的观感，谈我在各个地方遇到的事。我吃惊地发现，在我到处旅行的时候也曾有过好多看法和印象，可是，长久的缄默几乎把这些都埋进了我的心底。现在，讲着讲着，它们从我的嘴唇之间活生生地跳了出来。这一令人惊奇的发现使我的叙述增色不少。令人高兴的是，两个女人听着听着，已被我的叙述征服。这种高兴又使我感到遗憾，遗憾的是，这些东西在当时没有机会认真享受。不过，这种在心头渐渐产生的缺憾也使我的叙述更为有滋有味。

几个晚上之后，我发觉，卡波拉莱对我的态度大大地变了。她那本来就已阴郁的目光中更透露出强烈的忧郁，显出她内心深处正在努力求得平衡宁静，她的双眼同假面具似的面部表情之间的不协调显得更加突出。毫无疑问，卡波拉莱小姐爱上了我！

我感到吃惊，也感到十分好笑。与此同时，我又感到，在所有这些晚上，我并不是在为卡波拉莱小姐讲述，而是在为那个总是在静静地听我讲述的人讲述。显然，后者也感觉到了，我是在向她讲述，仅仅为她而讲，我们之间好像已经达成了默契，我们要共同分享我的这些讲述在这个四十多岁的钢琴教师的敏感的心弦上产生的可笑而又难以预料的反响。

然而，在发现这一点之后，对于阿德里亚娜，我再也不曾有过任何非分之想，她那忍受痛苦之后产生的纯洁的善良不会使人对她再有任何非分之想。但是，她的优雅的腼腆所造成的那种信任感使我感到十分高兴。有时她投来偷偷的一瞥，像是温柔妩媚组成的一股闪电；有时是同情的微笑，笑的是那个可怜的女人的过分谄媚；有时又是一种默默的呼唤，那只不过是投来一个目光，或者轻轻摇一下头，一点便透，特别是在我讲得过分时，那种目光和动作是我们之间的一种默契。我的大讲特讲有时正是要给她那正在极乐世界的晴空中飞翔的风筝以希望的丝线，只要我突然之间用力一拉这根丝线，她的心就会更加欢乐。

"如果您讲的那些是真的——不管真不真，我不相信，"有一次卡波拉莱对我说，"如果果真如此，那么您不应认为，生活中完美无缺的东西已成过去。"

"完美无缺？怎么个完美无缺？"

"是完美无缺，我指的是不必压抑激情……"

"啊，是这个，从来没有压抑过，小姐，从来没有！"

"您不是对我们讲过吗，就是那个戒指，后来您找金银匠把它拉掉了，因为它卡了您的手指……"

"那是因为它卡得我的手指生疼，我没有对您讲过？对了，那是爷爷给我的一个纪念品，小姐。"

"撒谎！"

"随您怎么说吧，您看，我甚至可以告诉您，那是爷爷在佛罗伦萨给我买的。那次，我们从乌菲兹美术馆出来后爷爷买来送我的。您知道是为什么送我吗？那是因为，那时我已十二岁，我把佩鲁吉诺的一幅画错当成了拉斐尔的作品，就是这么回事。因为我错了才奖给我那个戒指，是在老桥①边上的一家店里买的。可爷爷又坚持说，佩鲁吉诺的那幅画应该是拉斐尔的，原因是什么，我也说不上来。您看，我把我的秘密也讲出来了！您一定可以想见，一个十二岁孩子的手指同现在这只大手的手指有多大差别。看到了吧？现在，一切都像这只大手，再也无法忍受小小的戒指。心我是有的，可是，小姐，我也是有我的道理的。我照过镜子，看到我戴了这么一副眼镜，虽然这副眼镜对我有好处，但我还是感到垂头丧气。我自己对自己说：'我亲爱的阿德里亚诺，你怎么能奢望会有一个女人喜欢你呢？'"

"啊呀，真是古怪的想法！"卡波拉莱叫起来，"您这样说时真的以为自己是对的？事实上完全错了，我们女人可不是这样想的，您错怪了女人。这是因为，梅伊斯先生，您知道，女人比男人的心软，女人不只看外表美不美。"

"小姐，还是让我们说女人也比男人更勇敢吧，因为我知道，除去心眼儿好之外，要让一个女人爱上我这样的一个男人，还是

---

① 佛罗伦萨的一座著名桥梁，横跨阿尔诺河，连接美第奇家族的宅第老宫和河对岸的皮蒂宫。桥中间为道路，两侧是高档金首饰店。

需要一点儿勇气的。"

"哪里是这样！您真会逗乐，您并不难看，可您非要说难看。"

"这是真的。您知道为什么吗？为的是不让任何人同情我。您看，如果我想方设法梳妆打扮，那么就会让人说：'快看那个可怜的家伙，长了那么个胡子，还想臭美哩！'相反，我根本不打扮，就不会有人说我。我不是丑吗？让它丑去好了，丑有什么不好，说真的，谁也不必同情我。您说不是这样吗？"

卡波拉莱小姐深深叹了一口气。

"要我说，您还是错了。"她回答说，"比如说，您让胡子长长一点儿，您就会发现，您根本就不是您说的那么个丑八怪。"

"那么这只眼怎么办？"我问她。

"我的上帝，为什么您讲话这么轻率？"卡波拉莱说，"我早就想对您说，为什么您不去做一次手术？这种手术简单极了。只要您愿意，用不了多少时间，连这个缺陷也能除掉。"

"小姐，您看到没有，"我最后说，"还是女人们比我们男人的心地善良吧？我会让您承认，这样下去您会让我把整个脸面都换掉。"

为什么我要反复谈这个话题呢？我是不是要让卡波拉莱小姐当着阿德里亚娜的面说她爱我？是不是想让她承认就是这样没有胡子和长着这么一只斜眼她也爱我？不，不是这样。我讲了那么多，我向卡波拉莱小姐提了那么多怪问题，这都是因为，我发现，阿德里亚娜由于卡波拉莱向我做出的回答而感到高兴，也许是不由自主地就感到高兴。

因此我知道，尽管我是个丑八怪，她仍然会喜欢我，仍然会爱我。这一点我甚至对自己也不曾讲过。但是，从那天晚上起，我感到，我住的这家人家的床更加柔软，我周围的一切事物更加亲切，我呼吸的空气更加令人陶醉，天更蓝，阳光更明媚。我认为，所有这些变化都是因为，马蒂亚·帕斯卡尔已经死去，在鸡笼庄园那个磨坊的水渠中淹死了；同时也是因为，我——阿德里亚诺·梅伊斯——无拘无束地流浪了一段之后，最后终于找到了平衡，达到了预定的目标，即把我变成了另外一个人，过上了另外一种生活，获得了另外一个生命。现在我感到自己已经十分充实了。

我的心情又好起来，处处像个年轻人。过去的经历产生的厌世情绪已成过去。我甚至觉得安塞尔莫·帕莱亚里先生也不那么令人讨厌了。他的那种哲学的阴影、烟雾和阴云在我的新欢乐心情构成的阳光下也融化得无影无踪了。安塞尔莫先生，你真可怜！他本来认为，在大地上，唯一需要他考虑只有两件事，现在他不知道他只在考虑其中的一件事。也许他也想到了应当过他的舒服日子，那就让他过这种日子吧！最值得同情的是钢琴教师卡波拉莱，即使是好酒也不可能给她带来新博尔戈大街那个醉鬼的欢乐。她这个可怜的女人要生活下去，她认为，只注重外表美的男人都不是好人。那么，她从心里真的认为她很美吗？谁能知道，如果她找到一个"厚道的"好男人的话，她能做出什么样的牺牲，她能做出多少牺牲！也许她连一口酒也不再喝了。

"如果我们承认，"我这样想，"错误在男人身上，那么，所谓公道不是太残酷了吗？"

我下定决心，对可怜的卡波拉莱小姐不能再那么残忍。我下了这个决心，可是，过去我对她是太残酷了，尽管并非出于本心。

我的亲切成了新的诱因，使她又热情起来，甚至还出了这么一件事：我的话竟使她面色苍白，而阿德里亚娜则满面通红。我不记得我讲了些什么，但我感觉到，我的每句话，每个词的发音，每种表达方式都没有使我本来想要听我这些话的那个人难堪，没有把我们之间已经存在的那种暗地里的和谐打破，尽管我并不知道这种和谐是如何建立起来的。

心与心之间有一种特殊的沟通方式，有一种达成一致的特殊方式，直至可以相互以"你"相称，不必再那么客气，而在我们人与人之间，即使是使用共同的词语在交流时也有所不便，不得不服从社会上的那套陈习。心灵有它们自己的需要，有它们自己的渴望，在肉体发现难以满足这些渴望、难以用行动表达时，肉体是不会佯装不知的。每当两个人这样仅用心灵来交流时，他们会单独躲到某个地方，双方都会感觉到身体的每一轻微接触带来的令人苦恼的烦乱，甚至是强烈的排斥感，这种痛苦会使他们分开，无须第三者干预就会立即停止接触。于是，忧虑过去之后，两颗得到宽慰的心又会相向而行，又在远远地相对而笑了。

同阿德里亚娜的交往已经有多次，可是并没有达到如此出神入化的地步。我认为，她的扭扭捏捏是由于她生性谨慎腼腆，而我的则是由于感到内疚，我一派谎言，不能不感到内疚。在现在这种情况下，我不能不继续编造谎言。在这个温柔而又神秘的女人的纯洁天真面前，我不能不感到内疚。

我已经是在另眼看她了，可是，一个月以来，她就真的一点儿也没有变？她偷偷的目光中没有透露出比过去多得多的热切心情？她的微笑不是说明她充当这个家庭的年轻主妇不那么吃力了吗？开始的时候我就觉得，她充当这个角色像是在有意夸耀。

也许她也在不自觉地服从我的那种需要，服从幻想过另一种生活的需要，但她又既不想知道这种新生活是什么样的，也不想知道如何才能过上这种新生活。那只是一种朦朦胧胧的希望，像心灵中的闪光，这一希望渐渐为她打开了未来的窗口，正像为我打开了窗口一样。一丝令人陶醉的温和亮光从窗口射来，这朦胧的希望使我们甚至不知道走近这个窗口，不知道关上它，也不知道伸出头去看看外边是个什么样的世界。

可怜的卡波拉莱小姐感觉到了我和阿德里亚娜之间的这种微妙纯洁、极其甜蜜的情感。

"小姐，您知道吗，我差不多决心要按您的建议办事了。"有一天晚上我这样对她说。

"什么建议？"她问我。

"找个眼科大夫动手术。"

卡波拉莱高兴地拍起手来。

"啊，好极了！就找安布罗西尼大夫吧！他姓安布罗西尼，是最好的眼科大夫，我妈妈的白内障手术就是他给做的。你看到了吗？阿德里亚娜，镜子说话了。我过去跟你说的不就是这个吗？"

阿德里亚娜笑起来，我也笑了。

"不是镜子，小姐。"我说，"是客观需要迫使我这样决定的。好长时间以来，我的这只眼一直不舒服。这只眼从来不曾好好为我工作过，但我又不想丧失它。"

事实并非如此，卡波拉莱小姐是有道理的。确实是一面镜子的缘故，这面镜子说话了，它告诉我，如果我能动这个小小的手术，我就能够摆脱马蒂亚·帕斯卡尔的那种特殊的丑陋外貌，我阿德里亚诺·梅伊斯就可以不必戴那副蓝眼镜，就可以留起小胡子，总之是我的外貌就可以更好地同我的心理变化协调一致了。

几天之后的一个晚上，我在百叶窗缝隙中看到一个场面，这一场面使我突然心烦意乱。

那个场面发生在旁边的那个阳台上。就在那个阳台上，我一直陪着那两个女人，将近十点时才离开。我回到房间，躺到床上，顺手拿起安塞尔莫先生的一本名为《投胎转生》的书读起来。突然，好像有个男人在那个阳台上讲话。我伸起耳朵仔细听，看看阿德里亚娜是不是也在场。她没在那里。两人说话的声音很低，但很激动，却听不清在讲些什么，只听到是个男人的声音，但又不是帕莱亚里。可是，在这个家里，除去他和我之外再无其他男人。由于好奇，我来到窗口，通过百叶窗缝隙向外张望。黑影里我认出那个女人来，是卡波拉莱。可是，同她谈话的那个男人是谁呢？特伦齐奥·帕皮亚诺突然从那不勒斯回来了？

卡波拉莱的一句话声音高了一点儿，从这句话里听出来，他们在谈论我。我向窗口靠了靠，伸起耳朵仔细偷听。那个男人听了钢琴教师卡波拉莱讲的有关我的那些事之后很生气，她称他时用"你"字，而不是用"您"。她在努力平息她的话给这个男人带来的怒气。

"他富吗？"过了一会儿，他这样问道。

"我不知道。好像是这样。他什么都不干，就这样也能维持生计。"

"他总待在家里？"

"不是这样！不管怎么说，你明天就可以见到他……"

她正是这样讲的："你……见到他"。她用"你"来称呼他，这就是说，帕皮亚诺（可以肯定是他）是卡波拉莱的情夫……可是，这么多天以来，为什么她又对我那么亲近呢？

我的好奇心更为强烈，想弄个明白。可是，好像是故意对付我似的，他们的声音放得特别低。我的耳朵现在不能听清他们的声音，只好借助于我的眼睛。我看到，卡波拉莱把一只手放在帕皮亚诺肩上，不多一会儿之后，后者粗鲁地把她的手推开了。

"我怎么能阻止他？"卡波拉莱抬高嗓门，"我算个什么人？在这个家里，我能代表什么？"

"把阿德里亚娜叫来！"他粗暴地命令她。

听他以这种口气提到阿德里亚娜的名字，我紧紧握起拳头，感到了血管中血液的冲动。

"她睡了。"卡波拉莱回答说。

他又粗暴地威胁说："把她叫醒！快去！"

我说不清是如何克制住自己的，不然，我会愤怒地把百叶窗推开。

我极力克制，同时又在责备自己，就这样坚持了一会儿。刚才卡波拉莱抬高嗓门说出口的那句话也来到我的嘴边："我算个什么人？在这个家里，我能代表什么？"

于是我从窗口退了回来。可是，我立即又找到了返回窗口的理由：他们两个人谈到的是我，那个男人还要同阿德里亚娜谈我的事，我应当知道，应当弄清他对我是怎么看的。

我很轻易就接受了这一借口，这一使我不得不这样不光彩地偷偷窃听窥探的借口，这使我感觉到，这使我隐约看到，我把自己的利益放在首要地位，这样我就难以了解另外那个女人此时此刻对我的更为明确的看法了。

我又站到窗口，透过百叶窗的缝隙窥探。

卡波拉莱已不在阳台上。那个男人一个人在注视着下面的河水，他的双肘支在栏杆上，两只手捧着脸向下望着。

我焦躁不安，弯下腰，双手用力揉搓双膝，等着阿德里亚娜出现在阳台上。这么长时间的等待并没有使我感到厌烦，倒是相反，我渐渐轻松起来，满意的感觉十分强烈，越来越明显，因为我想象，在那边，阿德里亚娜可能对这个粗野的男人根本不买账，卡波拉莱可能在作揖叩头，求她过来。就在此时，在那个阳台上，那个家伙在忍受着失望等待的折磨。我希望，一会儿之后，那个钢琴教师跑过来说，阿德里亚娜不想起床过来。可是，她来了！

帕皮亚诺立即迎着阿德里亚娜走过去。

"您去睡吧！"他对卡波拉莱小姐说，"让我同我的小姨子单独谈谈。"

卡波拉莱顺从地走了，帕皮亚诺顺手将阳台通往餐厅的那扇门关上。

"没必要！"阿德里亚娜一只手伸向那扇门说。

"可我要同你谈！"这位当姐夫的粗暴地这样说，他虽然口气中带着怒气，但尽力把嗓门压低。

"就这样谈吧！谈什么？"阿德里亚娜说，"至少可以等到明天再谈嘛。"

"不行！现在就谈！"他说着拉住她的手，把她拉到自己身边。

"讨厌！"阿德里亚娜叫了一句，猛地从他身边挣脱开。

我再也不能控制自己，伸手将百叶窗打开了。

"噢，梅伊斯先生！"她马上叫了一句，"如果不打搅的话，您能到这儿来一下吗？"

"这就来，小姐！"我马上回答。

她如此看重我，这使我的心由胸口跳到了嗓子眼儿。我三步两步来到走廊，就在我房间门口，我看到，一个消瘦的年轻人半躺半坐在箱子边。他高高的个子，一头黄发，脸很长，苍白瘦弱。他吃力地睁开眼，那是一双蓝眼，无精打采，含着吃惊的目光。我也吃了一惊，停下脚步看了他一眼。我想，这大概是帕皮亚诺的兄弟。我向阳台走去。

"梅伊斯先生，"阿德里亚娜对我说，"我来介绍一下，这是我姐夫特伦齐奥·帕皮亚诺，刚从那不勒斯来。"

"认识您太高兴了！太幸运了！"他大声说，紧紧握着我的手，口气中透出尊重的意味。"这一段我一直不在罗马，实在对不起，可我相信，我的小姨子能把一切都安排好，对吧？如果您缺什么，请尽管说，不要客气！如果您需要，比如说需要一个更大一点儿的写字台……或者别的什么，请尽管说，不要客气……我们喜欢满足给我们带来荣幸的客人的要求。"

"谢谢，谢谢！"我说，"我什么都不缺。谢谢。"

"没关系，这是我们的义务！如果您需要我，不管是什么事，只要我能够……阿德里亚娜，你去睡吧，如果愿意，你回去睡吧……"

"噢，当然愿意，"阿德里亚娜苦笑着说，"那我就走了……"
她扶着栏杆，向河下望着。

我感觉到，她不愿让我单独跟这个男人在一起。她担心什么呢？她站在那里，那么专注，而他则仍然手里拿着帽子，在向我谈那不勒斯。他说他不得不在那不勒斯待好长时间，原来没有想到会需要那么长的时间，在那里抄一大批文件，那是一个叫特雷萨·拉瓦斯基埃里·菲埃斯基的女公爵的私人档案中的一大批文件。这个女公爵很有威望，大家都叫她"女公爵妈妈"，他则喜欢称她为"仁慈的妈妈"。那些文件很珍贵，或许可以搞清两西西里王国是如何灭亡的，对加埃塔诺·菲兰基埃里这个人物也可以提供一些新材料，他是萨特里诺这个小地方的郡主，吉利奥的侯爵伊尼亚齐奥·吉利奥·达乌莱塔正在为菲兰基埃里写一本详细的传记，而他自己则是达乌莱塔的秘书。这部传记还要十分真实，至少要像这位侯爵对波旁王朝的尊重和信任那样忠实。

　　他讲个没完，因为他很善于辞令，常常提高嗓门，绕来绕去，像在演戏，时而又笑一笑，或者以动作加以强调。我的耳朵都被震聋了，像个木桩站在那里。我时而点头表示同意，时而看一眼阿德里亚娜。她仍在那里望着河水。

　　"咳，真可惜。"帕皮亚诺提高嗓门，像是要结束他的长谈，"吉利奥·达乌莱塔侯爵是个亲波旁王朝的人，又是教权主义者。可是，我……我……（就是在我自己家里也不得不低声说话）我每天早晨离开家里时都要向贾尼科洛山顶那尊加里波第将军的骑马铜像致意。（您看到没有？在这里能清清楚楚地看到这位反教皇英雄的铜像。）我恨不得常常喊：九月二十日万岁[①]！可是，我不得不去给这样一个人当秘书！他是个好人，这倒是真的，但他是个亲波旁王朝的人，是个教权主义者！是的，先生，为了糊

――――――――――――――

[①]　1870年9月20日，意大利统一运动三杰之一加里波第将军率领部队攻进罗马，教皇屈服，意大利实现统一，但教皇自称"罗马囚徒"，与意大利王国对立。攻入城市的那条大街至今仍称九月二十日大街，以示纪念，意大利还在贾尼科洛山顶建立了加里波第将军骑马铜像。教廷后来在山上建起一座神学院，据说是为避免教皇开窗看到这座骑马铜像感到不快。1929年2月教廷与意大利才签订《拉特兰条约》实现和解。

口……我敢起誓，有好多次我真想不干了！我毫无办法，我感到
违心，可是，有什么办法呢？我得糊口！糊口！"

他两次耸肩，挥动手臂，扭动臀部。

"走吧，阿德里亚娜！"他走过去，双手轻轻搂住她的腰，"睡
觉去吧！不早了，梅伊斯先生可能困了。"

走到我房间门口时，阿德里亚娜紧紧握了握我的手，迄今为
止这样做还是头一次。现在，只剩我一个人了。我紧紧攥紧拳头，
攥了好长时间，像是怕她的手在我手上留下的压力感悄悄逃走。
整整一个晚上，我一直在考虑，一直在焦躁不安地自己同自己争
论。这个人那种虚伪做作、奴颜婢膝和他的坏心眼儿使我觉得难
以再在这个家里住下去。在这个家里，他显然是在利用岳父的愚
蠢而作威作福。天晓得他会使用什么手法！但是，在我出现时，
他突然之间变了态度，这倒说明了他是多么狡猾。可是，他为什
么不喜欢我住在这个家里呢？是因为我不是一个同其他租户相同
的房客？是因为卡波拉莱在他面前谈到过我？是他真的对她的行
为吃醋了？或者是对另外一个女人的行为吃醋了？他的那种不可
一世和怀疑的表情；他赶走卡波拉莱只留下阿德里亚娜，对她讲
话又那么不客气；阿德里亚娜的反抗；她想方设法不让他关上通
往餐厅的门；每当她发现姐夫不在时表现出的那种不安：所有这
一切都让我怀疑，怀疑他对她不怀好意。

可是，我又何必为这些事烦恼呢？难道我不能在他对我表
现出一点点恶意时就离开这个家远走他方吗？有什么能把我绊住
呢？什么也没有。可是，回忆起阿德里亚娜在阳台上叫我，好像
要我去保护她，回忆起她紧紧地握我的手，我又感到高兴，感到
满足。

　　我没有关百叶窗，只将窗帘拉上。过了一会儿，月亮移到窗口，好像要窥测我。我躺在床上尚未入睡，月亮好像是要对我说："我懂了，亲爱的，我懂了！你还不懂？真的不懂？"

十二　那只眼和帕皮亚诺

"今晚一个木偶团上演俄瑞斯忒斯的悲剧。"安塞尔莫·帕莱亚里对我说，"新式木偶戏，完全自动的，这是一种新发明，今天晚上八点半在普雷菲蒂大街五十四号上演，很值得一看，梅伊斯先生。"

"是关于俄瑞斯忒斯的戏？"

"是的，海报上写的是达普雷斯·索弗克莱，可能是厄勒克特拉。现在你就可以听听，我心里产生了一种该多么古怪的想法！当代表俄瑞斯忒斯的那个木偶就要杀死埃癸斯托斯和他的母亲以为父亲报仇时，剧场纸糊的天空突然裂开，您说会发生什么事？"

"不知道。"我耸耸肩回答说。

"这很简单，梅伊斯先生！俄瑞斯忒斯会被天空这个洞吓得狼狈不堪。"

"为什么？"

"您让我讲下去。俄瑞斯忒斯要为他的父亲报仇，他有这个打算，他极想实现这一愿望。但是，在这个时刻，他的眼会注视那个洞，所有一切罪恶和坏人都会由这个洞来到舞台上，他会觉得手臂无法抬起。总之，俄瑞斯忒斯会成为哈姆雷特。梅伊斯先生，古代悲剧和现代悲剧的差别仅仅在于这一点，请相信吧，梅伊斯先生，仅仅在于纸糊的天空的那个洞。"

说完，拖着鞋走了。

安塞尔莫先生常常会这样把他的好多想法从他那抽象的云雾弥漫的巅峰抛撒下来，那情景很像雪崩。这些想法的根源、相互间的联系和成立的理由等等仍然留在峰巅，因此，听到他这些宏论的人听了之后仍一无所知。

俄瑞斯忒斯这个木偶被天空的空洞吓坏了，这一影像一直在我心里留存了好长时间。有一次，我突然想："木偶真是够幸运了，在它那木头做成的头上，假的天空从来没有出现那个大洞！没有困惑，没有焦虑，没有克制，没有障碍，没有阴影，什么都没有！它们可以平静地等待，可以有滋有味地演它们的戏，可以爱，可以受尊敬，可以受到鼓掌欢迎，既不必受头晕目眩之苦，也不必受心跳耳鸣之害，因为对于它们所代表的形象和行动来说，那样的天空只不过是个相当合适的屋顶。"

"亲爱的安塞尔莫先生，"我继续想着，"这些木偶的原型在您的家里就有，就是您那个卑鄙的女婿帕皮亚诺。谁比他更满意于那个纸糊的天空呢？天空很低很低，就在他的头之上，那就是上帝给他提供的舒适安静的住房。这是人所共知的上帝，是宽宏大量的上帝，他随时准备睁一只眼闭一只眼，随时准备高抬贵手饶恕别人，这个上帝对任何鬼把戏都会睡眼惺忪地说：'自助者我即助。'好，想尽一切办法去帮助您的帕皮亚诺吧。生活在他看来就是要手腕。躲避一切阴谋该是多么惬意啊！敏捷地、勇敢地、花言巧语地躲避任何阴谋该是多么惬意啊！"

帕皮亚诺四十来岁，高高的个子，四肢发达，有点儿秃顶，鼻子下是花白的胡子，鼻子很大，鼻孔一颤一颤的，灰色的眼睛目光尖锐，却又像他的那双手一样从来都不平静。他什么都观看，什么都触摸。比如说，同我谈话时，不知怎么回事，他竟然同时能发现，在他背后，阿德里亚娜正在清理房间里的什么，或者正在把房间里的什么东西放回原处。他会马上去纠正："对不起！"他跑到她身边，从她手里把那件东西夺过来："不是这样，我的孩子，你看，应该这样！"

他把那件东西重新清理过，把它放好，然后回到我面前。有时他也会发现，他那患有癫痫的兄弟"昏死"过去，他跑过去，在他脸上轻轻拍打，在他兄弟的鼻子前打响指，同时叫着他的名字："希皮奥内！希皮奥内！"

要么就是，他向他兄弟脸上吹气，直至后者醒过来为止。

要不是对他的那个可怜的拖累感到同情，我看到这一切该是多么好玩啊！

确实，从最初的几天开始，他就已经对此有所觉察，或者说，至少是他在让我感到他已对此有所察觉。他搞了好多客套的玩意儿，无非都是为了引诱我，让我讲话。我觉得，他的每句话，他的每个问题，尽管都明明白白，可我总觉得后面隐藏着诡计。我不愿把我的不信任表现出来，以免他的疑心进一步增加。可是，他那种唯唯诺诺的样子和虐待别人的行为使我感到愤慨，这种愤慨让我难以掩饰我对他的不信任。

我的愤慨还由于另外两个秘密原因，其中一个是，我没有干什么坏事，我没有损害过任何人，为什么我得如此瞻前顾后，如此提心吊胆，好像我已经没有安安静静地生活的权利了。另一个原因，我不愿承认，不愿向我自己承认这个原因，这反而使我更加愤怒。有时我会对自己说："蠢货！走嘛，离这个讨厌家伙远一点儿嘛！"

可是，我没有走，我再也不能走。

　　我自己在同自己斗争，为的是不承认因阿德里亚娜而产生的那种感情。正是这种纠结使我不能认真考虑我在这种感情面前的这种极为古怪的生存方式。我仍住在那里，可我手足无措，六神无主，对自己感到很不满意，有时甚至是持续的焦虑不安。可是，外表上我还得装出笑脸。

　　那天晚上我躲在百叶窗后所发现的一切至今还没有弄清楚。看来好像是，帕皮亚诺听了卡波拉莱小姐的介绍后对我产生了坏印象，可是，由于阿德里亚娜的介绍，这些坏印象似乎冰释了。他打听过我的情况，这不假，可是，他好像不能不那样做；他那样做肯定不是一种赶我离开的诡计，事情恰恰与此相反！这是一种什么样的阴谋呢？自从他回来之后，阿德里亚娜更加阴郁，甚至躲躲闪闪，同我刚来时的样子相差无几了。西尔维娅·卡波拉莱小姐用"您"字来称呼帕皮亚诺，至少在别人在场时是这样。可是，这个夸夸其谈的家伙对她则用你字，甚至是公开称她为"你"，有时甚至叫她雷亚·西尔维娅①。我对他的这种亲密和讥讽难以理解。当然，那个不幸的小姐在生活当中是那么混乱，倒也并不值得十分尊重。可是，一个既不是她的亲戚又不是她的亲密朋友的男人也不能用这种方式来对待她呀！

　　一天晚上，月挂中天，亮如白昼。我从窗口看到，她一个人闷闷不乐地站在阳台上。现在我们很少再去那个阳台了，因为在那里再也没有以前的那种欢乐，因为帕皮亚诺也要参加，而且什么事他都要插嘴。出于好奇，在这种像是被人抛弃的时刻，我打算突然来到她身边，让她大吃一惊。

---

①　雷亚的原文是 Rea，是个形容词，本应为 reo，因西尔维娅是女性，所以结尾为 a，其本意是"邪恶的"。reo 为名词时，意思是"罪犯、罪人"。

通常，在我房间门口的走廊里，我一定会看到，帕皮亚诺的兄弟躺在那个箱子上，就像我第一次见到他时那样躺在那里。他是选择了那个地方作为他的住处了呢，还是根据帕皮亚诺的命令在监视我呢？

阳台上，卡波拉莱小姐在哭。一开始，她不想向我吐露半点儿真情，她只是说，她的头疼得厉害。后来，她好像突然下了决心，转过脸望着我，向我伸出一只手问道："您是不是我的朋友？"

"如果您让我得到这份荣誉的话……"我低头回答她。

"谢谢。好吧，那我就不客气了！您知道，在这种时候，我需要一个朋友，一个真正的朋友！您一定能理解这一点，因为在这个世界上，您是一个孤零零的人，像我一样孤独。可是，您是个男人！如果您知道……如果您知道……"

她咬着手里的那块手绢，克制着不哭出声来。可是她克制不住，不断愤怒地痛哭流涕。

"一个女人，又丑又老，"她喊着，"这是三重的不幸！毫无办法！我为什么要活在这个世界上呢？"

"不要急，别急，"我也伤心起来，劝她说，"小姐，您为什么这样讲呢？"

我不能说别的。

"因为……"她突然说出这么两个字，然后一下子又停住不讲了。

"请讲，"我催她说，"如果您需要一个朋友……"

她把那块咬破的手绢放到眼上。

"我真不如死了好！"她哭得更伤心了，甚至我的喉咙也感到堵了一块东西。

"我真该死！"讲出这几个字时，她的又干瘪又难看的嘴是如何痛苦地扭曲的，我永远不会忘记；她的长了几根黑毛的下巴是如何颤抖的，我也永远不会忘记。

"不，我也并不是想死。"她又说，"没什么……对不起，梅伊斯先生！您能帮我什么忙呢？谁都帮不了。至多是几句空话，是一点儿同情。我是孤儿，只能留在这里，他们对待我就像……也许您不久就会知道。知道吗，他们没有权利……他们不能让我去沿街乞讨……"

说到这里，卡波拉莱小姐向我谈到了帕皮亚诺骗走的那六千里拉，这一点我在前边已经讲过。

我对这个可怜的女人很同情，显然这些并不是我本来打算从她那里知道的东西。我利用了她现在这种激动情绪（这一点我承认），也许再加上多喝了几杯，我试着问她："可是，对不起，小姐，您为什么把那笔钱给了他？"

"为什么？"她攥起拳，"双重的背叛，一个比一个更恶劣！我把那笔钱给他是为了向他表明，我知道他想从我这里得到什么。您懂吗？那时，他的妻子还活着，他就……"

"我懂了。"

"您想想看，"她又赶紧加了一句，"可怜的里塔……"

"里塔就是他妻子？"

"是的，里塔，阿德里亚娜的姐姐……她病了两年，随时都有可能死……您想想看，如果我……可是，大家都知道我的态度，阿德里亚娜也知道，因此，她对我很好。是的，她也是个可怜的女人。可是，我现在落到了什么地步？您看，在他看来，我应当把钢琴也卖掉，这个钢琴对我来说……不仅只是为了职业，它对我来说就是所有的一切，这您是知道的！从小时候起，还在上学时我就开始作曲了，毕业后继续作曲，后来才放弃。可是，只要我有钢琴就可以继续作曲，仅仅为我自己作，在兴致来的时候为自己写一段曲子。我可以用它来宣泄……我用它甚至使我陶醉到倒在地上的地步，您相信吗，一直到我晕过去，有时真的会晕过去。我自己也不知道，从我的灵魂深处会出来些什么。我同我的钢琴结成了一体，我的手指不再是在琴键上弹奏，我是在让我的灵魂哭泣、呐喊。我只能对您说这些，有一天晚上，有我和妈妈，我们住在二层楼上，楼下的街上聚了很多人，最后他们为我鼓掌，一直到很晚。我几乎都有点儿害怕了。"

"对不起，小姐，"我这样说，想设法安慰安慰她，"不能租一架钢琴吗？我会十分高兴，会很喜欢听您弹奏，如果您……"

"不！"她打断我，"还让演奏什么呢！对我来说，一切都已经完了。我现在只能胡乱弹奏些粗俗不堪的乐曲。够了，所有的一切都完了。"

"可是，特伦齐奥·帕皮亚诺先生或许答应要还您那笔钱？"我又试探着问她。

"他？"卡波拉莱立即愤怒地吼叫起来，"谁向他要过！是的，如果我帮助他，他现在就答应还我……咳！他要我帮他，恰恰是要我这样一个人帮他，他居然能心安理得地厚着脸皮提出要我帮助他……"

"帮助他？在哪方面？"

"在一场新的背信弃义的活动中！明白吗？我已经看出来，您早就明白了。"

"是阿德里亚娜……阿德里亚娜小姐？"我吞吞吐吐地说。

"正是。我的任务是说服她！是我去，懂吗？"

"嫁给他？"

"当然是这样。您知道是为了什么吗？那个可怜的女人有价值一万四千里拉的嫁妆，也许是一万五千里拉，阿德里亚娜姐姐的嫁妆，他得立即还给安塞尔莫先生，她死了，没有留下子女。我不知道他要了什么手腕，要求拖一年之后再还。现在，他想……别说话，阿德里亚娜来了！"

阿德里亚娜像通常那样沉默胆怯，她来到我们身边，一只手搂住卡波拉莱的腰，向我轻轻点头问好。在她的这些亲切的动作之后，我的无名火起，感到十分愤怒，因为她对那个骗人的家伙的霸道太顺从了，简直像个奴隶。可是，过了不多一会儿，帕皮亚诺的兄弟像个影子一样来到阳台。

"他又来了。"卡波拉莱轻声对阿德里亚娜说。

阿德里亚娜闭起眼，痛苦地笑了笑。她摇摇头，退出阳台，边走边对我说："对不起，梅伊斯先生，晚安。"

"密探。"卡波拉莱小姐轻轻对我说，说完眨了眨眼。

"可阿德里亚娜有什么好怕的？"我的无名之火越来越旺，不自主地问道，"难道她不知道，越是这样越是会使那个家伙更傲慢更霸道吗？小姐，您听着，我敢说，对所有那些在生活中损害别人图谋私利的人，我恨之入骨，我对他们的行为感到吃惊。可是，在俯首听从甘愿当奴隶的人和充当奴隶主的人之间，我是同情后者的，哪怕他用的是强权。"

卡波拉莱注意到了我说话时是多么生气，她以挑衅的口气对我说："那么您为什么不第一个起来造反呢？"

"我？"

"是的，是您。"她挑衅地盯着我的眼。

"可是，同我有什么关系？"我回答说，"我只能用一种方式造反，这就是，离开这里。"

"是啊，"卡波拉莱不怀好心地说，"也许阿德里亚娜不愿意的正是这个。"

"不愿让我走？"

卡波拉莱抬起那块破手绢在空中转了一下，然后绕到一个手指上，叹着气说："谁知道呢！"

我耸了耸肩。

"吃晚饭了，吃晚饭！"我说了这么一句，把她一个人扔到阳台上不理她了。

从那天晚上开始，我走过走廊的时候，都会在那个箱子前停下脚步，希皮奥内·帕皮亚诺又回来卧到那个箱子上。

"对不起，"我对他说，"您不能找个更舒服的地方坐吗？您在这儿有点儿碍事。"

他看看我，目光迟呆，但并没有显得慌乱。

"懂吗？"我抓住他的手臂摇着，催他走开。

可是，我好像是在对着一堵大墙说话。这时，走廊那头的一扇门开了，阿德里亚娜走出来。

"小姐，请您告诉他，"我转向阿德里亚娜，"麻烦您告诉这个可怜虫，到别处坐吧。"

"他有病。"阿德里亚娜在替他找借口。

"正是因为他有病！"我又说，"这个地方不好，这里空气不流通……另外，又是躺在一个箱子上……要不要我去告诉他哥哥？"

"不，不，"她赶紧回答我说，"我去告诉他，请您放心。"

"告诉他，"我又说，"我还不是个国王，没有必要在门口安放个哨兵。"

从那天晚上开始，我再也控制不住自己，开始公开向阿德里亚娜的那种胆怯挑战。我闭起双眼，不假思索地听凭自己的感情随意发作。

真是个可怜又亲切的家庭小主妇！一开始，她显得既怕又抱有希望。她猜想，是一种对她的轻视促使我这样做的，所以又不敢再抱有希望。另一方面，我感到，她的害怕正是来自她一直藏在心头的希望，一种下意识的希望，希望不要丢掉我。因此，现在我以这种决绝的新方式对待她的希望，她甚至不知该如何完全屈从于这种害怕了。

她的这种微妙的不知所措和内在的正直很快使我不敢正视我自己，使我更加想要暗暗地向帕皮亚诺挑衅了。

我的希望是，帕皮亚诺一开始就同我正面对峙，而不要再来那套客气和手法。但是，事实并非如此。像我所要求的那样，他把他的兄弟从那个箱子的哨位上撤走了，甚至还当着我的面取笑不知所措的阿德里亚娜。

"我的小姨子对您有好感，梅伊斯先生，她不太好意思张口，像个小修女。"

他竟然如此从容，如此心平气和，这倒使我有点儿担心了。他究竟想如何了结？

一天傍晚，我看到他同一个人一起走进来，这个人边走边用力用手杖敲着地板，像是知道自己那双布鞋在地板上发不出响声，因此要用这种方式让人听到他的到来，让人知道他进来了。

"我的亲戚在哪儿？"他大声叫着，讲的是一口都灵方言。他这样讲时连帽子也不摘。他戴的是一顶大檐帽，一直压到眉毛上。他的双眼毫无神气，肯定是喝了好多酒。说话的时候，烟斗仍叼在嘴里，像是在用这个烟斗烧烤着他的那个红鼻子，他的鼻子比卡波拉莱的还要红。"我的亲戚在哪儿？"

"在这儿。"帕皮亚诺指着我说。他又转过脸对我说："阿德里亚诺先生，这是一件令人高兴的意外！弗朗切斯科·梅伊斯先生是都灵人，是您的亲戚。"

"我的亲戚？"我吃惊地叫起来。

进来的这个人闭着眼，伸出手，像个大熊伸出它的熊爪，他的手伸了一会儿，等着我去握。

我就让他那样伸着，保持着那个姿势。我想了一会儿之后问道："这是什么闹剧？"

"不是闹剧。对不起，为什么说是闹剧？"特伦齐奥·帕皮亚诺说，"弗朗切斯科·梅伊斯先生向我担保说，他确实是您的……"

"对不起，"那个人仍用都灵方言支持帕皮亚诺，他仍闭着眼，"所有姓梅伊斯的都是一家人。"

"可我不认识您！"我抗议说。

"哈哈，这倒挺有意思！"他叫起来，"可是我是特意来找您的。"

"梅伊斯？都灵人？"我问道，同时假装在努力回忆，"可是我不是都灵人！"

"怎么可能！对不起，"帕皮亚诺打断我，"您不是对我说过，十岁之前您一直在都灵吗？"

"啊，对了！"那个人又插进来，他是那么干脆，好像一件本来确定无疑的事现在有了疑问让他很不快。"对不起，对不起！这位先生，这个家里的这位先生叫什么来着？"

"特伦齐奥·帕皮亚诺愿为您效劳。"

"对，是特伦齐奥，你对我说过，好像他到过美洲，这意味着什么？这就是说，他是大胡子安东尼 ① 的儿子，安东尼到美洲去了。总之就是这么回事。"

"可是我爸爸叫保罗……"

"叫安东尼！"

"保罗，保罗，叫保罗！难道您比我还清楚？"

那个人耸耸肩，张开嘴："我认为他应该叫安东尼。"他一边这样说一边用手摸着满是粗硬胡子的下巴。看样子，他至少四天没有刮胡子了，灰色的胡子连成一片。"我不会错，他不叫保罗。我记得清清楚楚，为什么你不愿意承认呢？"

真是个可怜的家伙！他居然能比我更清楚地知道，他的那个前往美洲的小叔叫什么名字，而且他还要不惜一切代价地成为我的亲戚。他对我说，他的父亲也像他一样叫弗朗切斯科，他这个父亲是安东尼奥的兄弟，即我父亲保罗的兄弟；我爸爸还是孩子时就到美洲去了，那时他刚七岁，后来成了一个小职员，一直远离家庭，有时在某个地方，有时又到了另外一个地方。因此，我爸爸对自己的亲戚不太熟，不管是他的父亲家的，还是他的母亲家的，他都不太熟。但是，这个人敢肯定，他是我的堂兄弟。

可是，至少他应当知道爷爷是谁吧？我想问问他这个。可他偏偏知道，他见过爷爷，只是记不清是在帕维亚市还是在皮亚琴

① 安东尼奥在都灵方言中称为安东尼。

察市。

"是吗？真见过？他长得什么样？"

"他长得……"他记不起来了，只是说，"非常……"

"好多年了……"他又说。

看来他不像是在说谎，看来他确实是个不幸的人，他的灵魂整个都淹到了酒里，如此酗酒为的是不再忍受烦恼和贫穷这两种沉重的负担。他闭着眼，点头同意我说的一切，以使我感到满意。我敢肯定，即使我说，我们是从小在一起长大的，好多次我抓住他的头发不放，他也同样会点头说确实如此。所有这一切只有一个前提条件，这就是，我们两人是堂兄弟。在这一点上，他不能让步，这已经是确定无疑的事，铁板钉钉，唯此而已。

但是，我突然看了帕皮亚诺一眼，看到他那么高兴，我突然想，何不同他开个玩笑？我想离开那个半醉半醒的可怜虫，我同他告别："亲爱的亲戚！"然后，我转向帕皮亚诺，眼睛死死盯着他，好让他清清楚楚地知道，我并不是他的俘虏。我问他，"现在您告诉我，从哪儿搞来这么个怪家伙？"

"非常对不起，阿德里亚诺先生！"这个狡猾的家伙马上说，确实，我不能不承认，他确实是个大滑头。"我知道，这不是一件令人高兴的事……"

"可是，您高兴极了，您一直很高兴！"我喊道。

"不是这样，我知道，这不会使您高兴。可是，请相信，这完全是偶然碰上的巧合。是这么回事，今天早上我去税务局，为的是侯爵的事，他是我的雇主。在税务局，我听到有人在大声喊：'梅伊斯先生！梅伊斯先生！'我马上转过身，以为是您在那里办什么事，我想，也许您需要我帮忙，我确实很愿为您效劳。可是，根本不是您！他们在喊这个怪家伙，正像您刚才说的，他是个怪家伙。于是，出于好奇，我走到他身边，问他是不是真的姓梅伊斯，是什么地方的人，因为我家有幸住进一位客人，他也姓梅伊斯。就是这么回事！他向我担保，您肯定是他的亲戚，他说，他很想认识认识您……”

“在税务局？”

“是的，先生，他是税务局的职员，是税务助理员。”

我该不该相信他这一套？我得搞清楚。他讲的这些可能是真的，但是，他在刺探我的情报，这同样也是真的。毫无疑问，在我想正面面对帕皮亚诺时，以便防止他背后捣鬼，这时，我没有注意到，他在调查我过去的历史，他几乎是在背后捅我一刀。我对他很了解，我有理由担心，他这样嗅来嗅去，是在刺探我的情报。当然，他的刺探活动并不是一帆风顺，不然的话，要是他风闻到一些东西的话，他肯定会一直追溯到鸡笼庄园的磨坊。

因此，几天之后，我正在房间里读书时，从走廊里传来一个人的声音，这个声音好像是从另一个世界传来的，但我对这个嗓音记得清清楚楚，这时，我是多么害怕就显而易见了。

“感谢上帝，我又站起来了。”

这不就是那个西班牙人吗？这不就是在蒙特卡洛遇到的那个胖胖的小胡子西班牙人吗？这不就是非要同我赌博、后来在尼斯同我吵了一架的那个家伙吗？啊呀，我的天哪，我的马脚露出来了！帕皮亚诺会发现的！

我站起来，用手扶着桌子，以免摔倒。我不知所措，十分焦急，担惊受怕。我伸长耳朵，我想，是不是赶快逃走？是不是趁帕皮亚诺和那个西班牙人（肯定是他，我从嗓音中“看出来”是他）进入走廊之前赶快逃走？可是，要是帕皮亚诺进来问那个女用人，问她我是不是在家，那又会如何？他对我的不辞而别又会如何作想？另外，如果他早已知道我根本不是阿德里亚诺·梅伊斯又会怎么样？且慢！那个西班牙人对我知道些什么呢？对了，他是在蒙特卡洛见到我的，我当时对他说过我叫马蒂亚·帕斯卡尔吗？或许说过，我不记得是不是……

　　我不知不觉来到镜子前，好像是有人拉着我的手来到镜子前的。我在镜子前照着。咳，那只可恶的眼睛！那个西班牙人也许会通过这只眼睛认出我来。可是，可是，帕皮亚诺怎么会知道那么远、直至我在蒙特卡洛的冒险呢？这一点最使我感到吃惊。那么怎么办呢？毫无办法。随他去吧，该出什么事就出什么事吧。

　　什么事也没发生。尽管如此，我的担心还是没有消除，就是在同一天晚上帕皮亚诺给我做了解释之后也没有消除。我觉得，他那天晚上的拜访太神秘，无法解释，因此也令人害怕。他做了解释，证明他不是在追查我的过去，只不过是偶然的巧合。一个时期以来，我因这种巧合得益不少，他想让我再因巧合而得益，于是把这个西班牙人叫来当我的绊脚石。不过，那个西班牙人对我的情况可能一点儿也记不起来了。

　　从帕皮亚诺对这个人的身世介绍来看，我在蒙特卡洛的时候不可能不遇到他，因为他是个"职业"赌徒。我现在在罗马遇上他倒是一件怪事，因为我来到罗马后住到这个人家，偏偏他也能来到这个家。当然，如果我没有什么好怕的事，这种巧合对我来说也算不上什么怪事，有时候人们不是也会在某个地方同过去认识的一个人不期邂逅吗？另外，他也确实有理由或者认为有理由来罗马，来帕皮亚诺家，错在我自己，或者说，错处在于，我刮了胡子，我改了姓名。

　　二十多年前，吉利奥·达乌莱塔侯爵——帕皮亚诺就是他的秘书——将独生女儿嫁给敦·安东尼奥·潘托加达，他是西班牙驻教廷大使馆的一名官员。婚后不久，警察在一家赌场抓住了潘托加达，同时被抓的还有罗马的一些贵族，他被召回马德里。他在那里住下来，后来可能又干了些更不光彩的事，因此不得不离开外交界。从此之后，达乌莱塔侯爵再也不得安宁，不得不给这个本性难移的女婿寄钱，让他还赌博欠下的债。四年前，潘托加达的妻子去世，留下一个十六岁的女儿。侯爵要把这个外甥女接到自己身边，因为他知道，不然的话，这个外甥女不知道会流落到什么人手里。潘托加达不想让女儿离开，但是，后来由于急需一笔钱，不得不让步。现在，他不断威胁老丈人说要把女儿接走，那天他正是为此而来到罗马，也就是说，再骗那个可怜的侯爵一笔钱，他清楚地知道，侯爵永远不会把可爱的外甥女佩皮塔交到他手里。

　　帕皮亚诺谈起来是火上浇油，把潘托加达的这种卑鄙的要挟说得一无是处。他的那种出于同情心而表现出的愤怒是发自真情的愤怒。可是，在他大谈这些之时，我不能不对他良心深处的超人的特质感到吃惊，他的这种特质恰恰表现在，对于另一个人的邪恶，他是真的感到愤慨，可是，他又能心安理得地对他的丈人帕莱亚里干同样的勾当，或者几乎相同的勾当。

　　可是，这一次吉利奥侯爵态度强硬，结果是，潘托加达不得不在罗马待好长时间，不得不到特伦齐奥·帕皮亚诺的家里来找他，同他商量个更好的办法。这样一来，我同这个西班牙人见面就是不可避免的了，迟早总会见到。那么，怎么办呢？

我不能听取任何人的建议，只好对着镜子自己同自己对谈，以想出个万全之策。在那张平板玻璃中，马蒂亚·帕斯卡尔的形象又出现了，像是从磨坊的水渠中又浮了上来。他的那只眼还是原来那个样子，那是我身上所残留的他的唯一一件东西了。他对我这样说：

"阿德里亚诺·梅伊斯，你落到了多么麻烦的境地啊！你害怕帕皮亚诺，这你应当承认！你想把责任推到我头上，你又一次要怪罪我，原因仅仅是因为我在尼斯同那个西班牙人吵了几句。另外，我当时是有道理的，这一点你也清楚。现在，你认为仅仅从脸上把我的唯一一个痕迹去掉就够了吗？那好吧，那就听从卡波拉莱小姐的建议吧，把安布罗西尼大夫叫来，让他把你的眼处置好。然后……然后再走着瞧吧！"

十三　一盏灯笼

我在黑暗中整整待了四十天。

手术成功了，结果非常好。只是一只眼比另一只稍微大那么一点点。大就大点儿吧！要知道，为了这次手术，我在自己的房间里忍受了整整四十天的黑暗！

在这四十天里，我感觉到，人在忍受痛苦时会对好与坏有一种特殊的想法，所谓好，是指别人应当给他带来的好处，他也希望得到这些好处，好像这是他在忍受过这些痛苦之后就有权得到的补偿；所谓坏，是他给别人带来的坏处，好像他忍受了痛苦之后就有权对别人这样。如果别人没有完成义务，没有给他好处，那么他就会指责别人，他给别人带来坏处好像也就理所应当，也就可以轻易地原谅自己了。

在这样被蒙起眼睛囚禁了多日之后，希望得到别人的安慰，或者说需要别人以某种方式安慰的需求特别强烈。我知道，我住在别人家里，我应当感谢主人对我的照料，那种照料确实十分周到。可是，我感觉到这些照料还不够。不，不是不够，而是让我感到愤慨，好像他们是出于敌意在利用我。肯定是这样！因为我能从到我这里来的人身上猜出来。阿德里亚娜的照料就证明了这一点，她的想法是，几乎整天都待在我房间，那就应该感谢她的安慰！如果我也这样想，想着整天焦躁不安地在家里围着她转，这对我有什么用？只有她能给我带来安慰，她应该给我带来安慰，因为只有她比其他人更能了解我的烦恼是多么深重，了解我多么愿意见到她，至少希望她能待在我身边。

后来一个消息使我更加生气，因而更加疯狂和烦恼，这个消息就是，潘托加达突然离开罗马走了。如果我早知道他会这么快就走，我为什么要这样被蒙着眼在家里待四十天呢？

为了安慰我，安塞尔莫·帕莱亚里先生极力想向我说明，这种被蒙起眼睛的黑暗是想象出来的。

"什么？这是想象出来的？"我向他喊叫起来。

"别急，听我慢慢给您解释。"

他向我倾诉了他的哲学（这也许是由于，我已表明，我准备接受他的精神试验，这次是在我的房间里试验，为的是让我觉得好玩），我是说，他要在我身上试验他的似是而非的哲学，或许可以称之为"灯笼哲学"。

这个好人时而中断他的解说问我一句："梅伊斯先生，您睡着没有？"

我努力回答他："是的，安塞尔莫先生，我在睡，谢谢。"

由于他的愿望从本质上说是好的，是想陪着我，所以我回答他说，我感到很有趣，请他继续下去。

安塞尔莫先生后来接着说，由于我们的不幸，我们不能像树木。一棵树是有生命的，但它感觉不到它在活着，大地、太阳、空气、风和雨，对它来说好像都是根本就不存在的东西，不管是对它有好处的东西，还是对它有害的东西，它觉得似乎都不存在。我们人就不一样了，我们一生下来就有了一种不幸的特权，那就是，我们能感觉到我们在活着，因此便抱着一种幻想，这就是，把我们内心的这种对活着的感觉当作我们身外的一种现实，而这种对活着的感觉则因时间、情况和命运的不同而有所不同，而有所变化。

安塞尔莫先生认为，这种对活着的感觉就像一盏灯笼，我们每个人都点着这么一盏灯笼；这盏灯笼使我们能看到大地间的迷途者，使我们能看清善和恶；这盏灯笼在我们周围形成一个同它发出的光差不多一样大的光环，越出这个光环之外就是黑暗了，那是令人害怕的黑暗。如果我们心目中没有这盏灯笼，这种黑暗也就不会存在了。但是，我们不能不相信，它在我们的心里确实点着因而发出光芒。有一天，如果这盏灯笼被一口气吹灭了，那么我们就会发现是永恒的黑夜呢（那是我们的幻想弄得白天不那么清亮之后的黑夜），还是我们不能再受存在的支配了呢（这种存在只会破坏我们的思考方式）？

"梅伊斯先生，您睡着没有？"

"继续讲吧，继续吧，安塞尔莫先生，我没有睡着。我好像看到它了，看到您说的那盏灯了。"

"那好……因为您的那只眼在忍受痛苦，我们不再进一步深谈哲学了，好吗？我们来好好谈谈萤火虫，谈谈迷茫的萤火虫，它们可能就是我们的小灯笼，在人类命运的黑夜中的小灯笼。我首先想要说的是，灯笼的色彩众多。您认为怎么样？这取决于幻想给我们提供的玻璃，幻想，这是一个巨大无比的彩色玻璃市场。但我觉得，梅伊斯先生，在历史发展的一定阶段，就像在个人生命过程的某个时期一样，可能某一种色彩占据了主导地位。难道不是这样吗？在每一个时期，事实上人们都习惯于在感情上达成某种协议，给灯笼以光和色，这些灯笼就是那些抽象的名词，什么真、善、美、名誉，什么……比如，您不觉得异教的善的那盏灯笼是红色的吗？而基督教的善的灯笼则是紫罗兰色，是一种令人感到压抑的颜色。共同的思想构成的灯笼是由集体的感觉决定的。如果这种感觉分裂了，那个抽象的名词依然存在，那盏灯依然存在，思想的火焰还在那里燃烧，依然发出响声，依然在闪动，依然在啜泣，这正同通常所说的转变时期所发生的情况一模一样。另外，历史上，狂风暴雨也不少，在一阵狂风之后，所有的灯笼都被一下子吹灭了。多么令人高兴啊！于是，在突然来临的黑暗中，个人的一盏盏灯笼在黑夜中造成的纷乱简直无法形容，有的向这边走，有的向那边走，有的在倒退，有的在转圈，没有一个能够找到一条道路；它们互相冲撞，互相纠缠，有时是十个，有时是二十个；它们不能达成协议，于是又乱哄哄向四下里散开，匆匆逃走。这种情形很像一窝找不到自己巢穴入口的蚂蚁，它们的巢穴入口被一个调皮的小孩子狠心地给塞死了。我觉得，梅伊斯先生，我们现在就处于这样一种时刻，一片黑暗，一片混乱！所有的灯笼都熄灭了。我们应当求助于谁呢？也许该向后倒退？去求助迷茫的萤火虫？去求助伟大人物死后的坟地乱转的萤火虫？说到这儿，我想起了尼科洛·托马塞奥①的一首很美的诗：

> 我的光很小很小，
>
> 不像太阳，普天光照，
>
> 也不像火焰，浓烟扶摇；
>
> 我的光不噼啪作响，也不必加燃料，

---

① 尼科洛·托马塞奥（1802—1874），作家、诗人，1848年参加反奥地利统治的斗争，威尼斯共和国成员，但后来反对加富尔等人统一意大利的斗争，文学上也持较落后的观点。

但它向天空发出光芒，

使我头上的天空光芒永照。

它永远照耀我，即使我被埋葬，

它依然健在，不管风暴雨浪，

岁月流逝，它的年龄也不增长；

未来的人在流浪，

他们的灯已经熄灭，

他们将取我的光把灯点上。

"可是，梅伊斯先生，如果我们的灯没有圣油，没有能使这位诗人的灯永远发光的圣油，那又怎么办呢？很多人前往教堂，为的是得到他们的灯所需要的油。这些人多数是可怜的老头和可怜的老太太，生活捉弄了他们，他们在生活的黑暗中前往教堂，怀着满心虔诚，这虔敬就是他们的明灯，他们悉心保护，以免最后的幻灭将灯一口吹灭。他们希望，他们的灯至少要持续到大限之日，持续到生命终结前的边缘，他们奔向空虚的边缘，瞪眼盯着光焰，不断想着：'上帝会看到我……'他们一心只想这个，为的是不听周围的喧嚣，这喧嚣在他们的耳边只不过是咒骂。'上帝会看到我……'因为他们能看到上帝，不仅是在自己的心中能看到，而且在所有场合都能看到，在他们的贫困、他们的痛苦中也能看到，他们想，最后总会得到奖励。他们的微弱但平静的灯会在好多我们这样的人当中引起嫉妒。但是，另外一些人，他们认为自己像朱庇特一样握有武器，掌握科学赐给的闪电，这种闪电可以代替灯笼，这些人认为，电灯将获胜，于是就产生了一种高傲的怜悯之情。可是，现在我要问了，梅伊斯先生，这种黑暗，这种无边的神秘，哲学家们从一开始就在徒劳地对之进行思辨，现在虽然已经不再去研究它了，但科学依然并不排除它，这无边的黑暗说到底难道不是一个普普通通的骗局、一个藏于我们心中的骗局、一种没有色彩的幻想吗？那么，我们最后是不是承认，所有这些神秘莫测的东西在我们人类之外并不存在，而只是存在于我们人类自身之内呢？当然，这是因为我们有那种著名的特权，即人是有感觉的，对生命，也就是对我一直所说的那盏灯笼有感觉。总之，我们非常害怕的死亡是不是根本就不存在，存在的只是将我们的灯笼吹熄的一股风而不是我们的生命的毁灭呢？我们对心里这盏灯笼的感觉是不祥的、是感到担心和害怕的，因为它被那些虚假的阴影所限制，受到其制约，一旦越出微弱的灯光所形成的光环——我们这些可怜的萤火虫在我们周围形成的光环，这种感觉是不是就丧失了它存在的意义？在这个光环中，我们的生命像个囚徒，有时会被排除于普遍的、永恒的生命之外。看来，有一天我们将会进入这永恒的生命之中，因为我们已经在其中，将来会永远留在那个永恒的生命王国，只是再也没有像被流放一样的令人心焦的感觉了。在我们的微弱之光下，个人生命的期限是虚幻的，是相对的，一句话，在大自然的现实中，这样的期限并不存在。我们，我们……我不知道这是不是能让您喜欢，我们一直活着，我们将同宇宙一起永远活下去。就是现在，我们也在以我们的方式参与宇宙的所有活动，只是我们不知道，我们没有看到就是了，因为那可诅咒的光只让我们看到它所照射到的很少一点儿事物，它至少让我们看到这些事物确系客观现实！可是，先生，实际上并非如此，这些事物以自己的方式给灯笼染了色，只让我们看到某些事物，因此我们真的应该埋怨，咳，埋怨在另外

样子。我是故意这样做的，因为他这个人令人讨厌，使我连最后一点点耐性也丧失殆尽。他令我生厌，这一点他不是不知道，因为我一会儿打哈欠，一会儿伸懒腰，故意用一切方式方法表现出我的厌烦。可是，在此之后，这个家伙竟然几乎每天晚上都来到我房间（咳，是他，果然是他），一待就是几个小时，东拉西扯，没有任何具体的目的。在那样的黑暗之中，他的声音使我感到窒息，我在椅子上扭来扭去，如坐针毡。我扭着手指，真想一把把他掐死。所有这些，他是不是猜到了？是不是感觉到了？可是，就在这个时候，他的声音却软下来，几乎像是在安慰我了。

我们有一种需要，总是把某些损失和不幸归咎于某一个人。帕皮亚诺说到底是想尽一切努力迫使我离开这个家，这一点如果理性之声能在这几天告诉我，那么我就得真心诚意地感谢它。可是，这理性之声恰恰是通过他的口说出来的，通过这个帕皮亚诺的口说出来的。在我看来，他是错的，他错得厚颜无耻，一无是处，我又怎么能听呢？他之所以赶我走，不就是为了欺骗帕莱亚里，为了毁掉阿德里亚娜吗？这一点只有我能理解，我是从他的所有言谈中领悟出来的。理性之声恰恰选择帕皮亚诺之口把它的意思说给我听，这可能吗？然而，也可能怪我自己，是我自己在找客观借口，故意说成是从他的口里说出来的，因为我认为它是没有道理的，这样就可以不必听取了。也可能怪我自己，我在生活中已经感觉到自己上当受骗了，所以我焦躁，而不是因为这么多天见不到光明，也不是因为帕皮亚诺在我这里闲扯才使我厌烦，才使我焦躁不安。

他都同我谈了些什么呢？谈的是佩皮塔·潘托加达，几乎每天晚上谈的都是她。

　　我过的是清贫的生活。可是，他可能认为，我十分富有。现在，他为了使我不再把心思用在阿德里亚娜身上，所以才想方设法让我喜欢上吉利奥·达乌莱塔侯爵的外孙女，说她多么聪明伶俐，温柔敦厚，热情开朗，真如金枝玉叶！他说她身材苗条，皮肤微黑，双目有神，口若鲜桃，令人看了恨不得马上吻上两口。关于嫁妆，他一句不提，这一点十分突出。把达乌莱塔侯爵扯进来的奥妙完全在这里，别无其他。侯爵无疑想让外孙女赶快嫁个人家，这不仅是为了使她能摆脱那个肯定会使她忍受痛苦的潘托加达，同时也因为，外祖父和外孙女之间也并不是意见完全一致：侯爵本性软弱，完全闭塞于已经死气沉沉的世界之中，而佩皮塔则性格争强好胜，富有生气。

　　可是，帕皮亚诺难道就不知道，他越是赞扬这个佩皮塔，我对她的反感越是强烈，尽管我还没有认识她。帕皮亚诺难道就看不出来？他说，再过几天我就会认识她，因为他要带她来参加这里的精神试验。吉利奥·达乌莱塔侯爵我也会见到。帕皮亚诺说，他向侯爵谈了我的情况后，侯爵对我的一切都很满意。可是，侯爵从来不出门，另外，由于他的宗教信仰的原因，他也从不参加精神试验之类的活动。

　　"什么？"我问道，"他不参加？那么他怎么能允许他的外孙女参加？"

　　"因为他知道他把孩子委托给什么人了！"帕皮亚诺骄傲地高声回答。

　　我不想再了解其他情况。阿德里亚娜为什么拒绝参加这种活动？因为她在宗教信仰方面十分认真。现在，连吉利奥侯爵的外孙女都能得到这位老古板的允许来参加这类活动，那么为什么阿德里亚娜不能参加？这个理由很充足，我想说服她参加。就在试验前夕，我去说服她。

那天晚上，她同爸爸一起来到我房间，后者听了我的建议后说："梅伊斯先生，我们一直都是一起参加的！对于这个问题，宗教是听从的，是信服的，就像科学一样。另外，我们的试验我已经给女儿讲过，解释过，讲了不只一遍，两者并不互相抵触。倒是相反，对于宗教来说，这些试验显然就是在验证宗教所坚持的真理。"

"如果我害怕该怎么办？"阿德里亚娜问。

"怕什么？"帕莱亚里说，"怕验证？"

"可能是怕黑暗吧？"我说，"我们大家都在那里，都跟您在一起，小姐！您不想来？那您可就要自己一个人单独待着了！"

"可我……"阿德里亚娜吞吞吐吐地回答说，"我不相信，我……我不能相信……我知道是怎么回事！"

她不能再讲别的。从她的声调、她的为难我已经明白，使阿德里亚娜拒绝参加这类试验活动的原因不仅仅是宗教。她找的借口是所谓害怕，真正的原因是另外一回事，安塞尔莫先生也很清楚。也许她已习惯于在帕皮亚诺和卡波拉莱小姐的诱骗之下稀里糊涂地参加爸爸的那种活动了？

我不想再坚持非要她参加不可。

可是，她好像看透了我的心思，看出她的拒绝使我多么失望，于是在黑暗之中给我留下了一句："不过……"

我立即抓住这半句话："那好极了！那就是说要同我们在一起了？"

"就明天一个晚上。"她笑嘻嘻地让步了。

第二天傍晚，帕皮亚诺来准备房间。他搬来一张长方形的松木桌子，桌子既没有抽屉，也没有油漆，就是一张普普通通的桌子。他把房间里的一个角落清理出来，用小绳子把一张床单挂在那个角落。然后又拿来一把吉他，一个狗脖子上套的那种圆圈，圈上有好多小铃，另外还拿来一些零七八碎的东西。准备这些时当然已经点起了那盏红玻璃罩的灯笼，一切都是在它的红光之下筹备的。他在筹备这些时自然不住嘴地边干边唠叨。

"这床单有用，知道吗？用于……我也不知道，对了……当聚集器用，暂且这样称呼吧，把神秘的力聚集到一块儿。梅伊斯先生，您会看到，这个床单会动起来，它会鼓起来，像帆一样鼓起来，有时候还会发光，发出奇异的光，像星光一样。是这样，先生！我们还不能得到'物质'，但光是有可能得到的。您将会看到，只要西尔维娅小姐今晚好好配合，您就会看到，她将能同她过去在学校时的一个死去的同学的灵魂对话，上帝把他召走了，他害的是痨症，那时他刚刚十八岁。他是哪儿的人？我也说不上来了。对了，好像是巴塞尔人，但在罗马待了很长时间，他的一家人都在罗马。那是个天才，知道吗？是个音乐天才。可惜还没有取得成果就被死神夺去了性命。至少卡波拉莱小姐是这样讲的。她在获得这种通灵本领之前也能同马可斯的灵魂交谈。是的，先生，她真能同它交谈。那个人是叫马可斯，等一下，叫马可斯·奥利茨，如果我没有记错的话，好像是这么个名字。真的，先生！这个人的灵魂附到她的身上，她一下子跳到钢琴前，即兴奏出优美的乐章，一直奏到躺倒在地为止，到一定时刻甚至晕过去。一天晚上，下边街上召来好多人，人们鼓掌欢呼……"

"卡波拉莱小姐都有点儿害怕了……"我平静地补充说。

"啊，您已经听说了？"帕皮亚诺问我。他停下手里的活。

"是她自己跟我讲的。人们是在向马可斯的音乐鼓掌，可这乐曲是通过卡波拉莱小姐的手演奏出来的，是这样吧？"

"是的，是这样！可惜我们家里没有钢琴。我们只能奏几支曲子，随便奏几支乐曲，只能用吉他演奏。马可斯会生气的，知道吗？甚至扯断吉他的弦，有时……反正今天晚上您就会听到。我觉得一切就绪了，就这样吧。"

"请问，特伦齐奥先生，我这样问仅仅是出于好奇，"在他离开之前我想问问他，"您相信吗？您真的相信吗？"

"这个，"他立即回答说，好像早就预料到，我会提出这样的问题，"说真的，我无法看清。"

"可是，我敢肯定是真的！"

"啊，这并不是由于，试验是在黑暗中进行的，这一点要说清楚！这些现象，这些表现是真的，没有什么好说的，确实不可否认。我们不能不相信自己……"

"为什么不能？能！"

"什么？我真不懂！"

"我们自己最善于轻而易举地欺骗自己了。我们愿意相信某些事的时候，那就成了箴言。但是……"

"可我不是这样，知道吗？我不喜欢这样！"帕皮亚诺马上表示反对，"我的岳父对此很有研究，他相信。另外，您看，我连对之思考的时间都没有，如果愿意的话，真的没有时间去考虑……我有好多事要做，事情真的太多了，侯爵的那些波旁家族的人就把我给拴死了，一点儿空闲也没有。我在这里就有好几个晚上给错过了。从我自己这方面来说，我知道，感谢上帝，只要我们还活着，对于死亡，我们一无所知，因此，您不认为去考虑它毫无用处吗？我们更多地考虑的是，想方设法活得更好，这真得感谢上帝！梅伊斯先生，我就是这样想的。好，再见，好吗？现在我得去教皇大街接潘托加达小姐了。"

半个小时后，他高高兴兴地返回来。同他一起来的除了潘托加达小姐、她的家庭女教师以外，还有一个西班牙画家，他不怎么情愿地介绍说，这个画家是吉利奥家的朋友。这个画家叫马努埃尔·贝纳尔德，意大利语讲得十分流利，但是，他不大会发"S"的音，而我的姓里偏偏最后一个字母就是"S"。每次称呼我的时候他显得有点儿害怕，好像怕把他的舌头给划破似的。

"阿德里亚诺·梅伊。"他就这样叫我，好像我们一下就成了好朋友。

我真想回答他说："还不如叫阿德里亚诺·图伊 ① 好哩。"

这时，女人们走进来，有佩皮塔、家庭女教师、卡波拉莱和阿德里亚娜。

"还有你？出了什么新鲜事？"帕皮亚诺不客气地对阿德里亚娜说。

这是又一个圈套，别无其他。在我这方面来说，我知道，从贝纳尔德被欢迎的方式来看，吉利奥侯爵对于他在这次活动中的作用一定一无所知。这次活动肯定是在骗佩皮塔小姐。

然而，这位特伦齐奥不露半点儿破绽。他开始让大家坐成一个圆圈，说是这样才能通灵。他让阿德里亚娜坐到他身边，把潘

---

① 图伊，原文是 Tui。前面讲到，这个西班牙人不会发 S 的音，因而把梅伊斯 (Meis) 称为梅伊 (Mei)。作者说还不如称呼梅伊斯为图伊是因为，在意大利文中，Tui 中的 i 发音可以很轻，一带而过，很像 tu，即"你"。在意大利，初次见面，如用"你"称呼对方很不礼貌。

托加达小姐安排到了我身边。

我是不是满意？我当然不高兴，连佩皮塔也不满意，她说话时很像她爸爸，立即提出了抗议："谢谢，特伦齐奥先生。可是我不想在这儿，我想坐在帕莱亚里先生和我的教师之间。"

在昏暗的红光之下，仅仅能看出她的轮廓，因此，我难以验证帕皮亚诺在以前向我描绘这位小姐时的话是不是真实，真实到什么程度。但是，她的轮廓、说话的声音和立即提出不同意见的行为，这些倒是同我听了帕皮亚诺的描绘后产生的印象都十分相符。

当然，她这样傲慢地拒绝帕皮亚诺给她安排的位置激怒了我，因为她在我身边，我不会把她怎么样，我只会使她高兴。

"您说得对极了！"帕皮亚诺叫道，"那么咱们这样来吧，梅伊斯先生旁边是康迪达太太，然后再是您，小姐。我岳父仍在原地不动，另外这三个人也照旧。怎么样，好了吧？"

不，不好！这样并不好，我不高兴，卡波拉莱小姐也不高兴，阿德里亚娜也不高兴，还有，佩皮塔小姐也并不高兴。说到后者，过了一会儿之后就看出她的不高兴了。在另外一次为天才马可斯召灵时，她的表现倒是很不错。

现在，我看到，我身边这个女人真像个幽灵，她的头上好像有一座小山（帽子？头套？还是别的什么玩意儿？），在那一大堆东西下边，时而传来一两声叹息，最后是短暂的呻吟。没有一个人想到应该把我介绍给这位康迪达太太。现在，为了组成一个圆圈，我们两个只好拉起手来，可她仍在高一声低一声地叹息。这就是说，她认为这样安排不好。我的天哪，她的手是多么凉啊！

我的另一只手拉着卡波拉莱小姐的左手，她坐在桌子的一头，背后是挂在角落的那个床单，帕皮亚诺拉着她的右手。桌子的另一边，阿德里亚娜旁边是那个画家，安塞尔莫先生坐在桌子的一头，正好对着卡波拉莱。

帕皮亚诺又说话了："首先要向梅伊斯先生和潘托加达小姐解释一下我们的语言……叫什么？是叫语言吧？"

"叫敲击降神术语言。"安塞尔莫先生提醒他。

"请解释一下，这也是为了让我也明白这种语言。"康迪达太太激动地从椅子上站起来说。

"说得对！也让康迪达太太了解一下。当然应该是这样！"

"是这么回事，"安塞尔莫先生开始解释，"敲两下的意思是'是'……"

"敲两下？"佩皮塔打断他，"敲什么？"

"是敲，"帕皮亚诺回答说，"敲桌子、椅子或者什么都行，触摸一下让别人知道了也行。"

"啊呀，不行，不行！"佩皮塔突然叫起来，边叫边站起来，"我不喜欢，不喜欢让人触摸。谁在触摸？"

"这是马可斯的灵魂在触摸，小姐。"帕皮亚诺在向她解释，"他一到我就会告诉您，放心吧，不会痛的。"

"这叫轻点法。"康迪达太太补充说。她的口气显出同情，像一个长辈在对晚辈说话。

"是这样，两下，表示'是'，"安塞尔莫先生解释说，"三下表示'不'，四下表示'吹灭灯'，五下表示'你们可以说话'，六下表示'点上灯'。好，就是这些。现在，先生们，请集中注意力。"

大家都静下来，个个集中专注，一言不发。

十四　马可斯的英勇行为

　　这场活动是不是令人担心？不，一点儿也不。我对这场表演十分好奇，当然也有点儿担心，担心帕皮亚诺丢脸。本来我应当对他的丢脸感到高兴，可我现在一点儿也不幸灾乐祸，观看一个拙劣的小丑演出的一场喜剧，有谁能不感到难受或者沮丧呢？

　　"可能性只有两种，"我想，"要么是，他很机智灵巧，要么是，他坚持要在阿德里亚娜身边，这使他无法清楚地了解他所处的是什么位置，与此同时，贝纳尔德和佩皮塔、我和阿德里亚娜则十分清醒，因此能发现他的骗局。不过，发现他的骗局也不会令人感到很有兴味，不会使人感到是一种补偿。在所有在场的人当中，没有任何人比阿德里亚娜更能发现他的骗局，因为她就在他身边，而且她对这一骗局早有怀疑，早有思想准备。她不能在我身边，这是因为，她现在也许正在问她自己，为什么自己要留下来看这场闹剧，在她看来，这不仅是索然无味的闹剧，而且是卑劣的、亵渎神灵的闹剧。另一方面，贝纳尔德和佩皮塔想来也会提出这样的问题。把潘托加达小姐安排到我身边遇到麻烦之后，帕皮亚诺为什么依然没有感觉到大家心中的疑问？他对自己的巧妙手段蛮有把握？好吧，那我们就等着看吧。"

　　我这样想着，无暇去考虑卡波拉莱小姐。突然，她细声细气地讲起来，声音细得像是仍然在睡梦之中。

　　"我们的圆圈……"卡波拉莱说，"我们的圆圈正在变。"

"马可斯已经来了？"好人安塞尔莫先生关切地问。

卡波拉莱迟疑了一会儿才回答。

"是的。"她的回答显得很吃力，几乎显得有点儿不安，"可是，我们人太多，今天晚上……"

"真是这样！"帕皮亚诺马上回答，"可是，我觉得多一点儿也行。"

"安静！"帕莱亚里先生警告大家，"我们听听马可斯怎么说。"

"他认为，"卡波拉莱小姐说，"他觉得我们的圆圈不平衡。这边，这边（她举起我的一只手）有两个女士在一起。最好是安塞尔莫先生同潘托加达小姐换换位置。"

"马上就换！"安塞尔莫先生边说边站起来，"好了，小姐，请坐这儿。"

这回佩皮塔小姐没有抗议。她的旁边是那个画家。

"另外，"卡波拉莱又说话了，"康迪达太太……"

帕皮亚诺立即打断她："康迪达太太应该到阿德里亚娜的位置上，对吧？我刚才就想到了。现在好了！"

阿德里亚娜刚来到我身边坐下，我就紧紧握住她的手，直到她显出疼痛的表情为止。与此同时，卡波拉莱小姐则紧紧握着我的另一只手，好像在问："这样您就满意了吧？"我捏了她一把，意思是说："是的，很满意！"这时，我又捏了她一把，意思是说："现在你们来吧，愿意做什么就做什么好了！"

"安静！"这时，安塞尔莫先生下了命令。

是谁在喘息？可能是谁呢？是那张桌子！桌子响了四下，意思是，熄灭灯！

说实在的，那四声响动我根本没有听到。

灯刚刚熄灭，突然出现一阵混乱，这阵混乱打断了我的猜测。原来是卡波拉莱小姐尖叫了一声，使我们大家都从椅子上站了起来。

"点灯！点着灯！"

出了什么事？

她挨了一拳！卡波拉莱小姐被人狠狠打了一拳，这一拳正好打在她嘴上，鲜血顺着嘴角流下来。

佩皮塔和康迪达太太吓得站起来，帕皮亚诺也站起来将灯点着。阿德里亚娜立即将她的手从我手中抽走。贝纳尔德点着一根火柴，脸被照得红红的，他在笑，但显出吃惊而又半信半疑的样子。安塞尔莫先生惊慌地重复着："挨了一拳！这怎么解释？这怎么解释？"

我也在惊奇地问我自己，这怎么可能？怎么会挨了一拳？这就是说，换了位置之后，他们两人不高兴。为什么会挨了一拳？可能是卡波拉莱抗拒帕皮亚诺了。现在怎么办？

卡波拉莱推开椅子，用手绢捂着嘴，表示不想再让人们关注她的嘴。佩皮塔·潘托加达则用西班牙语说："谢天谢地！感谢上帝！她在这儿被打了一拳！"

"不行！不行！"帕莱亚里叫起来，"我的先生们，这是一个新的事实，太怪了！得解释清楚！"

"让马可斯解释？"我问了一句。

"对，让马可斯解释！亲爱的西尔维娅，您在解释马可斯关于圆圈的安排方式时是不是将他的暗示理解错了？"

"很可能是这样！很可能是这样！"贝纳尔德笑着叫了这么两句。

"梅伊斯先生，您认为是怎么回事？"帕莱亚里问我，他显然不喜欢贝纳尔德的看法。

"说实在的，"我回答说，"我觉得是这样。"

这时，卡波拉莱直摇头，表示不是这么回事。

"那么这是怎么回事？"安塞尔莫先生又问，"这如何解释？马可斯真厉害！从来都没有这样厉害过吧？特伦齐奥，你认为是怎么回事？"

特伦齐奥躲在阴影里什么也没说，只是耸了耸肩膀。

"好吧"，我对卡波拉莱说，"小姐，咱们满足安塞尔莫先生的要求好吗？我们要求马可斯做出解释，如果他等一会儿再次表明确有他的灵魂出现……哪怕只有一点点证据，那就这样算了。帕皮亚诺先生，我讲的对吗？"

"好极了！"帕皮亚诺回答说，"咱们问问他，一定要问问他。我同意这样做。"

"可是，我不同意！"卡波拉莱又叫起来，而且恰恰是对着帕皮亚诺喊的。

"您这是对我讲的？"帕皮亚诺说，"如果您想就这样算了的话……"

"是的，这样会更好。"阿德里亚娜胆怯地接上去说了这么一句。

"主要是太胆小！她们太幼稚！"安塞尔莫先生马上说，"对不起，西尔维娅，我这样讲也包括您在内！您清楚地知道这一灵魂，它同您很熟。您知道，这是第一次如此……这可能有点儿遗憾。好，继续吧！原因可能是——出这么一件意外是有点儿遗憾！原因可能是，今天晚上的种种现象都表明，能量大得不一般。"

"是有点儿太大了！"贝尔纳德以嘲笑的口吻这样说，引起了大家的一阵哄笑。

"我可不愿意在这只眼上挨这么一拳。"我也补充了一句。

"我也不愿意！"佩皮塔又用西班牙语说。

"大家坐下！"帕皮亚诺下了命令，口气很坚定，"咱们按梅伊斯先生讲的办，让马可斯给我们做出解释。如果种种现象再次表明确实过于厉害的话，咱们今晚就作罢。好，大家坐下！"

帕皮亚诺一口将灯吹灭。

我在黑暗中摸索寻找阿德里亚娜的小手，她的手很凉，而且仍在颤抖。我知道她还在害怕，所以一开始没有用力去握它，而是渐渐把它握紧，像是要把热量慢慢传给她，让她在这种热量的作用下产生信心，相信后面的一切将平平稳稳地进行。事实上，帕皮亚诺也确实改变了想法，也许是他有些后悔，后悔刚才真的有点儿太厉害了。不管怎么说，我们还是相对平静了一会儿。在此之后，我和阿德里亚娜在黑暗中可能会成为马可斯的目标。我在心里暗暗对自己说："如果等一会儿太厉害了，我们就设法让它少持续一会儿，我不会让阿德里亚娜吃苦头。"

这时，安塞尔莫先生开始同马可斯谈起来，那样子好像真的是在同在场的一个实实在在的人谈话。

"你来了没有？"

桌子轻轻响了两下。来了！

"你好，马可斯。"帕莱亚里口气带点儿责备的意味，"你是那么好，那么亲切，可是，刚才对西尔维娅小姐为什么那么不好？你愿意讲讲吗？"

这次桌子动起来，接着，桌子正中间清清脆脆响了三下。三下，这意思是"不"，他不想讲。

"那好吧，我们不硬强迫你讲。"安塞尔莫先生又说话了。"马可斯，你也许依然愤怒吧？我听出来了，我非常了解你……我了解你……你至少应该告诉我们，我们这样安排位置，你是不是高兴？"

帕莱亚里的话音刚落，我就感到有人在我的前额上很快触碰了两下，好像是什么人用手指在我额上点了两下。

"是的，高兴！"我马上叫起来，同时向大家说明，因为有人点了我两下。我紧紧地握了一下阿德里亚娜的手。

我不能不承认，我被"触碰"了，在这样的时刻，这确实给我留下了一种怪怪的感觉，更何况又是突如其来的"触碰"呢。我敢肯定，如果我当时及时抬起手来，一定能抓住帕皮亚诺的手，可是……那种触碰是那么轻，那么准确，简直神了。另外，再说一遍，当时这确实出乎我的意料。帕皮亚诺为什么要选择我来表达他的愿意回答的愿望呢？他是想以这一信号让我放心呢，还是一种挑战，意思是说"现在你会看出我是不是高兴"呢？

"你真行，马可斯！"安塞尔莫先生叫起来。

我在心里对自己说："行倒是真行，可是，我多想揍你的后脑勺啊！"

"现在，如果你愿意的话，"安塞尔莫先生又说，"请设法表现一下你对我们的好意。"

桌上响了五下，这就是宣布："你们要说话。"

"这是什么意思？"康迪达太太小心地问道。

"意思是说，大家必须说话。"帕皮亚诺平静地解释说。

佩皮塔接着问："同谁说？"

"您愿意同谁说就同谁说，小姐！比如说，同您身边的人说。"

"大声说？"

"是的！"安塞尔莫先生说，"梅伊斯先生，这意味着，马可斯给我们准备了一次漂亮的展示，也许是一片光，谁知道呢！咱们讲吧，咱们说话吧。"

有什么好说的？我已经用我的手同阿德里亚娜交流了大半天。真可惜，我的脑子里现在空空如也，真的什么也想不起来了！我握着她那只小手，通过它已经交流了半天，那是娓娓动听的细语，是内容丰富的语言，她则通过那只微微颤抖的、软绵绵的小手小鸟依人似的听懂了我讲的一切。我强迫她把手指伸到我的掌心里，听凭我捏弄。我感到一阵欣喜的狂热流遍全身，那是一种享受，是一种快乐，但这对她来说又是一种抑制，以便压制住内心的激情，以便显出万分的温柔，这种温柔正是她那腼腆温顺的天性要求具备的外部表现。

在我们两人这样通过两只手娓娓叙谈时，我听到，在我的椅子后边那两条腿中间的横木上有什么东西在抓挠，发出讨厌的响声。帕皮亚诺的脚肯定够不到那里，而且椅子前边那两条腿中间的横木还挡着他。要不，他从桌子边站起来跑到我椅子后边去了？可是，如果是这样的话，康迪达太太就会发现，只要她不是个大傻瓜。我不想把这件事先告诉大家，在此之前，我得先找出原因来，先弄清楚是怎么回事。可是，我又想，我想要得到的已经得到，那么我现在就只能听从这一骗局，不能有任何迟疑，以便使帕皮亚诺不至于生气。于是，我把听到的动静告诉了大家。

"真的？"帕皮亚诺在他的位置上吃惊地问道。我觉得，他的惊奇不是装出来的。

卡波拉莱小姐对我讲的这件事也感到惊奇。

我感到，我的头发竖了起来。这就是说，横木上的响动是确有其事。

"响动？"安塞尔莫先生也焦急地问，"什么样的响动？什么样的？"

"是的，确实是响动！"我差不多是生气地回答说，"断断续续的，像是这后边有一只小狗……你们听，又响起来了！"

我这么一说，引起了一阵哄堂大笑。

"是米内尔瓦！米内尔瓦！"佩皮塔喊起来。

"米内尔瓦是谁？"我不高兴地问。

"是我的狗！"她回答说，边说边笑，"先生，是我的一只老狗，是它在您的椅子下边抓挠。请原谅，请原谅！"

贝纳尔德又划着一根火柴，佩皮塔站起来，把卧在椅子下边的那只叫米内尔瓦的狗抱起来。

"现在，我来解释一下，"安塞尔莫快快不乐地说，"我来解释一下马可斯为什么生气。今天晚上太不严肃了，原因在这里！"

也许在安塞尔莫先生看来是这样，可是，说实在的，在我们看来，后来的几个晚上并非更为严肃，当然是对那个灵魂来说并非更为严肃。

黑暗中，谁还能注意马可斯的英勇行为呢？那张桌子在响，在动，通过清脆或者轻微的响声在表达某种意思；椅子上的纸也发出响动，房间的某个角落也不断传来响声，有时什么家具在响，有时像是刨地的响声，有时又是什么东西在地上拖来拖去的声音，有时又是说不出来的其他声响；有时，某个地方闪出奇怪的闪光，

很像鬼火，游来逛去，令人毛骨悚然；角落里挂的那个床单也在
动，有时鼓胀起来，像船上的帆；一个放香烟的小平板也在房间
里动来动去，有一次甚至到了我们圈在中间的那张桌子上；那个
吉他也像长了翅膀，从那个箱子跳起来，有时还胡乱响几声，像
是有人在随意拨弄。但是，我觉得，马可斯用那个有好多小铃的
狗脖子上套的圆圈更能显示出他的音乐才能，有时竟能将它套到
卡波拉莱小姐的脖子上，这在安塞尔莫先生看来是马可斯的一种
亲切的绝无恶意的玩笑，但卡波拉莱小姐不高兴。

　　显然，趁着黑暗，帕皮亚诺的兄弟希皮奥内接受了特别命令，
不知什么时候钻了进来。他确实是个癫痫病患者，但是，他并不
像特伦齐奥和他自己故意要人们想象的那样愚蠢。他长时间地待
在走廊的半明不暗的黑暗角落里，看来他的眼一定能在黑暗中看
清我们的一举一动。确实，我说不清楚，在他和他的兄弟以及卡
波拉莱小姐巧妙构思的这一骗局中，他究竟表现出了多大的能耐。
对于我们，也就是说，对我、对阿德里亚娜以及佩皮塔和贝纳尔
德，他可做他喜欢做的一切，而且一切进展顺利。不管他怎么做，
在这里，他的唯一任务是让安塞尔莫先生和康迪达太太高兴，看
来他能令人吃惊地完成这一使命。你看，安塞尔莫先生是那么高
兴，跳来跳去，有时很像兴高采烈地观看木偶戏演出的小孩子。
他的幼稚的欢呼有时反而使人感到受不了，这不仅是因为，看到
一个并非傻瓜的男人如此做作使我感到难受，而且也因为，连阿
德里亚娜也让我看出来，大家这样以这个老人的愚蠢行为取乐、
这样以她的父亲为笑料，这使她感到很难受。

　　仅仅这一点就时常使我们在兴奋之余感到不快。但是，帕皮
亚诺也看出了这一点，他使我产生了一种怀疑：他听任我坐在阿

德里亚娜身边，同时，马可斯的灵魂又不能使我害怕，也没有打扰我，而是给了我和阿德里亚娜机会，是保护了我们，所有这些必然使帕皮亚诺另有想法。可是，当时我还是很高兴，在黑暗之中没有再多想别的，也没有暴露出我的这种怀疑来。

"不行！"潘托加达小姐突然尖叫起来。

安塞尔莫先生立即问她："小姐，请问，出什么事了？您听到什么了？"

贝纳尔德也关切地问了一句。

佩皮塔小姐这才说："在这儿，在这边，摸了我一下……"

"用手摸了一下？"帕莱亚里问，"轻轻摸了一下，对吧？冷静、敏捷、轻微……啊，马可斯，如果他要摸的话，对女人历来是十分亲切的！咱们来看一看，马可斯，你能再摸一下这位小姐吗？"

"在这儿，是这儿！又摸了这儿！"佩皮塔笑着叫起来。

"什么意思？"安塞尔莫先生问道，因为佩皮塔刚才讲的是西班牙语。

"又摸了，又摸了！在摸我这儿！"

"马可斯，为什么不吻一下？"帕莱亚里这样建议。

"不行！"佩皮塔又尖叫起来。

但是，她的脸已被吻了一下，声音很响。

于是，我不自觉地拉过阿德里亚娜的手，放在我嘴边吻了一下。我觉得，这还不够，于是又低下头，找到了她的嘴，我们第一次亲吻起来，轻轻的、无声无息的、长时间的亲吻。

后来又如何？起初我只感到慌张、害羞，过了好一会儿之后才从这种慌乱状态中清醒过来。他们是不是发现了我们的亲吻？

他们在叫喊，有人点亮一根火柴，又点亮一根，接着点着一支蜡烛，就是红色灯笼中的那支蜡烛。大家都站起来。为什么？为什么站了起来？一声巨响，令人胆战心惊的巨响，像是一个看不见的巨人在桌上猛拍了一掌，而且是在蜡光之下猛拍了一掌，却又让人不见其踪影。大家都脸色发白，尤其是帕皮亚诺和卡波拉莱小姐。

"希皮奥内！希皮奥内！"特伦齐奥叫起来。

这个癫痫病患者倒在地上，气息奄奄。

"让他坐起来！"安塞尔莫先生喊道，"他也灵魂附体了！快看，大家快看！桌子在动，桌子起来了，浮起来了！它在飘升！马可斯，好样的！万岁！"

确实，小桌浮了起来，没有任何人动它，从地面浮起有半尺高，然后重重地落到地上。

卡波拉莱脸色铁青，颤抖着爬到我身边，将脸藏到我胸前，潘托加达小姐和那位家庭教师逃出房间，这时，帕莱亚里愤怒地大喊大叫："不要离开这儿！不要破坏我们的圆圈！现在更好看的出现了！马可斯！马可斯！"

"什么马可斯！"帕皮亚诺叫着。他刚才被吓得站在那里不敢动一步，现在才清醒过来，赶紧跑到他兄弟身边，又喊又摇他，想让他清醒过来。

对那个甜蜜的吻的回忆暂时被小桌的飘升打断了，我亲眼看到，它真的飘升起来，真是奇怪，简直无法解释。如果像帕莱亚里所说，在我眼前出现的那股神秘力量确实存在，而且还是在灯光之下起到了它的作用，如果这一力量来自一个看不见的幽灵的话，那么可以肯定，这一幽灵并不是马可斯的幽灵。关于这一点，只要看一看帕皮亚诺和卡波拉莱小姐就可以明白。这个马可斯是他们捏造出来的。那么是谁在捣鬼？是谁在桌子上弄出了那么吓人的响声？

在帕莱亚里的书中读到的东西乱糟糟地涌到我心头。突然，我想到了在鸡笼庄园的水渠里淹死的那个陌生人，他的亲人和别的人哭的是他，可我把这些哭泣从他手里剥夺了。

"可能是他！"我在心里默默想着，"可能是他到这里来找我了，把一切都揭露出来以进行报复……"

这时，帕莱亚里——只有他一个人是这样——既不惊奇，也不意外，他甚至不能相信，为什么这么简单、这么普普通通的现象，即那个小桌在灯光之下浮起来，会使大家如此吃惊，而且大家是在看到好多意外之事后看到这一现象的。他认为，这一现象在灯光之下发生并不值得大惊小怪。可是，他又无法解释，为什么希皮奥内来到这里，来到了我的房间，而他本来认为他已经上床睡觉了。

"我是感到有点儿意外。"他说，"因为通常这个可怜的人什么都不关心。现在看来，我们这些神秘的活动引起了他的好奇，他可能来探探情况，可能突然之间闯了进来，于是……砰的一声，是他拍了一下桌子！不可否认，梅伊斯先生，通灵过程中的特殊现象都是来源于癫痫、昏厥、歇斯底里等神经质的病症。马可斯从大家身上得到能量，也从我们身上得到精神方面的能量，以便形成我们在前边看到的那些现象。肯定是这样！难道您没有感到从您那里抽走一些什么？"

"说实话，我并没有感觉到。"

那天晚上，我一直没有闭眼，想着那个以我的名义被埋葬到米拉尼奥公墓的不幸的人，一直想到天亮。他是个什么人？从哪里来？为什么被杀？也许他想让人们知道他这可悲的结局，也许是要求补偿和抵罪……利用他的可是我啊！我承认，在黑暗中，我不止一次被吓出一身冷汗来。那声巨响，在那张小桌上，在我的房间里，不只我一个人听到……是他发出的这声巨响？他是不是仍然神不知鬼不觉地悄悄站在我身边？只要房间里有点儿什么动静，我就马上竖起耳朵。后来，我睡了一会儿，但做了好多噩梦。

第二天，我打开窗户，阳光射进屋里。

十五 我和我的影子

　　在以后的一段时间里，经常出现这么一种情况：半夜（当然，在这里很难证明恰恰是夜半时分），我突然醒来，在万籁俱寂的黑暗中，常常出现一种怪事，一种困扰，使我回想起白天在光天化日下不经意做的事。于是，我问自己：在决定我们的行动时，是不是生活中的种种色彩——我们对周围事物的看法——和生活中的种种声音也起了一定作用。毫无疑问，确实如此，谁能说清楚还有多少别的东西在起作用！安塞尔莫先生不是说，我们是同宇宙相互联系而生存的吗？现在可以看出，这个可诅咒的宇宙让我们犯了那么多错误，它该是多么荒唐，而这些错误的责任只能由我们自己那可怜的良心去承担，我们的良心受到外部力量的诱惑，被它自身之外的强光迷惑。可是，夜里设想的多少考虑、多少设计方案、多少巧妙的计谋不是在白天的光照之下落了空、垮了台、化为泡影了吗？白天毕竟是白天，夜晚毕竟是夜晚，我们也许也是这样，白天我们是这么一种事物，到了夜晚就是另外一种事物了。咳，不管是白天还是黑夜，总之我们十分可怜。

　　我知道，四十天之后，我打开了我房间的窗户，看到了阳光，然而，再见到阳光并没有使我有任何高兴的感觉。想起这么多天在黑暗中的一切使我感到，眼前的阳光并不明媚。在黑暗之中曾有其分量和价值的一切道理、借口和说服力，在光天化日之下再也没有分量和价值了，就是与原来相反的分量和价值也不复存在。关窗闭户忍受了那么长时间的黑暗、尽一切努力摆脱被囚禁的烦恼的那个可怜的我无非是白费力气。现在,这个我——胆小得像一只被痛打的狗——不得不去了解另外一个我,一个打开窗户、皱着眉头严肃急躁地面对白天的阳光的我;想使那个我摆脱那些阴森森的想法,引他站在镜子前看看成功的手术和长出来的胡子以及显得更美的那种白皙,因而感到高兴,所有这些都是白费力气。

"傻瓜,你干了些什么?你干了些什么?"

我干了些什么?什么也没干,我们一点儿也没有越轨!我表达了我的爱。在黑暗之中,我看到没有任何障碍了,我丧失了过去还能制止我的自我克制力,难道这是我的过错?帕皮亚诺要从我手里把阿德里亚娜夺走;卡波拉莱小姐把阿德里亚娜送给我,她让她坐到了我身边,可是卡波拉莱在嘴上挨了一拳,可怜的小姐!我忍受了痛苦,自然,我认为,对于这些痛苦,我像其他任何一个不幸的人一样有权得到报偿,我也得到了报偿,因为我就在她身边。在那里,大家是在做关于死亡的试验,可是,在我身边的阿德里亚娜是个活人,这个活人在期待着一个吻,以使她的兴奋完美无缺。马努埃尔·贝纳尔德在黑暗中吻了他的佩皮塔,所以我也……

"啊!真是……"

我跳到沙发上,双手捂住脸。回想起那个吻,我仍感到,我的嘴唇还在颤抖。阿德里亚娜!阿德里亚娜!那个吻在我心里激起了什么样的希望?你是我的新娘,对吗?我打开窗子,今天是大家的节日!

我在那个沙发上不知坐了多久,我一直坐在那里想入非非,时而睁开双眼，时而又愤怒地把一切藏到自己心底，像是为了避开我内心深处的痛苦。我终于看清了，我从这种痛苦的严峻程度看出了我的幻想不过是一场骗局：在我第一次因获得自由而感到欢欣鼓舞时，我觉得那是人生最大的幸运，现在我看到了这实际上是一种什么东西。

　　我现在已经体会到，我的自由究竟是什么样的自由。起初，我认为自由无边无际，只可惜我的钱不多，这是我的自由遇到的第一个限制。在此之后我又发现，我的所谓自由，实际上更应该说是我的孤独和无聊，也就是说，我被处以可怕的刑罚，即只能自己陪伴自己。于是，我去接近别人，但要同别人建立联系时必须十分小心谨慎，这种联系要十分细弱，可以随时割断。可是，这样的联系有什么用？这不是吗，联系又建立起来了，而且是它自己建立起来的。从我自己方面说我是够注意的了，是生活本身在同我作对，是生活使我陷了进去，生活以它的不可抗拒的激情让我陷了进去。这就是说，生活再也不是站在我这一边了。咳，现在我算真正地懂得了这一点，现在，任何毫无用处的口实、任何幼稚的装扮作假、任何可怜的借口都不能使我不承认对阿德里亚娜的感情了，都不能贬低我的打算、我所说的话和我的行动的意义了。我当时拉着她的手、捏着她的手指都是无声的语言，这就是我要对她讲的东西，这些东西实在太丰富了。最后是那个吻，那个甜蜜的吻确认了我们之间的爱情。现在，如何以事实实现这些许诺？能把阿德里亚娜变成我的阿德里亚娜吗？那两个好心的女人，罗米尔达和佩斯卡托雷的寡妇把我扔进了鸡笼庄园的磨坊水渠，而不是她们自己跳进水渠！结果是她自由了，我的妻子自由了，而不是我自由了。我装成那个死者，满心想望着能成为另外一个人，能过另一种生活，到头来我还是没有自由。我成了另外一个人，这倒是真的，但是也有一个前提条件，这就是，我什么都不能干。那么，这是一个什么样的人呢？那只不过是一个人的影子！这另外一个人能过上什么样的生活呢？只要我满足于把自己仅仅局限于自己的小圈子，不去观察别人如何生活，如果是这样，我就能过另外一种生活，不管是好是坏，我就可以挽救我的过另外一种生活的幻想。可是现在，我甚至同那两片甜蜜的嘴唇接了吻，现在该我胆怯地退缩了，好像我是在用一个死人的两片嘴唇同阿德里亚娜接吻！那个死人肯定不能为了她而复活！那是租借来的两片嘴唇。是的，我可以去吻，但是，在那两片嘴唇之间透出的是什么样的生活滋味呢？如果阿德里亚娜知道了我的底细……她会怎么样呢？不，不……咳！连想都不敢想啊！她是如此纯洁，如此腼腆……可是，如果在她心里爱情比其他任何感情都强烈，比其他社会因素都强烈……咳，可怜的阿德里亚娜！我怎么能让她同我一起在我的空虚的命运中苦撑？怎么能让她成为一个不能以任何方式声称和证实自己的存在的人的终身伴侣？怎么办？怎么办？

有人敲了两下门，我从沙发上跳起来。是她，是阿德里亚娜。

因为我尽最大的努力要掩饰自己的感情冲动，所以我难以做到不让她看出我至少是有些激动。她也显得有点儿激动，但那是由于害羞。这使她难以显得很高兴，尽管事实上她确实想要显出高兴的样子：她最终在光天化日之下看到，我真的已经完全康复，而且很高兴……不高兴？为什么不高兴？她抬起眼看了看我，脸一下子红了。她递给我一个纸口袋："是给您的……"

"信？"

"我想不是信。是安布罗西尼大夫送来的账单，他的用人还在外边，他想知道是不是有回执。"

她的声音在颤抖。她在笑。

"马上就好。"我这样说。但是，一阵突如其来的快慰袭上我心头。我知道，她送这个纸口袋来只不过是找了个由头，实际上是想在我这里讨一句话，使她那埋在心底的希望更加坚定。我又不安起来，怜悯之心油然而生，既为她，也为我自己。这是强烈的怜悯，这使我不由自主地去抚摸她，通过抚摸她来抚慰我的痛苦。这痛苦只因她而来，只有她才能平息，才能补偿。尽管我知道，这样做会更多地连累她，可我仍不能自已。我把双手伸向她。她显出很有信心的样子，但她的脸又显出很激动，轻轻抬起她的双手放到我手上。我把她的头拉过来，放到胸前，一只手抚摸着她的头发。

"可怜的阿德里亚娜！"

"为什么？"她在我的抚摸之下问我，"我们不高兴？"

"我们高兴……"

"那么，为什么说我可怜？"

这时，我很冲动，真想一下子把所有真情都倒出来，我真想回答她说："为什么？您听着，我爱您，可我不能爱您，不应该爱您！但是，如果您愿意……"咳，还是算了吧！这个温柔甜蜜的天使能够要些什么呢？我把她的头紧紧按在我胸口，这时我感到，如果我让她这个不知底细的人在因爱而处于兴奋顶峰时突然之间掉进我所处的失望深渊，那我就太残忍了。

"因为……"我把她的头放开，"因为我知道好多事，由于这些事，您不可能会高兴……"

可以看得出来，她一下子落入了失望的深渊，从我的怀里软瘫下来。也许她等待的是，在如此抚摸之后，我会称她为"你"？她看了看我，注意到了我的激动，迟疑地问道："您知道什么……是您自己的，还是这里的……我们这一家的什么事？"

我只是用手势回答她："是这个家，是这里。"我这样做是为了克制我的冲动，这冲动几乎就要使我再也忍不住，把我的一切都讲给她听。

我终于忍住了！可是，因她而生的独一无二的强烈痛苦使我无法再去想其他痛苦，与此同时我也陷入了新的更加严重的烦乱之中。我的痛苦暴露出来是最近几天的事，我必须将它深深掩藏，而爱慕之情和怜悯又使我没有勇气就这样一下子使她的希望破灭，一下子毁掉我自己的生活，即我对她的那一丝幻想。只要我闭口不谈，那一丝幻想就可以继续留在我心底。另外，我也感到，我不得不声明说我还有妻子，这是多么可恨。是的，确实可恨！我得向她声明，我不是阿德里亚诺·梅伊斯，我又成了马蒂亚·帕斯卡尔，我死了，但我仍然有妻子！怎么能说事情竟然是这样的？这是一个妻子对她的丈夫的最大虐待，她把那个淹死的可怜虫的尸体说成她的丈夫，丈夫死了，她自由了，可是，她仍然是丈夫的负担，尽管丈夫已经死了，可他仍得背着她这一负担。当然，我可以造反，说自己还活着，这样一来……可是，处在我这种境地，谁能不像我这样处理呢？在这种场合，在我这种境地，所有的人肯定都会认为，如此突然地、出乎预料地、喜出望外地摆脱妻子、丈母娘、债务和我那样穷困的生活，这是一种福气。我怎么能想到，自己死了之后也摆脱不了我的妻子呢？我怎么能想到，她能摆脱我，可我竟摆脱不了她呢？我怎么能想到，我以为自己的生活完全自由了，事实上这只不过是幻想，是不能成为现实的幻想，至多是非常肤浅的现实，而我反而更加成了奴隶，成了伪装、说谎的奴隶。我不能不很不情愿地这样做，同时也提心吊胆，怕自己被揭穿，尽管我什么罪过也没有。我怎么能想到这些呢？

阿德里亚娜或许会承认，在家里，她并不高兴，可现在……她通过眼神和忧郁的笑在问我，她的痛苦的根源对我来说是不是一个障碍。"不是，真的吗？"这就是她的眼神和忧郁的笑所要问的问题。

"噢，还是支付安布罗西尼的账单吧！"我叫起来，假装突然想起了大夫的账单和等在外边的用人。我放下纸口袋，赶紧强装出玩笑的口气说："好，六百里拉！您看，阿德里亚娜，大自然就这么怪，它惩罚我，让我这么多年一直有这么一只难看的眼睛，一只可以说是不听话的眼睛。我忍受了痛苦，为了改正大自然的错误，我又被囚禁了这么多天，现在我又得付钱。您说这公平吗？"

阿德里亚娜痛苦地笑了笑。

"也许，"她说，"您是要安布罗西尼大夫去向大自然讨还债务，他听了这一答复会感到不高兴。我相信，他也在等着您表示感谢，因为那只眼毕竟……"

"您觉得我的那只眼很好？"

她抬起眼看着我，然后低下头，低声说："是的，好像成了另外一个……"

"是我成了，还是那只眼成了另外一个？"

"是您。"

"也许是由于我的这把胡子。"

"不是……您为什么这样讲？胡子很好……"

我真想用自己的手指把那只眼抠出来！端端正正地长这么一只眼对我来说还有什么用？

"也许，"我说，"也许它自己觉得比过去更令人满意。可它现在令我感到讨厌……好了，不说它了，会过去的！"

我走到墙上的小橱边，我的钱放在这个小橱里。这时，阿德里亚娜示意要走，我感到意外，立即拉住她不让她走，我怎么能预料到她这时会走呢？正像前面所讲的，我每次遇到大大小小的麻烦时，总是会遇到好运气，好运帮我解除了麻烦。现在这种场合又有了她，她也像好运气一样能帮助我。

我去开那个小橱，可是我发现，钥匙插进锁孔之后转不动，我轻轻推了推，小橱的门立即开了，原来没有锁住。

"怎么回事？"我叫起来，"我怎么能不锁？"

阿德里亚娜注意到我的惊异和不安，脸色煞白。我看了看她说："这……您看，小姐，这里肯定有人动过！"

小橱给翻得乱七八糟，我的钱被人从钱包里掏出来，我此前把钱放在这个钱包里，现在散乱地扔在小平板上。阿德里亚娜吓得双手捂住脸。我慌乱地把散乱的钱收起来，急急忙忙地点了点。

"这怎么可能？"我数过钱之后叫了这么一句。我双手颤抖，擦掉额上的冷汗。

阿德里亚娜差点儿晕倒，她跑到桌边，扶住桌子后才问我，她的声音都变了："有人偷了？"

"等一下，等一下……这怎么可能？"我说。

我又数了一遍，怒冲冲地使劲儿捻着票子，好像这样就能从剩下的票子中把偷走的捻出来。

我刚数完，她就担心地问我：“丢了多少？”

“一万二千，一万二千里拉……”我嘟哝着，“总共是六万五千里拉，这是五万三千里拉，您来数数看……”

如果不是我及时去扶住她，可怜的阿德里亚娜一定摔倒在地了，像被击昏似的倒下去了。但是，她用力一撑，又站了起来，呜咽着想挣脱我，我想扶她到沙发上休息一下，她向门口跑去：“我去叫爸爸！我去叫爸爸！”

“不要叫！”我向她大喊。我抓住她，按她坐下来。“求求您，不要这样大呼小叫！您这样做对我更不好……我不要了，真的不要了！这同您有什么关系？求求您，安静点儿。您让我先清一清数，因为……是的，小橱开着没有锁，但我不能也不愿认为有人会偷走这么多的钱……请您安静点儿！”

为了慎重起见，我又从头数了一遍。尽管我明明白白地知道，我的钱全部放在小橱里，可我还是翻箱倒柜地找了一遍，连根本不可能放这么多钱的地方也找过了，只有我认为是发了疯才可能放钱的地方没有去找。渐渐地，我知道，再找简直就是犯傻，再找也是白费力气。这时我才不得不相信，我真的被人偷了，这个小偷的胆子真大。阿德里亚娜双手捂着脸，语无伦次，声音哽咽：“没有用了！没有用了！”她呜咽着。“小偷！小偷！小偷！都是预谋好的……我听到了，在黑暗中……我怀疑过……可是，我不相信他能走到这种地步……”

是帕皮亚诺，肯定是他！偷钱的只能是他，不会是别人，是他通过他那个兄弟，在那次招魂活动时……

“可是，”她呜咽着说，“您怎么能把这么多钱放在家里？”

我转过脸，呆呆地望着她。怎么回答她呢？我能对她说，在我这种处境，我只能把钱放在家里？我能对她说，我没有权利拿这些钱去投资、没有权利以任何方式把这些钱托付给任何人？我能对她说，我甚至不能把这些钱存入任何银行，万一发生什么困难我甚至难以提取，我就再也无法证明我对这些钱拥有所有权吗？

为了不让她看出我的过分惊奇，我生硬地说："我怎么能想到会出这种事？"

阿德里亚娜又双手捂着脸伤心地哭起来："上帝！我的上帝！"

小偷在偷我的钱时一定十分慌张，可是，在我想到这件事居然如此发生时，我也感到像那个小偷偷东西时那样的慌乱。帕皮亚诺当然不会推测我会把偷钱的罪过归之于那个西班牙画家或者安塞尔莫先生，归之于卡波拉莱小姐或家里的女用人或者马可斯的灵魂。他肯定会认为，我会把这一罪过归之于他，归之于他和他的兄弟。这就是说，他这样干几乎就是在向我挑衅！

可我呢？我能怎么办？告发他？怎么告发？不可能，根本不可能！我毫无办法！我不能动他半根毫毛！我感到自卑，感到受了极大的侮辱。这是我在这一天的第二个发现。我知道小偷是谁，可我不能告发他。那么我还有什么权利得到法律保护？我是所有法律都不保护的一个人。那么我是个什么人？什么人也不是！根据法律，我根本就不存在。这样一来，无论什么人都可以来偷我的东西，而我呢，只能缄口沉默！

所有这些，帕皮亚诺不可能知道。那么，这是怎么回事？

"他怎么能做出这种事来？"我这样自言自语，"他哪里来的这么大胆子？"

阿德里亚娜将捂着脸的双手放下来，吃惊地望着我，好像在说："您不知道是怎么回事？"

"好，有了！"我这样说了一句，好像一下子明白过来。

"您得告发！"她叫着，同时站了起来，"求求您，让我走，我去叫爸爸……他马上就去告发！"

我又一次及时抓住了她。现在是毫无办法了，阿德里亚娜逼得我非去告发不可！偷了我一万二千里拉还算小事吗？我还能害怕这件事被抖出去因而不让阿德里亚娜小姐大声叫喊、求她不要告诉任何人吗？不行！现在我明白了，阿德里亚娜绝对不会让我保持沉默，更不会听任我强要她也保持沉默，她根本不会接受我的所谓宽宏大量，这有好多原因：首先是她的爱，其次是她家的名誉，另外也是为了我，再加上她恨她这个姐夫。

可是，在这紧急关头，她的正确的反抗我觉得太过分了，过头了。我向她喊道："您住口！我要您住口！您不要对任何人透露半点儿风声！懂吗？您想弄出丑闻才好吗？"

"不，不！"阿德里亚娜可怜地哭着急忙表示抗议，"我要的是，让我家的名声不被这个人玷污！"

"可是，他会否认！"我马上说，"于是，您，还有您家所有的人，都得上法庭……难道您不懂？"

"那好，再好不过了！"阿德里亚娜愤怒地回答，由于愤怒，她的声音显得特别响亮。"让他否认吧，让他否认好了！可我们，从我们这方面说，知道吗，我们有对他不利的话要讲。您去告发吧，不要管我们，不要为我们担心……您这样做对我们有好处，请相信，对我们大有好处！那样就能为我可怜的姐姐报仇雪耻……梅伊斯先生，请相信，如果您不去告发，那就太对不起我了。我求您去告发，如果您不去，我就去！您怎么能让我和我的爸爸忍受这样的耻辱呢！不能，不能，不能！另外……"

我双手抱住她。看到她如此难受、如此狂躁不安、如此失望，我再也不去想那些被偷走的钱。我答应她，照她说的去办，只要她能安静下来。不，不对，什么耻辱？对她来说没有什么耻辱，她的爸爸也没有耻辱。我知道是谁偷了我的钱。帕皮亚诺认为，我爱她就得拿出一万二千里拉，那么我应不应该向他表明，事情不应该是这样？我要不要告发他？应该告发他，这倒不是为了我，而是为了使她的家摆脱这种窘境。但是，这要有一个条件，她首先得平静下来，不能再这样哭。好了，就这样！另外，她得向我起誓，就世界上最重要的一件事向我起誓。在如此激动的情况下，后果如何，我们两人谁也估计不出来，在我找律师就可能的后果进行商谈之前，她应起誓不向任何人谈这次丢钱的事。

"您能向我起誓吗？就最重要的一点起誓？"

她含着眼泪看了我一眼并向我起了誓，这倒使我明白了，她是在向我发什么样的誓，对她来说，更重要的东西是什么。

可怜的阿德里亚娜！

房间只剩我一个人，我吃惊、空虚、没着没落，好像整个世界在我面前消失了。我这样待了多长时间？是什么使我恢复过来的？我说不上来。我真傻，我是个傻瓜！我傻乎乎地盯着那个小橱的门，看看有没有小偷撬门的痕迹。没有，一点儿痕迹也没有，这个家伙用撬锁的工具干得十分漂亮，他干净利落地撬开了，而钥匙仍小心谨慎地保存在我的口袋里。

最后那次通灵活动结束时，帕莱亚里问过我："难道您没有感到从您那里抽走一些什么？"

　　抽走一万二千里拉！

　　我又想到了我的无能，想到了我什么样的人都算不上，这真使我难受，使我喘不上气来。他们可以偷我的，我只能保持沉默，甚至害怕别人知道我丢了钱物，好像是我偷了别人，而不是一个小偷偷了我，所有这些总是在我心头回旋，久而不散。

　　这一万二千里拉怎么办？算了，不算太多，真是不多！他们可以把钱全部偷走，可以偷得我一无所剩，而我也只能保持沉默！我有什么权利张口说话？人们首先向我提出的问题是，"您是什么人？您从哪儿弄来这么多钱？"可是，如果不告发呢？我们看看不告发又如何……如果今天晚上我抓住他的领子，向他大喊："马上把钱给我拿出来，你从小橱里偷走的钱给我放回原处！窃贼！"他可能会大吵大闹，可能会否认，也许会对我说："是的，先生，钱在这儿，我拿错了……"如果是这样又该怎么办？但是，也有可能他翻过来告我，说我破坏了他的名誉。因此，只能沉默，只能不提这件事！那么，我还能认为自己已经死了是一件幸运的事吗？是的，我已经死了。这就是死亡吗？这比死还要坏，安塞尔莫先生对我说过，死人不必再死，可我还得再死一次，我仍然得为了再死而活着，我仍然得为活着而再死一次。我这是什么样的生活？首先是烦恼、孤独、不能同任何人交往，难道不是这样吗？

　　我用手掩住脸，跌坐在沙发上。

　　咳，我真是个无赖！我也许能够适应这样的活法，不知自己的命运，听天由命，继续面临好多危险，没有根基，没有现实基础。可是，我能这样下去吗？不，不能。那么，怎么办？离开这里？到哪儿去？阿德里亚娜又怎么办？我能为她做些什么？什么都不能！什么都不能！出了这些事之后，我怎么能不做任何解释就走呢？她可能会从那次丢钱去猜测我出走的原因，她会不会说"他想挽救那个窃贼的面子而惩罚我这个无辜的人？"啊，不行，不能这样！阿德里亚娜，你真可怜！另一方面，为了减轻我的内疚，我什么都不能做？这样一来就意味着，我这个人言行前后不一致，我这个人太残忍。言行前后不一致和残忍是我命中注定的东西，我自己首先吃了它们的苦头。自从帕皮亚诺这个窃贼偷了我的钱之后，他倒是显得言行一致和不怎么残忍了，他的言行一致和不残忍甚至超过了我不得不表现出的不一致和残忍。

他想娶阿德里亚娜，为的是不必再把他第一个妻子的嫁妆还给岳父，我不是要从他手里把阿德里亚娜抢过来吗？这样一来，这份嫁妆就得由我来归还，就得还给帕莱亚里。

在这个小偷看来，这是天经地义！

小偷？他甚至连小偷都不是，因为说到底，偷走的那笔钱好像是被偷了，实际上并非如此。这是因为，他知道阿德里亚娜是个正派人，她不能想象，她只做我的情妇，我肯定要娶她做妻子，这样一来，我的那笔钱可以重新得到，那就是她带来的嫁妆，除此之外，我还得到一个贤惠的妻子，我还能再要些什么呢？

我敢肯定，如果能耐心等待，如果阿德里亚娜能保守秘密，那么我们会看到，帕皮亚诺将信守诺言，甚至在延缓一年的期限之前将他死去的妻子的嫁妆还回来。

确实，这笔钱不会再回到我手上，因为阿德里亚娜不可能成为我的妻子。可是，这笔钱有可能成为她的，只要她现在能保持沉默，按我的主意办事，只要我仍然在这个家里住一段时间。这需要巧妙的手段，需要我运用非常巧妙的手段。阿德里亚娜如果不能得到别的东西，至少能得到这样一笔钱，即归还回来的嫁妆。

我这样想着，渐渐平静下来，至少是为了她而平静下来。这不是为了我，如果是为了我，那么还是应该承认，这么一场赤裸裸的骗局以及我的幻想，我都难以接受。比起这些来，被偷去的那一万二千里拉简直算不上什么，如果那笔钱最后真能使阿德里亚娜得到好处，那倒是一件好事。

我看到，我被排除于生活之外了，永远被排除出去了，没有再回到生活之中的可能。我如此心灰意冷，经历了所有这一切之后，现在只能离开这个家。这个家我已经习惯，我在这个家里找到了一点点安宁，我几乎把它当成了自己的窝。现在我又得走了，没有目的地，没有目标，像是走向一片虚无缥缈之中。我担心再次落入生活的陷阱，这使我离别人远远的，只能孤独一人，这是绝对的孤独。我孤独、不相信别人，我心情忧郁，对坦塔罗斯所施的刑罚落到了我头上 ①。

我像个疯子，从家里走出来。过了一会儿之后，不知不觉间来到弗拉米尼亚大街，前边不远处就是横跨台伯河的莫莱大桥。我是怎么走到这儿的？我看了看周围，我的眼盯住了自己的影子，我停住脚步想了一阵。最后，我愤怒地抬起脚，真想踩它一脚。但是，那是我自己的影子，我无法踩它。

我们两个人谁更像影子？我还是它？

我们是两个影子。

---

① 希腊神话中的坦塔罗斯是众神的宠儿，有幸参观奥林匹斯山的众神集会，但他骄傲起来，侮辱众神，泄露天机，被罚站在水中果树下，渴时想喝水水退去，饿时想吃果升高。

我的影子就在地上，谁都可以在我的影子上踩过去，踩我的头，踩我的心，而我只能默默忍受，我是一个影子，沉默不语的影子。

一个死去的人的影子，这就是我的生活。

一辆马车走过，正好在我的影子上停了下来，好像是故意的，先是马的四个蹄子，然后是车轮……

"好家伙，这么厉害！正好是我的脖子。噢，还有你，还有你这条狗？快，快给我滚开！滚开！"

我苦笑起来，那条狗被吓跑了，马车夫扭回头看了看我。我走了几步，面前的影子也跟着走了几步。我赶紧加快了步伐，以躲开其他马车和来往行人，不让他们踩压我的影子。我突然焦躁起来，甚至像是有什么东西在我的肚子里抓来挠去。我再也无法眼看着自己的影子在面前被我踩踏。我扭转身，于是，影子到了我背后。

"如果我跑起来又怎么样？"我这样想，"它会跟着我！"

我使劲揉了揉自己的前额，担心自己病了，或者有什么古怪的念头钻进我心里。是的，确实是这样！那个影子就是我的生活的象征、我的生命的幽灵，那就是我，就在地上，听任别人践踏。这就是那个死在鸡笼庄园的马蒂亚·帕斯卡尔所剩下的东西：罗马街头的影子。

可是，这个影子还有心脏，但又不能爱别人；他有钱，这个影子有钱，但无论什么人都可以偷他的钱；这个影子有脑袋，但这个脑袋的存在是为了想到、为了认识到，这是一个影子的脑袋，而不是脑袋的影子。确实如此！

这时，我感到那是一个有血有肉的活人，我为这个人感到痛苦，因为拉车的马、马车的轮子、过往的行人真的在践踏他。我不能再让它待在那里，不能再让它留在地上。一辆电车开来，我跳了上去。

　　我又回到那个家里时……

十六　米内尔瓦的画像

我还没有到家就看到大门开着，我已猜到，家里出了大事。我听到，帕皮亚诺和帕莱亚里在大喊大叫，卡波拉莱慌慌张张地迎面奔来。

"是真的吗？是一万二千里拉？"

我不安地停住脚步，心慌意乱。这时，那个患癫痫的希皮奥内·帕皮亚诺正走过走廊，他赤着脚，手里提着鞋，没有穿上衣，脸色苍白。与此同时，帕皮亚诺在大喊大叫："好，告发吧，告发好了！"

一股怒气涌上我心头，因为阿德里亚娜把事情给捅出去了，我真生她的气。尽管不许她讲，尽管她向我发了誓，可是她还是讲出去了。

"谁告诉您的？"我大声向卡波拉莱叫喊，"不是那么回事，钱又找到了！"

卡波拉莱吃惊地向我叫起来："钱又找到了？真的找到了？是真的吗？啊呀，我的上帝啊！"她叫着，挥动着手臂向餐厅跑过去，我也跟着她走过去。帕皮亚诺和帕莱亚里在餐厅里争吵，阿德里亚娜在哭。"找到了！钱找到了！这不是，梅伊斯先生回来了！钱又找到了！"

"怎么找到的？"

"又找到了？"

"可能吗？"

三个人都很吃惊，但阿德里亚娜和她爸爸脸上显出激动的神情，帕皮亚诺则相反，脸色难看，面色如土。

我盯着他看了一会儿。我的脸色一定比他的还要苍白，我浑身在发抖。他低下头不敢看我，像是被吓坏了，他的兄弟的上衣从他手里掉下来。我走过去，几乎走到了他的紧跟前，向他伸出一只手："非常抱歉，您，还有所有的人，请原谅。"

"不！"阿德里亚娜愤怒地叫了一句，但她马上又用手绢捂住了自己的嘴。

帕皮亚诺看着她，没有勇气从我手里抽出手来。我于是又一次说："请原谅……"

我的手仍然伸着，以便感觉一下，他的手在如何发抖。他的手冰凉，像死人的手，他的眼睛眯着，像是闭着，像一双死人的眼睛。

"我很痛心，"我又说，"对我造成的这场混乱和不快感到痛心。不过，我不是有意的。"

"不，不……是的，真的是……"帕莱亚里嘟哝着，"是这么回事……是的，确实不可能！我很高兴，梅伊斯先生，我确实为您找到了那笔钱而高兴，因为……"

帕皮亚诺喘着粗气，抬起双手擦了擦额上的冷汗和他的脑袋，转过身望着阳台。

"我简直像那个……"我又说，勉强装出笑容，"这是骑着驴找驴。那一万二千里拉放在钱包里，钱包在我身上。"

这时，阿德里亚娜再也忍不住。

"可是，"她说，"您已经看过了，我也在场，您找遍了，包括身上的钱包。是在那里，在小橱里……"

"是的，小姐，"我打断她，冷静、坚定地说，"当时我没有好好找，显然是这样，后来才找到……我特别请您原谅，您比别人为这件事吃的苦头更多。我希望……"

"不，不，不！"阿德里亚娜喊着，突然呜咽着跑出房间，卡波拉莱也跟了出去。

"我真不懂……"帕莱亚里吃惊地说。

帕皮亚诺突然愤怒地转过脸："无论如何今天我要走……看来，没有必要再……"

他突然停住，像是喘不上气来。他想转身对我说话，但又没有勇气正面看我。

"我……我不能，请相信，我不能说没有这回事……当他们对我……我，我被牵扯进去……由于我兄弟，我被牵扯进去了，他意识不清……他有病……您也看到了，他不能自制，我想……谁能想象到……我把他叫到这里……这个场面太野蛮了！我被迫看着把他的衣服剥光，浑身上下搜查他……全身都搜遍了，甚至连皮鞋也……他……咳！"

这时，他说不出话来，差点儿哭出声来，他的眼里含着眼泪。他赶紧又说："就这样，他们也都看到了，他……不管怎么说，您……在所有这些之后，我得走了！"

"不，不行！不能这样！"我赶紧说，"是因为我？您应当留下！我走！"

"您这是在讲什么话，梅伊斯先生？"帕莱亚里痛心地喊道。

帕皮亚诺强忍着不哭出来，这使他说不出话来，只好打手势，然后才说："我……我不得不走……而且，所有这些都是因为我才发生的……这样，我现在清白了，我宣布，我要走，也为了我的兄弟，他不能再留在这个家里了……而且侯爵还写了一封……我就保存在这儿，侯爵给我写了一封信，是写给那不勒斯一家保健医院院长的，我到那儿去还有另外几件有关文件方面的事要办，侯爵需要那些文件……我的小姨子她……她认为您……理所应当地……她非常……她跳起来非常明确地说，谁都不应离开这个家，我们大家都必须留下来……因为她……我不知道……她发现……她对我说了，就是这样！她就是这样对她的姐夫讲的！她就是这样对我说的……也许是因为，我应该归还……我很穷，但我正直，我应该归还我岳父……"

"可现在你要好好想一想！"帕莱亚里打断他的话这样喊道。

"不，不必了。"帕皮亚诺傲慢地说，"我都想过了！我都想明白了，你们不必疑惑了！如果我走了……可怜的希皮奥内！"

这时，他再也忍不住，失声大哭起来。

"那，那……"帕莱亚里激动地说，"这同他有什么关系？"

"我兄弟真可怜哪！"帕皮亚诺又说，他的口气是真诚的。这时，我也觉得，真应该同情他的这个兄弟。

他的后悔内疚是可以理解的，他在这种时候必然会感到对不起他那个兄弟。他利用了他的兄弟，如果我告发的话，他会把偷钱的罪过都推到他兄弟头上，即使没告发，他也让他的兄弟忍受了搜身的侮辱。

没有任何一个人比他更清楚，我不可能再找回我的钱，因为他已经把钱偷走。我令人意外地说找到了，这正好救了他，而且是在关键时刻救了他：他眼看就要露出马脚了，这时，他就只好指责他的兄弟，或者至少按他原先的计划办，让人们认为，只有他这个兄弟才能偷这笔钱，让他这个兄弟去背这个黑锅。现在他哭了，这是一种需要，需要让忍受了痛苦的灵魂发泄一下，同时也许是因为，他感觉到，不在我面前哭就无法向我交代。他这样一哭就是向我屈服了，就好像跪到了我的脚下。但是，他屈服有个条件，这就是，我得仍然承认，我的钱又找到了。如果我看到他屈服了就说钱没找到，他就会反悔，就会同我闹翻。这显然就是说，我们两个应该一致认为，他对这次偷钱的事一无所知，也不可能知道，我说又找到了，这只不过是救了他的兄弟。说到底，就算是我告发了，他这个兄弟也不会受任何惩处，因为他有病。帕皮亚诺自己呢，很清楚，他还得归还帕莱亚里那笔嫁妆。

我觉得，所有这些都是因为他那么一哭才使人弄清楚。安塞尔莫先生劝他，我也劝他，最后，他平静下来。他说，把他的兄弟送到那家保健医院之后，了结了一家商店的事之后，最近他同一个朋友合伙开了一家商店，他马上就从那不勒斯返回来。当然，在那不勒斯还要找到侯爵需要的那些文件。

"噢，对了，"最后他转向我说，"谁还会再想到这件事？侯爵对我说，如果您同意的话，今天请您同我岳父和阿德里亚娜……"

"当然，你真不错！"没等他说完，安塞尔莫先生就这样说，"我们都去……好极了！我觉得，现在我们有理由高兴了，确实该高兴了！阿德里亚诺先生，您说呢？"

"我认为……"我摊开双手。

"那好了，四点左右……行吗？"帕皮亚诺最后擦干眼泪后建议说。

我返回房间。一进房间，我立即想到了阿德里亚娜，在我否认丢钱之后，她马上呜咽着逃走了。她现在会不会来找我要求解释清楚？她肯定不会相信我又把钱找回来了，那么，她会如何作想？或许她会想，我用这种方式否认自己丢了钱，实际上是要惩罚她，惩罚她没有信守诺言。可是，她为什么反悔？显然是因为，我对她说过，在告发之前我要听听律师的意见，这就意味着，我从律师那里会知道，她和她家所有的人都会被牵扯到这件事当中。可是，她不是对我说过她要弄清这件丑闻吗？是的，应该弄清，可是，很清楚，我并不愿弄清，宁愿牺牲这一万二千里拉……那么，她大概会把这看作是我的慷慨大方，是为了爱她而做出的牺牲？这样一来又可以看出，我的处境使我不得不再次撒谎，再次令人恶心地撒谎，这一谎言成了一个不大不小的证据，证明了我对她的爱情，这谎言虽然使我显得大方，但这种大方并不是她所需要的，也不是她所希望的东西。

　　不，不对！我想到哪里去了？按照我的被迫的、不得不说的谎言的逻辑推断，我应当得出另外的结论。什么慷慨大方！什么牺牲！什么爱情的证据！难道我还能比这个可怜的姑娘想得更不着边际吗？我应当平息我的激情，一定要平息我的激情，我应当同她断绝交往，不再同她讲一句有关爱情的话，不再看她一眼。这样下去又会怎么样呢？她怎么能把我以前表面上的宽厚同我从今往后不得不在她面前表现出的一本正经这两者协调一致。这样一来，我处于这样一种境地：被迫利用她违背我的意愿揭发的、我极力否认的偷窃事件来同她断绝一切关系。可这是什么样的逻辑呢？只能是以下两种中的一种，这就是，要么，我真的被偷，我知道偷钱的人是谁，那么我为什么不去告发，反而不再爱她，好像她在偷窃事件中也有责任？要么是，我真的找到了钱，那么我为什么不再继续爱她？

我感到恶心、愤怒，感到恨我自己，这些使我难以忍受，我至少可以对她说，我那样做不是大方，至少可以对她说，我根本不能去告发……可是，我总得向她讲个不能告发的理由啊……或许我的钱是偷来的？她也可能会想到这一点。要么我只得对她说，我是个逃犯，正在被追捕，只能东躲西藏地活着，不能把我的命运同一个女人的命运结合在一起，我能这样说吗？这是对这个可怜的姑娘撒的新谎言……可是，从另一方面说，我自己也觉得这样的所谓真相不可信，像个荒唐的故事，像一个没有意义的梦。我能把真情告诉她吗？为了现在不再继续说谎，我只能对她说我过去说的都是谎言，我能这样做吗？为说明我的真实情况，我竟然处于这么一种为难境地。这样做又有什么用？这既不能成为我的借口，也不能对她有所裨益。

尽管我现在这么恼火，这么愤怒，但是，如果她不是打发卡波拉莱到我房间来，而是她自己亲自来向我解释为什么不信守诺言，也许我早就把我的真实情况告诉她了。

她为什么不信守诺言，帕皮亚诺实际上已经告诉我了。另外，卡波拉莱也说，阿德里亚娜沮丧到了极点。

"为什么？"我问，尽力显出无所谓的样子。

"因为她不相信您真的把丢的钱找回来了。"她回答说。

我立即产生了一个念头（这种念头在我当时的心境之下是可以感觉出来的，从我对自己的厌恶也可以感觉出来），我想，这样就会使阿德里亚娜丧失对我的任何尊敬之情，因为她再也不爱我，在她看来，我太虚伪，心肠太硬，我朝三暮四，我私心太重……我会受到惩罚，因我对她做的坏事而受到惩罚。是的，这样一来我会给她制造另一件坏事，但说到底又是一件好事，因为它可以使她恢复正常。

"她不相信？怎么能不信呢？"我苦笑着对卡波拉莱说，"一万二千里拉，小姐，这是个小数吗？如果我被偷走那么多钱的话，她认为我会这么平静吗？"

"可是，阿德里亚娜对我说……"她只说了这么半句。

"真是笑话！真是笑话！"我打断她，"真的，您看……我也怀疑了一下……我对阿德里亚娜也说了，我不相信真有可能被偷……好了，就是这么回事！另外，如果我没有找到，我为什么一定要说找到了呢？"

卡波拉莱小姐耸了耸肩。

"也许阿德里亚娜想，您可能有些什么原因促使您……"

"没有，没有！"我赶紧打断她，"我再说一遍，那是一万二千里拉啊，小姐。如果是三十里拉、四十里拉，那就算了！请相信；我没有那么宽大的胸怀，请您相信……真是活见鬼！只有一个英雄才……"

卡波拉莱小姐走了，去把我的话转告给阿德里亚娜。这时，我扭着自己的双手，我咬着自己的手。我只能这样办？我能利用这次偷窃事件吗？好像这笔被偷的钱就是给了她，为她的落空的希望做了补偿。咳，我的行为太卑鄙了！她一定会在那边大喊大叫，大发雷霆，一定会小看我，瞧不起我……她不知道，她的痛苦也是我的痛苦。看来一定是这样！她一定会恨我，会看不起我。这正如我自己，我也在恨我，也看不起我。为了让她更恨我，让她更瞧不起我，从今以后我应该对帕皮亚诺更亲切一些，对她的敌人显得更亲近，像是为了当着她的面弥补我的过失，为我怀疑他而请求谅解，以弥补我的过错。是的，我这样做也会把我的小偷弄得晕头转向，甚至会使所有的人都认为我是个疯子……另外还有，我们不是要去吉利奥侯爵家吗？好了，就在今天，我也要向潘托加达小姐大献殷勤了。

"阿德里亚娜，这样一来，你会更加瞧不起我！"我十分痛苦，在床上翻来覆去，"为了你，我还能怎么办呢？"

四点刚过，安塞尔莫先生来敲我的门。

"马上来！"我回答他说。我穿好大衣。"我准备好了。"

"您就这样去？"帕莱亚里吃惊地看着我问道。

"怎么啦？"我说。

我马上发现，我的头上还戴着旅行帽，平时我在家里喜欢戴这顶帽子。我赶紧把它塞进大衣口袋，拿下衣帽钩上的帽子。这时，安塞尔莫先生一直在笑，好像他……

"安塞尔莫先生，到哪儿去？"

"您看，我出门时也是这样。"他边笑边说，同时又指着我脚上的拖鞋，"去吧，到那边去吧，阿德里亚娜也要去……"

"她也去？"我问。

"她本来不想去。"帕莱亚里说，边说边向他的房间走去，"我说服了她。去吧，在餐厅里，她已经准备好了。"

在那个房间，卡波拉莱看我时的眼光多么生硬，斥责的意味多么强啊！她为爱情吃了不少苦，她也常常得到那个温柔但又并不太懂事的姑娘的安慰。现在，阿德里亚娜懂了，现在她因此而受到了伤害，所以卡波拉莱小姐翻过来要热心地安慰阿德里亚娜，想让她高兴。卡波拉莱小姐对我则很不客气，因为在她看来，我让如此漂亮而又善良的一位姑娘吃苦实在太不应该。说到她，确实，她不美，她不好，如果人们对她不好，至少可以找到一些借口。可是，为什么要让阿德里亚娜吃那么多苦呢？

她的眼光就是这个意思，她要我抬眼看看阿德里亚娜，看看这个因我而吃了多少苦的人。

她的脸色是多么黄啊！从她的眼里可以看出，她哭过。谁能知道，为了说服她跟我一起走，大家费了多少唇舌……

尽管我这次拜访时的心情不好，但吉利奥·达乌莱塔侯爵本人和他的家还是使我很感兴趣。

我知道，他到罗马来，要想复辟两西西里王国，除了为教皇执掌世俗政权而斗争外别无他法：如果把罗马还给教皇，统一的意大利就会分崩离析，那么……谁知道结果会是什么！侯爵不想为预言冒险。当前，他的任务很明确，这就是，站在教皇一边尽力而为。这样一来，到他家来的全是教会那些毫不妥协的高级教士和黑衣党①中最激进的勇士。

但是，今天晚上，我们在他那装饰得十分豪华的客厅里没有遇到任何来客，真的一个也没有。客厅正中是一个三脚架，上面是一幅画了一半的画，画家正在为佩皮塔的那只名为米内尔瓦的母狗画像，它全身漆黑，卧在一个雪白的沙发上，头向前伸，放在两只前爪正中。

"这是画家贝纳尔德的杰作。"帕皮亚诺一本正经地说，好像是在正式介绍这幅画，我们必须点头称是。

佩皮塔·潘托加达走进来，后边跟着家庭女教师康迪达太太。

---

① 即教会神职人员，因他们平时穿黑色长衫。

在我那昏暗的房间里，我曾看到过这两个人。可是，现在在一片光明之下，潘托加达小姐好像成了另外一个人，不能说她的全身都同那天晚上不一样了，但那个鼻子确实与先前不同了。她在我家时是那样一个鼻子，这可能吗？我记得，她的小鼻子朝上，很勇敢的样子，可她现在是个鹰钩鼻子，显得那么壮实。不过，就是这副样子也应当说她很漂亮，黝黑的皮肤，两眼炯炯有神，头发乌黑发亮，卷曲起伏，形似波浪，嘴唇很薄，红里透亮。她穿一身深色衣服，上面有白色花点，看起来好像就画在她那匀称轻盈的躯体上。温柔而又漂亮的阿德里亚娜在她面前显得苍白逊色多了。

现在我总算弄清康迪达太太的头上是些什么东西了！一个黄褐色的卷曲的假发套，发套上是一个天蓝色绸巾，而不是一个大围巾，绸巾绕过后脑勺在下巴下面精心打了一个结。这条绸巾像她脸的一个框边，配上她那瘦削白皙、涂脂抹粉的面颊，显得更加生动诱人。

那条老狗米内尔瓦叫个不停，它的声音嘶哑难听，吵得人们无法交谈。但是，这条可怜的老狗不是在向我们狂吠，而是在向那个画架狂吠，向那个白色的沙发狂吠，在它看来，这些可能是惩罚它的刑具。它在抗议，在发泄它的愤慨。在它看来，那个伸着三条长腿的可恶的东西像是要把它赶出这个大厅。这个怪东西停在大厅正中，一动不动，威风凛凛，所以老狗在它面前又害怕了，只好后退，边退边叫。之后，它又突然冲过去，对着那个三脚架咬牙切齿。因为无济于事，它只好怒气冲冲地退了回来。

米内尔瓦又矮又小，身子胖胖的，四条腿十分瘦弱，这副模样确实难看。这只狗因为年老，两眼无光，头上的毛已经花白，脊背同尾巴连接处的毛已全部掉光，因为它总是在椅子的横梁和搁板之类的东西上蹭来蹭去，不管是什么场合，也不管是什么时刻，它总这样蹭个没完。它的这种习惯我有所了解。

佩皮塔突然抓住它的脖子，把它扔到康迪达太太怀里，同时喊道："住口！"

这时，伊尼亚齐奥·吉利奥·达乌莱塔侯爵走进来。他弯着腰，几乎弯成了两节，急匆匆走到窗边他的沙发边，刚一坐下就把手杖放到两腿中间，深深吸了一口气，疲惫不堪地笑了笑。他显得十分疲累，满脸皱纹，没有胡须，像死人一样面色苍白。但是，一看到他的眼才发现，他的双眼炯炯有神，像年轻人的目光。几绺头发盖在他的前额和两颊，样子十分古怪，像几条黑色的湿灰烬流过脸颊留下的几条痕迹。

他热情欢迎我们，讲的是浓重的那不勒斯方言。接着，他让他的秘书向我们展示布满客厅的那些纪念品，这些都是他忠于波旁王朝的铁证。我们来到一个绿色丝绒布盖着的画框前，绒布上用金线绣着这样几句话："我不藏匿，我要补救危局，请你揭开我，请你阅读仔细。"这时，他叫帕皮亚诺把这个画框从墙上取下来，拿到他面前。镜框中，玻璃下面是彼耶罗·乌洛亚的一封信。1860 年 9 月，两西西里王国即将垮台之际，乌洛亚给吉利奥·达乌莱塔侯爵写来这封信，请他参加内阁。后来，那届内阁并没有组成。这封信的旁边是侯爵精心写的接受这一邀请的复信底稿。他为这封复信而骄傲，它使所有那些在这极其危险的时刻拒绝任职的人声名狼藉，那些人在危险混乱的时刻，面对敌人，面对已经打到那不勒斯城下的加里波第率领的叛军，不敢出面执掌政权。

大声读着这封回信，这个老人满面红光，十分激动。尽管他的朗读使我产生的是相反的感受，但是，我对他还是很敬佩。在他看来，他也是个英雄。对此我后来又发现一个证据，这就是，他给我们讲到一朵金色木雕百合花的故事，这朵花也在这个客厅里。1860年9月5日早晨，国王乘一辆敞篷车从那不勒斯的王宫出门，随行的有王后和两个宫廷官员。敞篷车来到基亚亚大街不得不停下来，一家药店门前的大小车辆挡住了去路。这家药店的店标是几朵金色的百合花。一个梯子靠在店标上，挡住了路，各种车辆只好停下来。几个工人爬在梯子上，把店标上的几朵百合花取下来。国王看到了这一情景，用手指给王后看，看这个药店老板是多么胆怯，过去，这几朵百合花给他增添了光彩，因为他的药店用的是国王的族徽百合花。他，也就是达乌莱塔侯爵，当时正好经过那里，他怒不可遏，闯进药店，抓住那个胆怯的药店老板的衣领，让他去见就在药店外的国王，他愤怒地吐了药店老板一脸唾沫，然后挥舞着被揭下来的一朵百合花向人群高呼："国王万岁！"

　　这朵木雕百合花放在这个客厅里，这使他想起了那个可悲的9月的早晨，那是他的国王最后一次出现在那不勒斯街头。他因那件事而骄傲，像得到内廷贵族的金钥匙、圣杰纳罗骑士勋章和另外一些东西一样让他感到骄傲，这些东西都摆在大厅里，摆在费迪南多二世①和弗朗切斯科二世②的两幅大画像下面，两幅画像都是油画作品。

----

① 费迪南多二世（1810—1859），波旁家族成员，1830年起为国王，曾镇压1849年的起义。
② 弗朗切斯科二世（1836—1894），两西西里王国最后一个国王，费迪南多二世之子。

　　过了一会儿，为了实现我的计划，我撇开侯爵、帕莱亚里和帕皮亚诺，来到佩皮塔身边。

　　我立即发现，她很烦躁，很不耐烦。她首先要从我这儿了解的是，现在几点了。

　　"四点半？好吧！好吧！"

　　但是，四点半对她来说肯定并不好，我从她说"好吧！好吧！"时那种口气中可以听得出来。紧接着，她又咬着牙，唠唠叨叨地讲了半天，不过都是反对意大利、反对罗马的言辞，而对自己的过去却感到十分骄傲。她还对我说，西班牙也有一个高赛乐 ①，也像我们这个斗兽场一样古老，不过，根本没有人去维护它。

　　"成了一堆没有生命的石头！"她用西班牙语说。

　　在他们西班牙人看来，那只不过是个斗牛场，再也没有别的意义。是的，在她看来，所有那些古代艺术品都没什么用，还不如画家马努埃尔·贝纳尔德正在给她的米内尔瓦画的那幅画像更值钱，但这个画家迟迟没有露面。佩皮塔的不耐烦仅仅由此而来，不一会儿之后也就平静下来。她说话的时候很激动，不时将一个手指在鼻子前很快地晃动一下。她咬着嘴唇，双手摊开又合起来，眼睛却一直盯着门口。

　　用人终于宣布：贝纳尔德来了。他满头大汗地走进来，像是跑步赶来的。佩皮塔立即转过身，用脊梁对着他，极力显出很冷淡的样子。但是，当他同侯爵打过招呼到我们这边时，确切地说

————————

① 即古罗马的竞技场，也叫斗兽场，意大利文为 Colosseo(音译为高赛乐)，因旁有一高大圆柱，当时人们称其为 Colosseo（高大的意思）。建于公元初，是罗马著名古迹之一，也被视为意大利的象征。

是走到她身边，用西班牙语向她请求原谅，对他的迟到表示歉意时，她再也憋不住了，就用西班牙式的意大利语对他开了火。西班牙式意大利语像机关枪一样射向他。

"您首先得讲意大利语，因为我们这是在罗马，我们这里的这些先生们不懂西班牙语，我觉得，您用我们的西班牙语讲话不合适。另外，我再告诉您一点，您迟不迟到对我来说无关紧要，没有必要为此请求原谅。"

画家受了很大的侮辱，神经质地笑了笑低下了头。不过，他又问，趁天还亮，能不能继续画那幅画。

"随您的便！"她还是那副神情，还是那种口气。不过，她的后半句又改用了西班牙语："没有我您也可以画，或者画了再擦掉，随您的便吧。"

马努埃尔·贝纳尔德又低下头，然后才转向康迪达太太，这时她仍然抱着那只狗。

米内尔瓦的酷刑又开始了，而且这种酷刑比一个暴君的酷刑还要残酷：为了惩罚画家的迟到，佩皮塔故意向我卖弄风情，我觉得，对于我今天到这里来的打算来说，这有点儿太过分了。我时而偷偷看一眼阿德里亚娜，我发现，她很难受。因此，这酷刑不仅仅是贝纳尔德和米内尔瓦的，也是阿德里亚娜和我的酷刑。我感到，我的脸上火辣辣的，像是这个可怜的年轻人遭受的屈辱慢慢在我心中燃烧起来，使我不安。但是，这并没有使我同情他，我只同情阿德里亚娜，在内心深处同情她。因为是我让她忍受了苦楚，所以，画家是不是也在忍受同样的酷刑对我来说毫无意义。倒是相反，我觉得，他越是遭受痛苦，我的阿德里亚娜忍受的痛苦就越能减轻。渐渐地，我们几个人内心深处的愤懑都在积聚，一定会以某种方式爆发。

　　终于，米内尔瓦成了一根导火线。它无法忍受女主人今天那种难看的眼光，当画家抬头去看他的画布不再看它时，米内尔瓦立即稍稍改变了原来的姿势，将两个前爪和头不自然地伸到沙发靠背和座中间，像是要钻进沙发里藏起来。这样一来，它卧在那里，屁股正好对着画家，像个字母"O"，它故意戏弄画家似的把尾巴翘得高高的。康迪达太太已经好几次把它放回原位，让它恢复原来的姿势。贝纳尔德在等她摆布那条狗时喘着粗气，偶尔也听听我对佩皮塔讲的一两句话，时而自己低声地嘟哝着评论几句。有好几次我觉得真想命令他："你大声点儿讲！"我忍住了。他最后再也忍不住了，向佩皮塔嚷道："求求您，至少让那个畜生不要动嘛！"

　　"畜生，畜生，畜生……"佩皮塔跳起来，激动地挥着手，讲出来的这个词既不是西班牙语的拼法，也不是意大利语的拼法。"它是个畜生，但用不着您来讲！"

　　"谁知道这只可怜的狗是不是懂得……"我对贝纳尔德这样说，不过是想解个围罢了。

　　这句话容易被误解，这一点，我一说出这句话之后就感觉到了。我的意思是说，"谁知道，我们这样摆布它，它是怎么想的"。可是，贝纳尔德把我的话理解成了另外一种意思。他死死盯着我猛烈反驳说："事实证明，是您不懂！"

　　在他的挑衅的眼光死盯住我不放的情况下，我也激动起来。我再也忍不住了，回击他说："可是我懂，我的先生，但愿您将来成为一个大画家……"

　　"什么事？"侯爵这样问了一句，他注意到了我们的语气。

　　贝纳尔德再也控制不住自己，站起来来到我面前："一个大画家……别再没完没了！"

　　"一个大画家，可是……可是，我觉得他不懂半点儿礼貌，他让狗都怕他。"我轻蔑地一字一句地对他说。

　　"您小心！"他说，"咱们走着瞧，看是不是只叫狗害怕！"

　　说完他走了出去。

　　佩皮塔突然抽搐着哭起来，一下晕倒在康迪达太太和帕皮亚诺的怀里。

　　客厅里一片混乱，正在我和别的人一起把潘托加达小姐放到长沙发上时，我感到，我的一只手臂被人抓住。我看了一眼，是贝纳尔德，他又返回来。他正要向我抬起手的时候，我及时抓住他的手，用力将他推开。他再次朝我扑过来，差点儿用手抓着我的脸。我也愤怒地冲过去，但帕皮亚诺和帕莱亚里跑来把我拉住，贝纳尔德又退回去，边退边向我喊："如果您认为应该一决雌雄，那好！等着您！我的地址这里的人都知道！"

　　侯爵从沙发上站起来，一下跳到中间。他浑身颤抖，向那个挑衅的家伙大喊。我极力挣脱帕皮亚诺和帕莱亚里，他们死死抓住我，不让我去追那个家伙。侯爵也想让我安静下来，他说，我是个男子汉，应当叫两个朋友去好好教训教训那个粗野的家伙，教训教训那个竟敢如此蔑视他的家庭的家伙。

　　我浑身颤抖，气得上气不接下气，不过，我还是请侯爵原谅，不要把这件不愉快的事放在心上。说完，我退出来，帕莱亚里和帕皮亚诺也跟出来。阿德里亚娜仍站在那个躺在长沙发上的人身边。

　　现在轮到我来向偷我钱的小偷求情了，求他来做证，求他和帕莱亚里一起来做证。除去他们之外，我还能找谁？

"让我去？"安塞尔莫先生吃惊地喊道，"那怎么能行！不行，先生！您这是认真的？"（他又笑起来。）"那类事我不懂，梅伊斯先生……算了吧，孩子们，真蠢啊！对不起……"

"您替我做证！"我大声喊道。这种时候不能跟他反复讨论。"您同您女婿去找那个人，然后……"

"可我不去！您讲的是什么啊！"他又打断我，"您让我干什么都行，我愿意为您效劳，可这个不行，这不是由于我的原因，首先不是由于我的原因，另外……好了，我说过，我对您说过，都是些孩子！没必要很在意……有什么关系呢……"

"不，不是这样！不，不是这样！"帕皮亚诺也焦急地盯着我说，"很有关系！梅伊斯先生完全有权要求得到满足，要我说的话，是必须满足！肯定是这样！必须……"

"这就是说，您和您的一位朋友去做证。"我立即说，不容他拒绝。

帕皮亚诺极为痛心地摊开双手。

"打心眼儿里说，我愿意去……"

"您不去？"我站在路中间大声向他喊道。

"轻点儿，梅伊斯先生，"他低三下四地请求说，"您看……您听着，请您考虑……请考虑一下我的处境，我的处境很可怜，我就是人家手下的……我是侯爵的秘书，我是个奴仆，是个奴仆……"

"这有什么？侯爵自己也……您不是也听到了？"

"是的，先生！可是明天呢？他是个教权主义者……在那派人面前……他的秘书卷入了骑士决斗……我的上帝，您不知那是

多么不幸！另外，那个轻佻女人，难道您没看出来？那个女人像
只母猫一样爱上了那个画家，爱上了那个无赖……明天他们就和
好了，那时，我……对不起，我怎么办？我不能插到中间去！忍
一忍吧，梅伊斯先生，请您考虑一下我说的这些……事情确实是
这样。"

"那么，在这紧急关头你们让我一个人独自上阵？"我再次
大声打断他，"在这里，我不认识任何人，在罗马，我没有一个
熟人！"

"会有办法的！会有办法的！"帕皮亚诺赶紧对我说，"我马
上告诉您……无论是我，还是我岳父，请相信，我们都会遇到麻
烦，我们去不合适……您是有道理的，您很激动，这我知道，人
血不是水嘛。您可以到国王的军队中找两个军官，马上就去找他
们，在这样一场涉及名誉的较量中，他们不能拒绝您这样一位绅
士。您找到他们，先做自我介绍，再把这件事讲给他们听……他
们为一个外乡人当证人已经不是头一回了。"

这时，我们已经来到大门口。我对帕皮亚诺说："请您放
心！"说完，把他和他的岳父扔到那里，阴沉着脸，扭头独自一
人走了。我毫无目标地向前走着。

走着走着，那种令人难受的想法又涌上心头：我的地位简直
是绝对地无能。在我这种处境，我能去参加一次决斗吗？我仍然
不愿承认自己什么都不能干吗？去找两个军官？好吧。可是，他
们首先想要知道，我是什么人，这是他们的基本要求。咳，他们
可能当面吐我唾沫，他们可能打我耳光，可能用棍子揍我。我呢，
只能请他们结结实实地打，他们想用多大劲儿就用多大劲儿，但
我不能呼叫，只能默默忍受。找两个军官！如果仅因一点儿小事

他们弄清了我的真实情况，他们首先是不相信我，谁知道他们还会怀疑我些什么。另外，像阿德里亚娜以为的那样，找到了也毫无用处，因为他们即使相信了我，他们也得建议我先成为一个活人，因为我已经死了，一个死人不能参加决斗。

那么，我只能像那次被偷时一样默默忍受这一侮辱？我遭受了侮辱，被打了耳光，面对着挑衅，我像一个胆小鬼一样走开，走进我自己都觉得可恶的不能容忍的命运——这样的命运就在眼前——安排的黑暗之中？

不，不能！那样的话我还怎么再活下去？我的生活如何忍受？不，不能！不能这样！我停下脚步，看了看周围，周围的一切都在摇晃。我突然有一种阴森森的感觉，两腿发软，浑身发抖。

"可是，至少应该先去……"我一边胡思乱想，一边自言自语，"至少应该先去试一试……为什么不呢？如果成功了……至少该试一试……不能这样胆小如鼠……如果真能成功，我也就不会自己讨厌自己了。另外，反正我也没有什么可丧失的东西了……为什么不去试一试？"

当时，我就在阿拉尼奥咖啡馆附近。"对，对，冒险走一趟！"在盲目的勇气鼓舞下，我进了咖啡馆。

在第一间大厅里，一张桌子边坐着五六个炮兵军官，其中一个看到我迟疑不决地站在那里，他转过脸看了我一会儿，我向他示意，算是打了招呼，急急忙忙对他说："请问，对不起……可以同您讲几句吗？"

那是个年轻人，没有胡子，看来是当年刚从军事学校毕业出来当兵，只当了个中尉。他马上站起来，很客气地起来对我说："先生，请讲。"

"是这么回事，我先自我介绍一下，我叫阿德里亚诺·梅伊斯。我是个外地人，我不认识当地的任何人……我，我要跟人决斗，是的，要决斗。我得找两个决斗见证人……我不知道去找谁……如果您同您的一位朋友能来……"

对方有点儿意外，迟疑地上下打量了我一会儿，这才转身对他的同伴们喊："格里利奥蒂！"

被叫的这个人是一个年岁大点儿的中尉，两撇胡子向上翘着，一个单片眼镜勉强夹在鼻子上，他的脸像是抹了粉，给人油头粉面的感觉。他站起来，同时还在跟他的同伴们讲着些什么事（他在发"R"这个音时带有法语口音）。他走过来，轻轻向我点点头。我看他站起来时，差点儿脱口对那个年轻中尉说："这个人可不行，行行好，别让他来！"可是，正如我后来才知道的，在这一圈人当中，只有他最合适，他对骑士决斗规则了如指掌。

在这里，我不能详细描述他对我这种情况提出的全部建议，不能详细描述他要我做的事。他要我打个电报，我不知道怎么打，打给谁。他说我得去陈述，然后再决定，我得去找上校……"没有必要在这儿讲。"他用法语说。我得去找上校，像他当初那样，他入伍前就决斗过，那是在帕维亚，情况同我的一模一样。总之，在决斗方面，这个条款，那个先例，还有争执、聘请名誉审判团以及我也知道的一些东西。

一看到他我就觉得有些不安，现在他又讲了这么一大堆，我觉得他是废话连篇就是可想而知了！过了一会儿，我再也忍不住了，血直向头上涌。我猛然打断他："是的，先生！可这些我都知道！是的……您讲的也对，可怎么能在这种时候让我去打电报呢？我独身一人！我要决斗，唯此而已！我要马上决斗，如果可能，明天也行！用不着讲好多废话！您想让我了解些什么？我来找你们，我抱着很大希望，希望不必走那么多形式，不必办那么多无关紧要的事，不必办那么多蠢事。对不起！"

我发泄了这么一通之后，我们的对话几乎成了吵架。最后，所有的军官突然粗鲁地大笑起来，我们的对话就此结束。我再也憋不住，满脸怒气，像被他们鞭打了一通。我抬起双手放在头上，像是要拢住我那正要逃走的理智，免得发作。在他们的笑声中，我怒气冲冲地向远处走去，我想躲开，我想藏到随便一个什么地方……到哪里去？回家？一想到这里，我又担心起来。我走着，走着，慌乱地走着。过了一会儿，我的脚步放慢了，我浑身发抖，满脸阴郁，焦急万分。我停下脚步，气喘吁吁，像是再也不能支配我那被嘲笑鞭挞的、颤抖的、充满令人痛苦的沉重忧郁的心灵。我呆呆地站了一会儿，然后又走起来。这时，我不再胡思乱想。突然，我感到轻松了许多，像是所有的痛苦和烦恼不知以什么方式通通被甩掉了。我又开始东游西逛，逛了不知多长时间，这里停一下，那里站一会儿，望着商店的橱窗。渐渐的，橱窗都上了锁，到了关门的时间。我觉得，这些橱窗好像是因我才上锁的，而后再也不会打开。街上的人渐渐稀少，好像他们故意要把我一个人留在街上，在这黑沉沉的夜里游来逛去，在这些沉默的、黑乎乎的房子间游逛，这些房子的门和窗通通关着，好像是因我才关起来的，而后再也不会打开。总之，整个生活随着黑夜关上了门窗，熄灭了灯火，停止了声息；我像是在遥远的地方望着它，它对我来说像是再也没有意义，再也没有希望。最后，出乎我的本心，像是被我内心的一种不可名状的感情所驱使，像是被我心中渐渐滋生起来的感情所驱使，我来到了马盖里塔桥上。我扶着栏杆，瞪眼望着夜间黑乎乎的河水。

"跳下去？"

我震颤了一下，感到一阵惊恐，这种惊恐使我感到无比愤怒，无比痛恨。我恨她们，恨远处的那两个女人，是她们硬按她们的意愿强迫我在鸡笼庄园的水渠里丧了生。是她们将我置于这种危困境地，是罗米尔达和她那个妈害了我，我可从来都不曾想到过，假装自杀以摆脱她们。现在，我作为一个影子在死亡之外的生活幻境中游荡了两年之后，我不得不被迫忍受她们的惩罚，被迫艰难度日。她们真的把我杀死了！她们，只有她们真正摆脱了我而获得了自由。

一阵激动涌上心头，我不能去报复她们反而去自杀？我现在这是要去杀死一个什么人？去杀死一个死人，任何一个人都不……

我的心像是被一种奇怪的强光突然照亮了。我要报仇！那么，我要不要回到米拉尼奥？我要摆脱使我忍受了很多痛苦、现在再也不能忍受的谎言，重新活过来，恢复我的真实姓名，为惩罚她们而恢复我原来的一切、恢复我的不幸？我现在的不幸又该怎么办？我能够就这么一摇就能把背上这一难以承受的负担像扔掉一个包袱一样一下子抛掉？不，不能！我难以做到。在桥上，我不知所措，在自己的命运面前我不知道该怎么办。

就在此时，我的手不自觉地在大衣口袋里摸了一下，手指碰到一件什么东西，究竟是什么，我也说不上来。最后，我一怒之下把它掏了出来。原来是我的旅行帽，我出门前往吉利奥侯爵家时顺手塞到口袋里的那顶旅行帽。我正要把它扔下河时，一个念头突然闪现出来，从阿伦加到都灵的路上我曾想到过的一个念头重新明朗起来。

"就在这儿，"我几乎是不由自主地自言自语说，"在这个栏杆上……这个帽子……还有这根手杖……对，就这样！就像她们在那里那样，那时，在那个磨坊的水渠里，是马蒂亚·帕斯卡尔，现在，在这里，是我阿德里亚诺·梅伊斯……一次一个！我又活了，我要报仇！"

我高兴地跳起来，不，这是一种狂喜。我一下子跳起来。对，这就对了！我不该杀死我自己，不该杀死一个死人，我应当杀死那个疯狂的、不可思议的让我忍受了两年磨难的虚假的人，即阿德里亚诺·梅伊斯，他落到了只能胆小如鼠地过日子，只能说谎的可悲境地。这个阿德里亚诺·梅伊斯，我得把他杀死，那是一个假姓名，他的脑子里只能是败絮，他的心是纸浆做的，他的血管是橡胶的，血管里流的只是一点儿有颜色的水，而不是鲜血。好，就这样！好了，跳下去吧，可怜而又可恨的傀儡！像马蒂亚·帕斯卡尔一样跳下去淹死吧！一次淹死一个！从可怕的骗局中生出来的那个生命的影子应该完结了，同一个可怕的骗局一起完结吧！我又复活了！我给阿德里亚娜带来了痛苦，我还能使她满意吗？我还要跟那个无赖决斗吗？他会说我失信，说我是个胆小鬼！嘿，我心里很清楚，我不怕他。不是我受了侮辱，不是我，而是阿德里亚诺·梅伊斯受了侮辱。好了，现在该阿德里亚诺·梅伊斯自杀了。

对于我来说，别无他途！

突然，我又害怕了，好像我真的要杀死某个人似的。然而，我的头脑一下子清醒起来，我的心一下子轻松起来，一股精神的强光照亮了我，使我感到无比高兴。

我看了看四周。我担心，顶头的台伯河大街上可能有人，可能有巡警，可能看到我在桥上待了这么半天，因此要看个究竟。我想弄清情况。我走过去，先看了看自由广场，然后又看了看台伯河大街边上的梅利尼塑像四周。好，一个人也没有！我又返回来，走上大桥之前我先在树下停了一会儿，在灯光下看了看。我从本子上撕下一张纸，用铅笔写上：*阿德里亚诺·梅伊斯*。还有什么呢？好，没有了。再写上住址和日期。这就够了，一切准备就绪，跳下去吧，阿德里亚诺·梅伊斯，只留下这个帽子和这根手杖。我把所有一切都留到那个家里，我的服装、书……自从那次丢钱之后，所有的钱都随时带在身上了。

我做完这一切，这才从容地低头来到桥上。一上桥，我的双腿发颤，心跳到了嗓子眼儿。我选了一个灯光不太亮的地方，立即把帽子摘下，把那张折好的纸条塞到帽子系带中，然后把夹着纸条的帽子放到桥边栏杆上，把手杖靠到旁边。我是无意间把这个旅行帽塞进我的大衣口袋中的，它现在救了我。好了，走吧，在灯光照不到的暗影中，我像个小偷一样头也不回地走了。

十七　复活

　　我来到火车站，12点10分开往比萨的那趟火车还没有开。

　　我买好车票，躲进一节二等车厢。我的帽子压得低低的，为了不让人看清我的面目，也是为了不观看张望。可是，我还是在看，还是在想，留在桥边栏杆上的那顶帽子和那根手杖像噩梦一般老是在我的脑际盘旋。现在，也许有人路过那里，发现了那个帽子和手杖……也许巡警已经向警察局报告……可我现在仍在罗马！情况会怎么样呢？我吓得喘不上气来。

　　列车终于开动了。很幸运，车厢里就我一个人。我站起来，挥挥手，深深地吸取一口气。现在我可松了一口气，像是一块磨盘大的石头被从我身上搬开了。啊，我又活了，我又成了我，又成了马蒂亚·帕斯卡尔。现在，我真想向所有的人大喊："我，我是马蒂亚·帕斯卡尔！我是我自己！我没有死！我在这里！"我再也不必撒谎，再也不必担惊受怕，老怕别人看出破绽。不过，现在还真的不行，只要我还没到米拉尼奥就不……到了那里，我首先要声明，首先让人们承认，我还活着，我要在我那被埋葬的根芽上重新接续我未来的生活……我真的疯了！怎么能幻想像一根树干已经从根部被砍下来之后还能再活？我是说……我又想起了我的另外一次旅行，从阿伦加到都灵的那次旅行，那一次我觉得很高兴。那次也是同样的情况。我真的疯了！我自由了！我是说……我又自由了！是的，那是谎言构成的重负之下的自由！那是压在阴影身上的重负……现在，真的，我又得忍受妻子带来的负担了，还有那个丈母娘……可是，就是在我死了的时候不是也在忍受着她的重负吗？现在，至少我是活人了，我是一个咄咄逼人的活人了。好，走着瞧吧，会有好戏看！

这样想着想着，我突然觉得，两年前，我那样冒险，那样摆脱一切法律的约束，简直轻率得不可想象。我又想起了最初的日子，那时，我下意识地来到都灵，或者说是在狂喜状态中来到都灵，后来又东一个城市西一个乡镇地乱逛，到处朝圣。我单独一人，不同人交谈，似乎也感觉到了那就是我的幸福。后来又沿莱茵河乘船到了德国。那是一场梦？不，那时我活着，这是千真万确的事！咳，如果我能够永远处于那种处境，到处游逛，老是一个处于生活之外的外乡人……可是，后来，在米兰，那条可怜的狗，我想从那个点路灯的老人手里买下来的那条狗……那时我已经感到自己有点儿太……咳，后来，后来……

我的思想一下又跳到罗马，我像个影子一样进了那个无人问津的人家。他们现在大概都睡觉了吧？阿德里亚娜，也许还没有睡……她还在等着我，等着我回家。他们对她说，我去找两个见证人，因为我要同贝纳尔德决斗。她看我这么晚了还没有回来，她担心了，可能哭了……

我感到揪心地痛苦，用力在自己脸上拍了一下。

"可是，阿德里亚娜，如果为了你，我绝对不能活着，最好还是，你认为我已经死了。"我痛苦地自言自语，"曾经亲吻过你的嘴唇的那张嘴已经死了，可怜的阿德里亚娜……忘记吧，把一切都忘记吧！"

咳，明天一早，警察局的人一来到那个家，说是我已经死亡，那时会出现什么情况呢？在起初的吃惊之后，他们会把我的自杀归之于什么原因呢？归之于即将进行的决斗？看来不会，至少在他们看来，一个从来不曾表现胆怯的人因为害怕决斗而自杀，这实在太不可思议了。那么是为了什么呢？因为我找不到见证人？这是个不值一提的原因。也许……谁知道呢！很可能在我这个怪人的生活当中有点儿什么非常隐蔽的秘密……

是的，他们肯定会这样想！我这样自杀了，确实有点儿怪，因为没有任何明明白白的原因，以前也从未暴露过有这样的念头。是的，最近几天我也是干了不少怪事，比如说不清道不明的被窃事件，起初也曾怀疑有人偷了，可是，很快又否认丢了钱……他们会不会怀疑，那些钱也许不是我的？也许是我得把这些钱还给别人？可能是我从中拿出一部分想占为己有，就说是这部分钱被人偷了，后来我又后悔了，因此走上了自杀的道路？谁知道是怎么回事呢！总之，我确实是个极为神秘的人：从来没有朋友来找，从未收到过来信，从任何地方都不曾……

如果我在那张纸上再多写点儿东西该多好啊！除了姓名、日期和地址以外，比如说，再写上自杀的一个随便什么样的原因，那该多好啊！可是，那时……另外还有一点，如果写原因，写什么原因呢？

我焦躁不安。我想："谁知各报会为这个神秘的阿德里亚诺·梅伊斯乱哄哄地编造些什么呢。我那个所谓堂兄弟、都灵那个弗朗切斯科·梅伊斯肯定会到警察局去提供些线索，可能会根据这些线索进行调查，不知这么一查会查出些什么事来！还有，那些钱是怎么回事？是遗产？我的所有的钱都让阿德里亚娜看到了……帕皮亚诺肯定也知道了！真让人后悔，太遗憾了！他会冲到那个小橱前！可是，橱里空空如也……那么是怎么回事？丢了？掉到河底去了？真可惜！真可惜！没有来得及全部偷走，真遗憾！真遗憾啊！警察局会把我的所有东西都没收走，包括我的衣物和书……这些东西会落到谁手里？咳，至少该给可怜的阿德里亚娜留点儿纪念物！现在，她会用什么样的眼光看待我留下的那个空空荡荡的房间呢？"

　　列车在夜间发出隆隆的声响，我就这样自问自答，反复推测，思来想去，一直不得安宁。

　　我想，还是谨慎一点儿为好，我应该在比萨停留几天，不能让人们联想到，马蒂亚·帕斯卡尔重新出现在米拉尼奥同阿德里亚诺·梅伊斯在罗马失踪之间有什么联系，这二者之间的联系很容易出现在人们的脑际，如果罗马的报纸对这桩自杀事件大加渲染的话，人们更容易把两件事联系起来。我得在比萨等到罗马的报纸到了之后再走，包括晚报和日报。另外，为了不致引起轰动，我去米拉尼奥之前最好先到奥内利亚去一趟，先找到我哥哥贝尔托，看看他对我的复活有什么反应。我必须做到，绝对不说我在罗马待过，不提我这次冒险，不提我遇到的这些事。关于我失踪的这两年零几个月，我只能随便编造些什么，编造些遥远的旅行故事……现在，我复活了，我也可以去尝尝说谎的滋味了，而且要说好多好多谎话，甚至超过那个叫蒂图·伦齐的骑士，比他所说的还要更加夸张。

　　我还有五万二千里拉。那些债主们知道我已经死了两年，他们一定很高兴，因为那个带磨坊的鸡笼庄园到手了。这个庄园可能转了好几次手，这样一来他们可能都满足了，没有任何人再来打搅我了。我希望再也不要有人来打搅。在米拉尼奥，五万二千里拉不能算太多，但可以将就活下去。

我在比萨下了车，第一件事就是，先买一顶帽子，样式大小同马蒂亚·帕斯卡尔通常戴的那顶差不多就行。然后马上把傻瓜阿德里亚诺·梅伊斯的头发剪掉。

"剪个短头，尽量短点儿，可以吗？"我对理发师说。

胡子已经长起来，现在，头发也剪短了，我原来的模样又恢复了。应该说，比原来好看多了，比以前也更细嫩了，比以前……比以前更优雅了。那只眼不斜了，不再是马蒂亚·帕斯卡尔特有的那副怪样子了。

不过，我的脸上还是有阿德里亚诺·梅伊斯的某些东西。但是，我现在还是更像我的哥哥罗贝尔托，这是我过去不曾想过的事。

问题是，理完发，我摆脱那些头发之后，当我戴上刚刚买的那顶帽子时，帽子太大了。我不得不想点儿办法，理发师帮我在帽子的衬里垫了一些纸。

为了不这样双手空空地进入旅馆，我买了一个皮箱，暂时先把我身上穿的一件衣服和大衣放进去。现在，我得购买所有必要的用品，不能希望我的妻子在米拉尼奥的家里还保存着我的衣服和被褥床单之类的东西。我在一家商店买了一件不错的衣服，当场穿上，然后提着新皮箱走进内图诺旅馆。

我还是阿德里亚诺·梅伊斯的时候曾经到过比萨，那时住在伦敦旅馆。我已经欣赏过这座城市的所有名胜古迹和艺术珍宝。现在，由于过分激动，我已精疲力竭，从前一天早上到现在又一直没有吃上东西，真是又饿又困。吃了点儿东西之后，我马上上床睡觉，直睡到傍晚才醒来。

可是，刚一醒来我就感到焦躁不安，而且这种感觉越来越厉害。整整这一天，我几乎没怎么察觉就已经过去了，起初是那些乱七八糟的事，后来是那一大觉。然而，谁能知道，在那边，在帕莱亚里家里，这一天是怎么过的呢！那边一定是一片混乱：人们的惊奇，局外人的好奇，匆匆的调查，种种怀疑，古怪的推测，各式各样的风凉话，毫无用处的寻找，如此等等。我的衣物和书派人看守着，那样子一定很像看守着某个死人的遗物。

刚才我睡了一觉。可是，现在我只能这样焦急地等着，一直等到明天早上，等到罗马的报纸到来，从报上了解一些那边的情况。

与此同时，我也不能匆匆忙忙跑回米拉尼奥，甚至也不能去奥内利亚，我只能在这种情况下好好待着，待上两三天，也许是更长的时间，因为在米拉尼奥，作为马蒂亚·帕斯卡尔的我已经死了；作为阿德里亚诺·梅伊斯的我，在罗马去世了。

我不知道该做些什么，只希望放松一下，摆脱这些烦恼。于是，我带着那两个死去的人来到比萨街头闲逛。

啊，这次散步真开心！曾经来过这里的阿德里亚诺·梅伊斯老想当向导，老想给马蒂亚·帕斯卡尔当导游。可帕斯卡尔则心事重重，焦虑不安，他含糊不清地耸耸肩，挥动一下手臂，像是要把这个身穿肥大服装、头戴宽大帽子、脸上戴着眼镜的讨厌的影子赶开。

"走开，走开！回那条河里，淹死鬼！"

我回想起来，两年前，阿德里亚诺·梅伊斯在比萨街头散步时也感到腻烦，也同样讨厌那个可恶的影子，即马蒂亚·帕斯卡尔；他也曾做出同样的动作，想把那个影子一脚踢进鸡笼庄园那条河沟里。看来，最好是不要相信这两个人中的任何一个。啊，白色的比萨斜塔，你可以偏向一边，可是，在这两个人当中，我既不能偏向这个，也不能偏向另一个。

感谢上帝，我终于熬过了这又一个没有尽头的长夜，拿到了罗马的报纸。

我不能说，读报的时候我心平气和，那是不可能的。但是，我的焦急很快也就过去了，因为我发现，各报在报道我的自杀时都没有过分张扬，只把它当作一个一般的社会新闻。各报报道的内容也都不相上下：马盖里塔桥上的帽子和手杖，纸条上的那几行字。各报也都说，我是都灵人，一个单身汉，不清楚导致这一可悲结局的原因，等等。但有一家报纸提出了这样的猜测：可能有什么"隐情"，因为"同一个西班牙画家吵过一架，是在宗教界一位知名人士家里吵的"。

另一家报纸说，"可能是手头拮据"。总之，各报的消息都不太长，都含糊其词，影影绰绰。只有一家经常详细报道整天发生的种种事件的早报提到："对安塞尔莫·帕莱亚里骑士家的情况感到吃惊，感到痛心，这位骑士是教育部一个部门的负责人，现在在家休息，梅伊斯就住在他家。梅伊斯很受尊重，因为他事事谨慎，很讲礼貌。"真该谢谢这家报纸！这家报纸也提到同西班牙画家吵架这件事，谈到这点时给人留下的印象是，自杀的原因应该在爱情方面的秘密纠葛中寻找。这家报纸没有写出画家的姓名，只用他的姓名开头的 M 和 B 两个字母代替。

总之，我是因佩皮塔·潘托加达而自杀的。不过，说到底，最好是这样。阿德里亚娜的名字没有在报纸上出现，也没有提到我的那些钱。因此，警察局在悄悄地进行调查。可是，根据什么线索呢？

现在我可以到奥内利亚去了。

我在别墅找到了罗贝尔托，他正在收葡萄。我又看到了那一带的美丽海岸，我本以为再也不应来到这一海岸，这时，我的心情如何不难想象。但是，我的兴奋被急切的心情搅乱，我急于抵达，我急于在半路上被外人辨认出来，而不是先遇到我的亲属。内心的激动也搅乱了我的兴奋，这种激动越来越厉害，因为我一直在想，他们突然看到我活着回来了，就站在他们面前，他们会怎么想，他们会多么吃惊。想着想着，我的视线模糊了，大海、蓝天都显得那么阴暗，血液好像在血管里咝咝作响，心脏在胸口猛烈跳动。我觉得，我今天好像永远也走不到目的地了。

终于，用人打开了那个小巧别致的别墅的栅栏门，这个别墅是贝尔托的妻子带来的嫁妆。我走进栅栏，我觉得，自己好像真的是从另外一个世界回来的。

"请！"进别墅的大门时，用人退后一步，请我先走，"请问，我如何通报？"

我的嗓子好像发不出声来，不知该如何回答他的问话。我极力掩饰我的激动，面带微笑，低声说："就说……就说是……是一个好朋友，是从……是从很远的地方来的……这样……"

我这样吞吞吐吐，用人还是信了。他把我的皮箱放到衣架跟前，让我跟他走进旁边的一个客厅。

我激动地在那里等着，心里在发笑。我一边喘气一边环视这个明亮的客厅，客厅布置得整整齐齐，家具都是浅绿色的，油漆一新。突然，在我刚才进来的那个门旁边，我看到一个四五岁的小男孩，一只手拿着一只小喷壶，另一只手拿着一把小铲。他瞪着大眼在看我。

我的心头涌出一种难以名状的亲切之感，这应该是我的小侄子，是贝尔托的大儿子。我弯下身，抬手示意他到我这边来，可是，这样一来反倒让他害怕了。他转身逃开了。

这时，我听到客厅的另一个门开了，我站起来，由于激动，双眼模糊，一阵难以形容的欣喜使我说不出话来。

罗贝尔托站在我面前，不知这是怎么回事，几乎惊呆了。

"这是……这是谁？"他说。

"贝尔托！"我喊着，张开双臂，"认不出我来了？"

一听我的嗓音，他的脸一下子变得煞白。他急忙抬起手，摸摸自己的前额，再摸摸自己的眼睛，摇摇晃晃差点儿摔倒，嘟哝着说："这是……这是怎么回事？怎么回事？"

他被吓坏了，倒退着几乎摔倒，我及时赶上去扶住他。

"是我！我是马蒂亚！不要怕！我没有死……你不是看到了吗？你来摸一摸，是我，罗贝尔托！我从来都不曾像现在这样好好地活着！来，来……快来……"

"马蒂亚！马蒂亚！马蒂亚！"可怜的贝尔托这样叫着，可他仍不相信自己的眼睛，"可这是怎么回事？是你吗？我的上帝……这是怎么回事啊？我的好弟弟！亲爱的马蒂亚！"

他紧紧地抱住我，抱得紧而又紧。我像个孩子一样哭起来。

"这是怎么回事？"贝尔托又问，他也哭起来，"这是怎么回事？怎么回事啊？"

"是我，你不是看到了吗？我回来了……不是从另外一个世界……不，我一直在这个可诅咒的世界上……来，现在我来告诉你……”

罗贝尔托紧紧抱着我，满脸是泪，仍然吃惊地盯着我。

“究竟是怎么回事？那次那个……难道……”

“不是我……来，我给你慢慢讲。她们把那个人硬说成是我……我当时不在米拉尼奥，我是在一家报纸上读到我在鸡笼庄园自杀的消息的，你或许也是这样知道这一消息的。”

“这就是说，那根本不是你？”贝尔托叫起来，“后来你又干了些什么？”

“那是个死人。你不要说话，我会把所有的一切都告诉你。现在我还不能说这些事。我只告诉你，我到处游逛，起初自认为很幸福，确实是这样，知道吗？后来，由于……由于好多周折，我发现，我错了，当死人并不是一件轻而易举的事，于是我又回来了，我又复活了。”

“马蒂亚，我一直说你是个疯子①，马蒂亚，你是个疯子，你真是个疯子！疯子！疯子！”贝尔托喊道，“你让我多高兴啊！谁能想到竟是这样呢？马蒂亚还活着……就在眼前！可你知道吗，我到现在还不能信以为真呢！来，让我看看你……你好像成了另一个人！”

“你看到没有，我这只眼动过整形手术？”

“啊，真是，所以你有点儿像……我说不上像谁……让我看看，来，让我好好看看你……太好了！走，咱们到那边，去找我妻子去……啊，对了……等一下，你……”

他突然停下脚步，看着我，不安地问道：“你要回米拉尼

———————

① 马蒂亚的原文是 Mattia，意大利的疯子一词是 matto。

奥吗？"

"当然回去，今晚就走。"

"这就是说，你还一点儿都不知道？"

他用双手捂住脸，抽咽着说："真不幸啊！你干的这是……这是什么事啊？你还不知道，你的妻子她……"

"她死了？"我停住脚步大声问道。

"没有！比死了还要坏！她……她改嫁了！"

我吃了一惊。

"嫁给谁了？"

"是……是波米诺！婚礼喜帖我都收到了。已经一年多了。"

"波米诺？波米诺娶了……"我嘟哝着。但我马上变成了苦笑，像是苦胆汁突然涌到嘴里，堵住了嗓子。我笑了，大声笑起来。

罗贝尔托吃惊地看着我，也许他以为我真的疯了。

"你还笑？"

"是的！是的！是的！"我挥着手向他喊，"这样更好！这样一来，我的幸运就真的是完美无缺了！"

"你说什么？"贝尔托愤怒地对我说，"幸运？如果你现在到那边去……"

"我马上就去，怎么能不去！"

"这就是说，你还不知道，现在你该把她重新弄到手？"

"我？算了吧！"

"当然是你！"贝尔托坚持说。现在是我吃惊地望着他了。"第二次婚姻宣布作废，你必须把她重新要回来。"

我觉得自己完全被搅糊涂了。

　　"怎么回事！这是什么法律？"我喊道，"我的妻子改嫁了，我……这算什么呀？好了，你不要说了！这不可能！"

　　"可我想对你说，事情恰恰应当是这样！"贝尔托坚持说，"你等一下，我内兄在那边，最好让他给你解释，他是法学博士。你过来……不，最好不要来，先在这边等一下，因为我妻子怀孕了，我不想让她大吃一惊，她对你的了解还不太多，现在让她大吃一惊太危险……我去先跟她说一声……你先等一等，好吗？"

　　他拉着我一直走到门口才松开手，好像他仍在担心，一松开我的手我就会再次远走高飞，不见踪影。

　　客厅里只剩下我自己，我踱来踱去："她改嫁了！嫁给了波米诺！可以肯定……可以肯定，她依然是原来那个妻子。他，对了，是他先爱她的！他甚至可能都不敢想象这是真的！她也……可想而知！她，她很富，波米诺的妻子……在她在这边改嫁的同时，我在罗马也……现在我得把她重新夺回来！这可能吗？"

　　不多一会儿，罗贝尔托高高兴兴地来叫我。但是，我已被这一意外消息搞得心烦意乱。我的嫂子、她的妈妈和哥哥热烈欢迎我。他们无论多么热情，我总是无法高兴起来。贝尔托发现了这一情况，马上问他的内兄，想把我急于要搞清的事弄清楚。

　　"这是什么法律？"我再次打断他们，"对不起，这简直是没有人能懂的法律！"

　　年轻的律师微笑着，推了推鼻子上的眼镜，显出一副高高在上的样子。

　　"就算是这样吧。"他回答我说，"罗贝尔托讲得对。我记不起那个条文的原文，但法典对这种情况有规定：在第一个配偶重新出现时，第二次婚姻作废。"

"那就是说，我非得重新要回那个女人不可，"我怒冲冲地喊道，"大家都知道，她同另一个男人整整生活了一年，那个男人又……"

"可是，责任在您，请原谅，亲爱的帕斯卡尔先生！"这位律师打断我。他一直在笑。

"责任在我？为什么？"我说，"首先，那个女人硬把那个不幸淹死者的尸体说成是我，这是她的错；然后又急急忙忙嫁给了另一个男人，这能是我的错？我得把她弄回来？"

"是这样。"他回答说，"帕斯卡尔先生，只要您不及时改正您的错误，您就得重新得到那个女人，也就是说，在第二次婚姻按法律规定结束之前，您都有这个义务。您的妻子有错，这我不否认，她的错误是不诚实。她那次错误地把那个人说成是您，您接受了，您利用了这一情况……啊，请注意，我为此而赞扬您，我认为，您做得很好。我特别要指出的是，您又被我们的这一怪法律条文给搅糊涂了。如果我处于您的境地，我宁可再也不露面。"

这个年轻博士的那种冷冰冰的样子，他的自负和卖弄学问立即使我大动肝火。

"这是因为您不知道您想要说什么！"我耸耸肩，回敬了他一句。

"怎么可能！"他说，"还能比这更幸运，更有福气吗？"

"是的，那您去试试这种运气吧！您去试吧！"我说完转向贝尔托，把他撇到一边，让他自己去骄傲自负吧。

可是，在贝尔托这边我也碰了钉子。

"啊，对了，"我哥哥问我，"这么长时间你是怎么过的？在这方面……"

他用拇指捻捻食指和中指，意思是，钱的问题我是如何解决的。

"你问我是怎么过的？"我回答他说，"说来话长！现在不是讲这些的时候。但是，你知道吗？我有钱，钱还有一些，因此，你别以为我现在因为缺钱了才回米拉尼奥！"

"你一定要回米拉尼奥？"贝尔托说，"听到这些消息之后还要回去？"

"当然要回去！"我喊道，"经历了那么多痛苦，吃了那么多苦头，你觉得我还想继续当死人吗？不可能，我亲爱的哥哥，我要回去，我要回家做一个有合法权利的公民，我要重新觉得自己是个活人，真正的活人，尽管这样做的代价是重新要回我的妻子。请问，她妈妈……佩斯卡托雷的寡妇还活着吗？"

"这个我可不知道了。"贝尔托回答说，"你知道，她改嫁之后……我想，她大概还活着……"

"这就好！"我大声说，"不过，也没有多大关系！我要报仇！我再也不是从前的马蒂亚了，知道吗？唯一的遗憾是，这会使愚蠢的波米诺大占便宜！"

大家都笑起来。这时，用人走来禀报说，该吃饭了。我不得不留下来吃饭，可是，我焦躁不安，没有心思吃饭，甚至我都不知道自己吃还是没吃。但是，最后我还是觉得，我好像是狼吞虎咽地大吃了一通。这里乱哄哄的，但我感到有了力量，我准备立即行动。

贝尔托要我留下来，至少在这个别墅住上一晚，第二天早上我们再一起到米拉尼奥去。他想看看这场好戏，看看我出人意料地复活之后像一只鹰一样俯冲到波米诺的小鸟巢里会造成什么样的好戏。但我实在等不下去，也不想让他看到那个场面。因此，我请求他放我单独走，今晚就走，不能再迟疑。

我乘的是八点的火车，半小时后将抵达米拉尼奥。

十八　已故的马蒂亚·帕斯卡尔

　　我感到焦急，也感到愤怒（我不知道这两种感觉中哪一种更使我激动，也许它们实际上是一种东西，是焦急的愤怒，或者是愤怒的焦急）。在这种情况下，我也顾不得别人是不是会在我没下火车之前或者刚下火车就认出我来。

　　唯一证明我存了戒心的一个事实是，我乘的是头等车厢。当时是晚上，另外，在贝尔托那儿的经历也使我更加放心了，因为我的不幸死亡大家都已认为是肯定无疑的了，而且两年的时间过去了，没有一个人再会想到，我就是马蒂亚·帕斯卡尔。

　　我试着把头探出窗外，希望看到一些亲切的地方和事物可以引起另外一种不那么强烈的激动。然而，这只能使我更加焦急，更加愤怒。月光下，我远远地看到了鸡笼庄园的小山丘。

　　"凶手！"我咬牙切齿地自言自语，"就是在那儿……可现在……"

　　罗贝尔托告诉我的那个出人意料的消息令我震惊，使我忘了问他好多事！那个庄园和磨坊真的卖了？还是由债主们达成协议后由人临时经管？马拉尼亚是不是死了？斯科拉斯蒂卡姑妈还在吗？

　　我觉得好像离开不是仅仅两年零几个月的时间，而是过了好长好长的时间。我觉得，在这漫长的时日里，像我遇到过好多奇特的事情一样，在米拉尼奥也一定出了好多怪事。或许，除了罗米尔达同波米诺的婚事以外什么事也没有发生，他们两人的婚事本身也很正常，只是在现在，由于我的出现，才成了一桩怪事。

一到米拉尼奥，我先到哪儿？这新结成的一对把窝安到了什么地方？

我这个可怜虫过去住的那套房子对波米诺来说简直太寒碜，他很有钱，又是独生子。另外，波米诺又是个心眼儿很小的人，住在我的家里不免会常常想到我，他一定会感到很不舒服。也许他住在他父亲那里，住在我们称为宫殿的房子里。可以想见，佩斯卡托雷的寡妇现在一定摆出一副贵妇人的架势！在这个母夜叉的魔爪之下，可怜的波米诺骑士一定体贴、殷勤而又温顺，他现在可成了所谓杰罗拉莫一世！多好的一场戏！可以肯定，无论是父亲还是儿子，肯定都不敢逃开半步。现在，我把他们给解放了，多么令人生气！

对，到那儿去，应该直接到波米诺家，如果在那儿找不到他们，也可以从女看门人口里弄清他们住在哪里。

啊，我沉睡的故乡，明天一早，当我复活的消息传开时，将会多么混乱！

那天晚上皓月当空，但路灯都已熄灭，像通常一样。街上几乎空无一人，这时正是大多数人家吃晚饭的时刻。

由于过分激动，我感到自己的腿好像不是长在自己身上，我在走，但好像我的脚并没有踏到地上。我不知道怀着什么心情去笑，我只觉得，那是一阵狂笑，是狂喜，在强烈的狂喜中，我的五脏六腑被搅得上下翻腾。不过，这种狂笑不能爆发，一旦爆发，可能会使路上铺的方石从地上跳出来，就像人笑掉大牙一样，可能会使街边的房子也摇晃起来。

不多一会儿，我来到波米诺家门口，但是，门厅窗口并没有那个看门老妇，平时她总待在那里。我站在门口等了几分钟，当我发现门口吊着一个褪了色的满是灰尘的丧带时，我又激动起来，那个带子显然在那里吊了好几个月。是谁死了？是佩斯卡托雷的寡妇？还是波米诺骑士？肯定是这两人中的一个。也许是骑士他……如果是这样，我就能在上边，能在宫殿里找到我要同她们算账的那两个人了。不能再等了，我跨上楼梯，拐了一个弯，来到正门口。

"波米诺骑士在家吗？"

从那个老门房惊异地看我的表情可以知道，应该是可怜的骑士死了。

"是他的儿子，我找他儿子。"我赶紧改口，边说边向上走。

那个老门房在楼梯上嘟哝些什么我没有听清。在最后一截楼梯前，我不得不停住脚步，我已经上气不接下气！我望着大门在想："也许他们还没有吃完晚饭，三个人都坐在餐桌边……毫无疑问。再过一会儿，等我一敲这扇门，他们的生活将会天翻地覆……好了，他们未来的命运又掌握在我手里。"

我走上最后几个台阶。当我的手捏住拉门铃的那股细绳时，我的心好像跳到了嗓子眼儿，耳朵也伸得长长的。现在没有一点儿响动。我刚轻轻拉了一下细绳，在一片寂静中立即听到了门铃懒洋洋地叮咚响了一声。

我的血液好像全部流到了头上，耳朵也嗡嗡作响，似乎那声轻轻的铃声虽已消失在寂静中，但在我的心里还在震耳欲聋地响个不停。

过了一会儿，我听到了里边的说话声，我听出那是佩斯卡托雷的寡妇的声音："谁呀？"

此时此刻，我不能回答。我将双手放在胸前，像是为了不让心脏跳出来。然后我才粗声粗气一字一顿地回答："是马蒂亚·帕斯卡尔。"

"谁？！"门里边叫起来。

"马蒂亚·帕斯卡尔。"我用更低沉的声音重复了一遍。

我听到，那个老妖怪逃跑了，她肯定给吓坏了。我努力想象里边发生了什么情况。现在，一个男人，波米诺可能走了过来，他得鼓足勇气！

我不得不像第一次那样又轻轻地拉了一下铃。

门猛地开了，波米诺一看到我，看到我直挺挺地站在他面前，他就被吓坏了，惊异地直往后退。我走进去，边走边喊："马蒂亚·帕斯卡尔回来了！从另一个世界回来了。"

波米诺噌的一声跌坐在地上，他双手扶地，眼睛瞪得大大的："马蒂亚！是你？！"

佩斯卡托雷的寡妇手里拿着灯走过来，一看是我，像个临产的孕妇一样声嘶力竭地叫了一声。我一脚将门踢上，一下接住从她手里掉下来的灯。

"住口！"我对着她的鼻子大声喊叫，"你们以为我是鬼，对吧？"

"你还活着？！"她十分惊慌，双手插进自己的头发当中。

"活着！活着！活着！"我又高兴又凶狠地接着说，"你们说我死了，对不对？说我在那边淹死了？"

"你从哪儿来？"她惊恐万状地问我。

"从磨坊的水渠里，你个老妖婆！"我对她大喊大叫，"你拿着灯，好好看看我！看看是不是我？你认出我没有？或许你仍然认为我是那个在鸡笼庄园淹死的可怜虫？"

"那不是你？"

"死去吧，母夜叉！我在这儿，我活着！起来，你站起来，好你个怪家伙！罗米尔达在哪儿？"

"求求你……"波米诺赶紧站起来，嘴里嘟哝着，"小女儿……我怕……奶水……"

我抓住他的一只手臂。现在我也站住不动了："什么小女儿？"

"我的……我的女儿……"波米诺结结巴巴地说。

"啊呀呀，这真是一场大灾难！"佩斯卡托雷的寡妇大喊大叫。

由于这一新消息，我不知如何回答是好。

"你的女儿？"我嘟哝着，"还有了女儿？她，现在……"

"妈妈，去找罗米尔达去，求求你……"波米诺在恳求。

可是，已经晚了，罗米尔达听到吵闹声跑了过来，她的上衣半敞着，胸前抱着吃奶的孩子。她衣帽不整，可能是听到吵声后匆匆从床上爬起来。她凑到我面前，似乎看出是我。

"马蒂亚！"她喊了一声，一下倒了下去，波米诺和她妈妈赶紧扶住她。他们在一片混乱之中竟将女儿塞到我手里。当时，我也跑过去想扶住罗米尔达。

客厅里，只剩我站在黑暗中，手里抱着那个瘦弱的小女孩，她的口里还含着奶水，细声细气地哭着。我心慌意乱，耳朵里仍响着这个女人的尖叫声，她曾是我的女人，现在……现在成了这个女孩的妈妈，可这个女孩又不是我的，不是我的！而我的女儿，咳，当时她却没能爱她！因此，不，我现在不能爱这个小女孩，绝对不能！我不能同情这个小女孩，也不能怜悯他们！她改嫁了？我现在……那个女孩还在哭个不停。那么，怎么办？为了让她安静下来，我把她抱到胸口，用手轻轻拍她的肩膀，边走边摇晃。我的恨已经平息，也不再那么激动。小女孩也渐渐平静下来。

波米诺在黑暗之中惊慌地叫起来："马蒂亚！孩子她……"

"住口！她在我这儿。"我回答说。

"你在干什么？"

"我把她吃了……我干什么！……你们把她扔给我……现在让我清静清静吧！她不哭了。罗米尔达在哪儿？"

波米诺颤抖着走过来，不知如何是好，像一条母狗看到主人手里抓着它的狗崽子。

"罗米尔达？为什么？"他问我。

"因为我要同她谈谈！"我粗鲁地回答他。

"她晕过去了，你不知道？"

"晕过去了？我们得把她救活。"

波米诺站在我面前恳求说："求求你……是这样……我怕她……怎么你……还活着！你到哪儿去了？哎，我的上帝，你……你不能同我谈？"

"不能！"我对他大喊，"我得同她本人谈。在这儿，你不再代表任何人。"

"什么？我不能……"

"你的这次婚姻已经作废。"

"什么？你说什么？女儿怎么办？"

"女儿……女儿……"我也支支吾吾，"真没羞！两年之内你们成了夫妻，还生了女儿！小姑娘，别哭了，咱们找妈妈去……快，带我去见她！她到哪儿去了？"

我抱着小姑娘刚走进卧室，佩斯卡托雷的寡妇就像一只狗一样向我扑过来。

我怒冲冲地一把将她推开。

"你给我走开！这儿有你的女婿，要喊你向他喊去。我不认识你！"

我来到罗米尔达身边，她在失望地痛哭，我低下身把小女儿递给她。

"给你，好好抱着……你在哭？你哭什么？因为我活着你才哭？你想让我死？你看看我……起来，好好当面看看！我是活着还是死了？"

她含着眼泪，试着抬起眼看看我，哽咽着说："可是……你……怎么……你都……干了些什么？"

"我干了些什么？"我冷笑着说，"你问我干了些什么？可你又嫁给了另外一个男人……嫁给了那个傻瓜！你还生了个女儿，你居然还敢问我干了些什么？"

"那么现在怎么办？"波米诺双手捂着脸低声问道。

"可你……你到哪儿去了？如果你假装死了，你逃走了……"佩斯卡托雷的寡妇挥着手向我喊叫。

我抓住她的手臂，一下扭过来，高声向她喊叫："住口，我再说一遍，你给我住口！如果你再叫一声，我一定不再怜悯你那个傻瓜女婿和小外孙女，我就要诉诸法律！你知道法律是怎么讲的吗？法律规定，我必须收回我的罗米尔达……"

"收回我的女儿？让你带走？你疯了！"她毫不畏惧地向我喊叫。

可是，在我的威胁之下，波米诺赶紧跑过去劝她安静点儿，看在上帝的分上不要吵。

于是，这个母夜叉放开我，同波米诺吵起来。他愚钝，呆傻，不知所措，只会痛哭，失望得像个疯子。

我禁不住大笑起来，笑得两肋都有点儿疼了。

"住口！"我止住笑之后才说了这么一句，"好，我把女儿给你留下！我情愿把她留给波米诺！你真以为我会疯傻到那种程度以至再当你的女婿？咳，可怜的波米诺！我可怜的好朋友，请原谅，知道这是为什么吗？刚才我说你是个傻瓜，你听到没有？她也说你傻，你的丈母娘也说你傻。我向你担保，以前，罗米尔达，咱们两个人的妻子，正是她也觉得你傻，觉得你迟钝，顽愚不化，她只说过你这些，我不知道她用过别的什么词语形容过你。是这样吧，罗米尔达？你要说实话……罗米尔达，算了，别哭了，我亲爱的，安静点儿，你看，这样对你的小女儿不会有好处……现在，我活着，看到没有？我想高高兴兴地活着……高高兴兴！像我一个醉鬼朋友说的那样，高高兴兴！波米诺，你认为能让一个小姑娘没有妈妈吗？算了，我已经有过一个没有爸爸的儿子……看到了吗，罗米尔达？我们现在平等了，谁也不欠谁，我已经有过一个儿子，是马拉尼亚的儿子，你现在有了一个女儿，是波米诺的女儿。如果上帝愿意，我们将来可以让他们两个结成夫妻！现在那个儿子已经在远处，不会再给你带来耻辱……我们现在谈点儿好玩的事……告诉我，你和你妈妈在鸡笼庄园是怎么认出我已经死了？"

"我也认为是你！"波米诺大声说，"整个镇子都认为是你！不光她们两个！"

"你们真是好样的！这样说来，他一定很像我了？"

"同你的个子、胡子都差不多，衣服也差不多，也是黑的……另外，你又失踪了那么多天……"

"是的，我逃走了，你听到没有？因为我没能让她们逃走……她，还有她……我也想回来，可是，你……知道吗，那是多么大的压力！不管是真是假，我死了，淹死了，腐烂了……何况还有人认出是我！感谢上帝，我白白浪费了两年的时光！而你们呢，你们在这儿订婚，结婚，度蜜月，庆祝，高兴，生女儿……死的已经安息，活的平平静静度日……不是吗？"

"现在，现在怎么办？"波米诺再次不安地说，"我是说现在！"

罗米尔达站起来，把小女儿放到摇篮中。

"走，咱们到那边去，"我说，"小姑娘睡着了，咱们到那边去商量。"

我们来到餐厅，桌上的盘碟刀叉还没有收拾，像是刚刚用过晚饭。波米诺脸色苍白，惊恐万状，两只眼球像两个黑点，双眼眨来眨去，用手擦着头上的汗，语无伦次地说："还活……活着……怎么办？怎么办？"

"别讨厌了！"我向他喊道，"现在，我告诉你怎么办。"

罗米尔达穿着便服也跑到餐厅来。在灯光下，我看了看她，她还是像先前那样漂亮，但比过去丰满。

"让我看看你……"我对她说，"波米诺，可以吗？请放心，不会有什么事，要知道，我也是她的丈夫，而且在你之前，比你的时间还长。来，罗米尔达，不必害羞！你看，你看波米诺多难受！如果我确实没有死，你能让我怎么办？"

"可这样不行！"波米诺急忙说。他的脸色铁青。

"你放心吧！"我说，同时向罗米尔达眨了眨眼，"不必急，波米诺，放心吧……我不是对你说了吗，我把她留给你，我说话算数。只是，等一下……请允许我……"

我走到罗米尔达面前，结结实实在她脸上吻了一下。

"马蒂亚！"波米诺激动地喊起来。

我又大笑起来。

"怎么，吃醋了？吃我的醋？去你的吧！我有优先权。另外，来，罗米尔达，咱们的事就作废吧，作废……到这儿来的时候，我设想（对不起，罗米尔达，我是这样设想的），我设想，亲爱的波米诺，我为你做一件大好事，我让你摆脱她获得自由。说实话，这一想法折磨了我好长时间，因为我想报仇，我仍想把罗米尔达从你手里夺过来。现在你不必信以为真了，我看到，你爱她，而且她也……是的，真像一场大梦，我觉得又像好多年之前那样……罗米尔达，记得吗？不要哭！你还想再哭！咳，美好的时光……是的，一去不复返了！……好了，去吧，你们现在有了一个女儿，不必再说了！我让你们过平静日子，真是活见鬼！"

"婚姻就算废除了？"波米诺又叫道。

"你就让它自动废除算了！"我对他说，"它会在形式上废除，我不再坚持我的权利，我也不去找官方正式承认我还活着，只要不是非去不可，我是绝不会去的。大家都看到我回来了，大家都知道我真的还活着，知道我摆脱了死亡，对我来说，这就够了。知道吗，那可是真正的死亡！好，你就相信吧！罗米尔达现在真的成了你的妻子……其他事对我来说都已无所谓！你同她已经公开成婚，大家都知道，一年以来她已是你的妻子，她仍将是你的妻子。你想让谁再去关心她的第一次婚姻是不是有意义？过去的事已经过去……罗米尔达过去是我的妻子，现在，一年以来，是你的妻子，是你的小女儿的妈妈。一个月之后，大家就再也不会谈这件事了。你这位双份的丈母娘，我讲的对吗？"

佩斯卡托雷的寡妇皱着眉，恼着脸，点头称是。但波米诺在高兴之余又问道："你将留在米拉尼奥？"

"是的，有时候我会在傍晚到你家喝杯咖啡，或者喝杯酒祝贺你们。"

"这可不行！"佩斯卡托雷的寡妇跳着脚喊起来。

"真是开玩笑！"罗米尔达低着头说。

我又像刚才一样大笑起来。

"罗米尔达，你看到没有？"我对她说，"他们害怕我们旧情复萌……那倒也不错！可是，不，我们不能折磨波米诺……这就是说，如果他不愿意让我再进这个家门，那我将在下边的街上漫步，在你的窗子下面漫步，这样好吗？我会让你度过很多美妙的夜晚。"

波米诺恼着脸在房间里走来走去，他大声叫喊："这不行……不能这样！"

过了一会儿，他停下脚步说："事实是，她……还有你，在这里，你还活着，她将不再是我的妻子……"

"你就当我已经死了！"我平静地回答他说。

他又来回走起来："我不能再这样认为！"

"你不必这样做。那么，你真的认为，如果罗米尔达不喜欢了，我将给你制造麻烦？那好，那就让她来说吧……来，罗米尔达，你来说，谁更漂亮？是我还是他？”

“但是，我要当着法律的面说！当着法律的面说！”他又停住脚步叫道。

罗米尔达疑惑不安地看着他。

“在这种情况下，”我说，“对不起，我认为，应该是我比所有的人更为愤慨，因为从今以后我将看到，我的过去的漂亮伴侣同你作为夫妻共同生活。”

“可是，”波米诺嘟哝着，“她也不再是我的妻子……”

“咳，总之，”我叹息着说，“我原想报复，现在我不报复了。我把她留给你做妻子，我让你平平静静过日子，这你还不高兴？罗米尔达，快，快起来！咱们两个走吧！就咱们两个！我让你好好做一次蜜月旅行……咱们好好玩一场！离开这个书呆子吧！他不是就希望我真的在鸡笼庄园的渠沟里淹死吗。”

“我并不希望这样！”波米诺极为愤怒地打断我，“走开，走开！越远越好。另外，你本来也喜欢让人认为你已经死了！马上走，越远越好，别再露面。因为我在这儿……同你……同你这个活着的……”

我站起来，在他肩上拍了一下，让他平静。我首先回答他说，我已经去过奥内利亚，见过我哥哥。所以，在那边，这个时候所有的人都知道，我还活着，明天一早，这一消息必然会传到米拉尼奥。然后，我才对他喊道：

“什么，让我再死一次？让我远远离开米拉尼奥？我亲爱的，你这不是在开玩笑吧！去吧，安心地当你的丈夫去吧，不必害怕……不管怎么说，你们已举行过婚礼，大家都会同意你们的婚

姻，更何况还有了一个小女儿。我向你保证，我向你发誓，我永
远不会再来打搅你，一口咖啡也不会喝你的，点心也不会吃你的。
你们相爱的场面令人高兴，你们的和睦、你们建筑在我的死亡之
上的幸福令人高兴……忘恩负义的东西们！你还算我的一个推心
置腹的朋友哩，我敢说，你们所有的人当中没有一个人到我坟上
献个花圈，没有一个人到公墓中我的墓前献上几朵鲜花……你说，
是不是这样？你回答我！"

"你简直在开玩笑！"波米诺摇着头回答说。

"开玩笑？根本谈不上玩笑！那里真的有一具人的尸体，这怎
么是玩笑！你去过吗？"

"没有……没有去过……我没有勇气去……"波米诺嘟哝着。

"可是，你把我的妻子抢走倒很有勇气，真是个无赖！"

"你不是也抢了我的？"他好像早有准备，"你活着的时候不是
先从我手里把她抢走了吗？"

"我抢了你的？"我叫起来，"去你的吧！是她不爱你，你还想
让我再说一遍她觉得你是个傻瓜吗？罗米尔达，请你来告诉他，
你看，他现在指责我背叛了他……好，不去说它了！现在他是你
的丈夫，不讲它了。可是，事实是，我没有过错，我没有对不住
你们的地方……好了，明天一早我就到坟地去，去那个可怜的死
人那儿去，他被扔到那里，无人问津，他真可怜，墓前没有鲜花，
没有人为他洒一滴泪……告诉我，至少坟前应该有个墓碑吧？"

"是的，"波米诺马上回答，"是镇政府出的钱……可怜的爸
爸他……"

"是他念的悼词，这我知道！如果那个可怜的人听到……碑上
写的是什么？"

"不知道……是小云雀写的。"

"可以想见！"我叹了一口气。"好了，这个也不去说它了。还是给我讲一讲，讲讲你们怎么这么快就结婚了……喂，还有你，我的小寡妇，你怎么也很少在我墓前哭泣……也许根本没有哭过，对吧？你说说看，我不听听你的哭声可能吗？你看，夜深了……天一亮我就走，就像我们根本不认识……时间不多了，咱们应当充分利用这一点点时间。来，告诉我……"

罗米尔达耸耸肩，看了看波米诺，神经质地笑了笑。她低下头，看着自己的手："我能说些什么呢？当然，我哭过……"

"你根本就不配！"佩斯卡托雷的寡妇低声插了这么一句。

"谢谢！可是，不说它了……哭得很少，对吧？"我又说，"亏你有这么一双漂亮的眼睛，这双眼也太容易骗了，这双眼肯定不会为我而哭瞎。"

"我们非常难过，"罗米尔达在找借口，"如果不是他……"

"波米诺，你真是个好样的！"我喊道，"可马拉尼亚那个无赖就毫不相干？"

"毫不相干，"佩斯卡托雷的寡妇生硬地说，"都是他……"

她用手指着波米诺。

"因为……因为……"波米诺赶紧接过来说，"可怜的爸爸他……他在镇政府工作，你还记得吧？因为那场灾难，他就提前拿了一点点退休金……再后来……"

"再后来就同意你们办婚事了？"

"他很高兴！他希望大家都到一起，同他住在……可是，两个月前他……"

波米诺向我谈了他爸爸的病和他的死，谈了他的父亲是多么喜欢罗米尔达和小孙女，谈了他的死在整个镇上引起多大的悲痛。于是我打听斯科拉斯蒂卡姑妈的消息，她是波米诺爸爸的好朋友。这时，佩斯卡托雷的寡妇想起了这个可怕的女人将面团摔到她脸上的情景，一下从椅子上跳起来。波米诺说，已经有两年多没有见到她了，但她肯定还活着。他又反过来问我，我这两年到哪里去了，都干了些什么，如此等等。我讲了一些可以讲的经历，当然没有提具体的地名和人名，以便表明我这两年也不是轻轻松松地度过的。就这样，我们一边谈话一边等着天亮，一到天亮，我复活的消息肯定能在镇上传开。

我们一晚没有睡，又十分激动，所以大家都很累，而且有点儿冷。为了暖和一下，罗米尔达要亲手煮点儿咖啡。端来咖啡时，她看了我一眼，嘴上带着忧伤的笑意，那一丝笑意是那么轻，像是从遥远的地方飘来。她说："平时你不喜欢放糖，对吧？"

在这一瞬间，她在我的眼神中看到些什么？她立即低下了头。

黎明的光线射进房间，这时，我感到嗓子里有点儿难受，突然想痛哭一场。我狠狠地瞪了波米诺一眼。但是，面前的咖啡是那么香，我开始一小口一小口地喝起来。接着我问波米诺，可不可以把我的皮箱放在他家里，等我找到住处之后再派人来取。

"当然可以，当然可以！"他马上回答，"而且你不必再操心，我会打发人送过去……"

"噢，里面没什么太多的东西，知道吗？"我说，"对了，罗米尔达，是不是还有一些我的东西？比如衣服、被单什么的……"

"没有了，一点儿也没有了……"她痛心地摊开双手说，"你知道……在这场灾难之后……"

"谁能想到呢？"波米诺大声说。

可是，我看到，吝啬的波米诺脖子上围的正是我过去的一条
丝围巾。

"那就算了。再见吧！祝你们好运！"我说，同时盯着罗米尔
达，她显然不想看我的眼睛。她也在向我告别，看得出来，她的
手在抖："再见，再见！"

我来到街上。我又一次不知该向哪个方向走，尽管这是我的
故乡。我孤零零一人，没有家，没有目的地。

"现在怎么办？"我问自己，"去哪儿？"

我边走边看街上的行人。不对，没有一个人能认出我来？我
竟落到这步田地，所有的人看了我之后没有一个至少出现这么一
个念头："看那个外地人，多像可怜的马蒂亚·帕斯卡尔！如果他
的眼再斜一点儿，那肯定就是他了。"没有，没有一个人认出我
来，因为任何人都不再想念我。我甚至没有引起人们的一点儿好
奇，没有引起哪怕一丁点儿惊异……我曾设想，我一出现在街上
马上就会引起轰动，引起一阵骚动！我深感失望，因此我感到沮
丧，感到恼火，感到痛苦，这是难言的痛苦。这种失望和沮丧使
我的注意力转到别人身上，转到同我十分熟悉的那些人身上。咳，
两年了，谁知他们……死亡意味着什么啊！没有一个人再想起我，
一个都没有，好像我根本就不曾在这个世界上存在过……

我从镇子的这头走到那头，来回走了两趟，没有一个人把我
叫住。由于过分愤怒，我真想回到波米诺那里，真想对他说，同
他达成的协议对我来说太不合算，我要报复，我要向他讨债，是
他冒犯了我，是他使得整个镇上的人都不认识我了。可是，罗米
尔达不愿再跟我，而且我现在也不知道能带着她到什么地方去。
我至少应当先找到一个住处。我想到镇政府户籍办公室，让他们

马上把我从死亡者的名单上划掉。可是，走着走着我的想法变了，还是到圣玛丽亚自由教堂改成的图书馆去吧。在那儿，我看到，我原来的座位上坐着尊敬的唐·埃利焦·佩莱格里诺托。他也没有立即认出我来。唐·埃利焦坚持说，他事实上马上就认出我来；他只是在等着我通报姓名，然后才伸手搂住我的脖子，因为他也觉得不可能是我，因为他不能一下子就去拥抱那个看来像是马蒂亚·帕斯卡尔的人。情况可能确实是这样！回来后的第一份快乐是他给我的，简直太高兴了。然后，他硬要带我到镇子上，为的是抹掉我心头的坏印象，即我的同乡们把我给忘掉了在我心头留下的坏印象。

可是，现在我还在生气，我不想描写后来在布里西戈药店和联合咖啡馆出现的场面，唐·埃利焦把我带到这些地方，向人们介绍说我又复活了。这一消息很快传开，大家都跑来看我，向我提了一大堆问题。他们想从我口里知道，在鸡笼庄园淹死的那个人是谁，为什么他们没有认出那不是我，为什么所有的人一个个都没有认出那不是我。现在可以肯定了，是我回来了，是我，不是另外一个人。那么我是从哪儿回来的？从另一个世界！我干了些什么？我死了一次！我决定只用这两句话来回答大家，这样可以使所有的人都沉浸于好奇之中，大家的这种好奇造成的兴奋持续了好多天。比别人都倒霉的是《小报》总编辑小云雀，这位朋友不得不为这家报纸再次来采我。为了打动我，为了让我说出一切，他带来了两年前刊登我讣告的那份报纸，可是，这毫无用处。我对他说，那份讣告我能倒背如流，原因是，在地狱里，《小报》的发行量很大。

"噢，还有一件事！亲爱的，谢谢你！还有那通墓碑……我要去看看那通碑，知道吗？”

我不想再描述他第二次写的那篇重头报道，这篇报道登在我回来后的第一个星期日出版的一期上，大字标题是:《马蒂亚·帕斯卡尔还活着！》

除去我的那些债主之外，为数甚少的几个人不想露面，其中就有巴塔·马拉尼亚，尽管人们对我说，两年前，他对我的可悲的死亡甚感痛心。这一点我相信。当时，他知道我永远从这个世界上消失了，他很痛心，现在，他知道我又活着回来了，他同样感到不快。过去的痛心、现在的不快，其间的原因我都一清二楚。

那么奥莉娃呢？某个星期天，我在街上遇到了她，她刚刚做完弥撒，手里拉着她的五岁的儿子，小男孩像她一样漂亮，像她一样壮实。“我的儿子！”她看着我，满眼含情，微微笑着。那仅是这么一瞬之间的事，可是她的那双眼向我表达了多少东西啊……

好了，现在我过上了平静的生活。我住在斯科拉斯蒂卡姑妈家，是她让我去的，她愿收留我。我的怪诞经历使她一下子对我另眼相看。我睡的是可怜的妈妈去世时睡的那张床。白天的大部分时间我在图书馆度过，那里有唐·埃利焦同我做伴。他还没有整理完那些满是灰尘的旧书，离完工还差得很远。

我用了差不多六个月的时间来写我的这个怪诞故事，自然是在唐·埃利焦的帮助下写的。我在这里写的这些东西他严守机密，像忏悔一样，不让任何人知道。

关于我的经历，我们两人讨论了很长时间，我常对他说，不知道写下去的结果会是什么。

“关于这一点，”他对我说，“那种法律之外的生活，那种特殊的生活，不管它们是好是坏，像我们这样的人，亲爱的马蒂亚·帕斯卡尔，我们这样的人是不可能过的。"

可是，我请他注意，我确实是既没有恢复合法身份，也没有再过那种特殊的生活。我的妻子成了波米诺的妻子，我真的说不清楚自己是个什么人。

在米拉尼奥的公墓里，在那个死在鸡笼庄园水渠中不知是何许人的可怜虫的墓前，仍然立着小云雀书写的那通墓碑：

> 遭受厄运的
> 马蒂亚·帕斯卡尔之墓
> 曾任图书管理员
> 心地善良性格开朗
> 愿他在此安息
> 　　　　市民捐立

我在墓前放了一个花圈，这是我答应过的。我隔三岔五来看看死后葬于此处的我。一些好奇的人远远跟着我，在我返回来之后，他们走到我身边，考虑到我的处境，他们微笑着问我："可以问一句吗，您究竟是谁？"

我耸耸肩，微微闭上眼，回答他们说：

"亲爱的，我，我是已故的马蒂亚·帕斯卡尔。"

对想象可能天衣无缝的一点儿说明

美国布法罗市的阿尔贝托·海因茨先生面临抉择：是爱他的妻子，还是把那个二十来岁的姑娘弄到手。他考虑了很长时间，最后决定把她们都叫到一起，同他一块做出决定。

两个女人和海因茨先生准时来到约会地点，他们讨论了很长时间，最后达成一致意见。

他们决定，三个人都死。

海因茨太太回到家里，拿出一把左轮手枪，枪响人亡。于是，海因茨先生和他那个二十来岁的可爱姑娘认为，他们两人没有必要再赴死，因为海因茨太太已死，他们两人幸福结合的障碍已经排除。他们决定活下来并且决定结婚。可是，司法当局的解决办法与他们的不同，他们两人双双被捕。

最后的结果不言而喻。

（见 1921 年 1 月 25 日纽约各报上午版）

* * * * * * * * * * * *

我们设想一下，比如说，一个穷困潦倒的三流剧作家来了灵感，想把类似这一事件的故事搬上舞台。

可以肯定，他将开动他的想象力，首先要使想象尽可能天衣无缝，运用所有不一般的补救办法来使海因茨夫人自杀事件不那么荒诞不经，以使这个故事多多少少显得真实可信。

但是，同时也可以肯定，尽管这位剧作家想尽了一切非凡的补救办法，一百个剧评家当中仍然会有九十九个说，海因茨夫人自杀事件荒诞不经，说这个剧貌似真实而并不真实。

这是因为，生活令人不快地充斥着各种各样大大小小让人目眩的荒诞不经，生活因而有一种十分珍贵的特权，这就是，生活能使令人惊讶的荒诞不经显得并非如此，而艺术则认为，忠实于这种荒诞不经是其应尽的义务。

生活的荒诞不经没有必要显得貌似真实，因为荒诞不经本身就是真的。而艺术则恰好相反，要想显得真实，首先就必须显得貌似真实。于是，貌似真实就不再荒诞不经。

生活中的一件事可以荒诞不经，一件艺术作品如果真的想成为艺术作品就不能荒诞不经。

因此，以生活的名义指责一部艺术作品荒诞不经和貌似真实而并不真实，就十分愚蠢。

以艺术的名义这样指责可以，以生活的名义指责则不行。

＊＊＊＊＊＊＊＊＊＊＊＊

在大自然的历史中有一个领域，动物学家们对之进行了研究，因为在这一领域动物数量极大。

众多的动物中也包括人这样的动物。

动物学家可以谈论人，比如，他可以说，人不是四条腿，而是两条腿，人没有尾巴，如果不是这样的话，那就成了猴子，成了驴，成了孔雀。

　　动物学家所说的人是不能遭灾遇祸的人，比如说，一条腿没有了，只好装上一条木头的假腿，或者一只眼没有了，装上一只玻璃球当假眼。动物学家所说的人总是有两条腿，其中任何一条都不能是木头做的；总是有两只眼，其中任何一只都不能是玻璃的。

　　与此相反的情况对动物学家来说是不可能的。这是因为，如果你给他说的是一个装着木头假腿的人，或者一个装着玻璃假眼的人，他会回答你说，他不认识这样的人，因为这个人不是一般的人，而是某一个人。

　　但是，我们大家都可以回答动物学家说，他所认识的一般的人并不存在，而只存在众多的个人，这些人各不相同，他们也会遭灾遇祸，只好装上一条木头的假腿，或者一只玻璃眼球。

　　讲到这里，问题就来了：如下这样一些先生是不是愿意被看作动物学家或者文学评论家？这些先生们评论一部小说或者一个故事、一出戏时，指责这个或那个人物时，指责这些事件或那些感情的表达方式时，他们不是以艺术的名义这样做——这样做应该说是正当的，而是以这样一种人的名义去做，这些先生们觉得对这种人了解得很透彻，这种人好像真的抽象地存在着，也就是说，这种人存在于会遇上前述种种荒诞不经的各色人等之外，而这些荒诞不经不必显得貌似真实而并不真实，因为它们是真事。

＊＊＊＊＊＊＊＊＊＊＊＊

　　由于我的经历，我有资格做出这样的评断，因此，美妙之处在于，动物学家认为，人和其他动物的不同之处还在于，人思考，其他动物不思考。与此同时，评论家先生们则常常认为，在我那些并不幸的人物身上，思考（也就是说，人特有的本领）根本不是什么好事，而是人的缺陷。这是因为，他们好像认为，所谓人的特性，更多的是存在于感情中而不是存在于思考中的某种东西。

可是，如果事情真像这些评论家先生们抽象地解释的这样，那么，极愿思考（或者胡思乱想，反正是一回事）的人如果受苦的话难道就不应该认真思考他受苦的根源是什么？是谁使他吃苦的？让他这样吃苦是为了什么？是不是合理？如果极愿思考的人是享福的，难道他就只去享受而不去思考了，好像享福是他的正当权利？

动物的本分就是忍受痛苦而不假思索。在那些评论家先生们看来，受苦同时又思考的人（他思考的正是为什么他吃了苦）没有人的特性；因为在这些评论家们看来，忍受痛苦的人只配做动物，只有他是动物时，他们才认为他有人的特性。

* * * * * * * * * * * *

可是，最近我遇到一位评论家，我很感谢这个人。

对于我的作品以及我的作品中人物的那种他所认为的缺乏人的一般特性、那种甚至显得有些不可救药的"过分理智"和似是而非的貌似真实而并不真实的经历，他去请教别的评论家，以便确定一项评判我的艺术所创造的那个世界的原则。

"用所谓的正常生活来评判？"他问道，"可是，正常生活如果不是一系列的关系还能是什么呢？如果不是我们在日常事件的一团乱麻中挑选出来的、我们像法官一样确认为正常的关系还能是什么呢？"总之，他认为："要评论一个艺术家所创造的世界，不能用不是从这一世界而是从别的世界提炼出的评论原则去评论它。"

为了让那些评论家相信他，我不能不再说一句，尽管他得到了信任，不，应当说是正因如此，连他也对我的作品做出了否定的评价，这是因为，在他看来，我不善于使自己的作品和人物具有一般的人的价值和意义，因而让评论这部作品的人搞不清楚，我是不是想仅仅再现某些千奇百怪的事件，仅仅再现某些极为特殊的心理状态。

在这位评论家所说的现实同幻象、个人的面目同他的社会形象的对立中，如果我的某些故事和故事中的某些人物的一般的人的价值和意义首先在于第一种对立应该具有的价值和意义，那么，由于生活一贯善于戏弄人，我们总是会发现，这种对立并不持久，因为非常不幸的是，任何今天的现实明天必然会在我们面前呈现为幻象，幻象是必然的，对我们来说，在此之外是不是再也没有另外一种现实了？另外一种现实是不是就是如下一种情景？即一个男人或一个女人被别人或者被他们自己置于苦难处境，从社会的角度说是不正常的、荒唐的处境，要多荒唐有多荒唐，只要他们对这种处境还看不清楚，这可能是由于他们的盲目，或者是由于他们过分善良，他们就坚持，他们就忍受，他们还向别人描述这种苦难处境；因为他们一旦看清楚了，就像眼前突然放了一面镜子一样看清楚了，他们就再也不去忍受这种处境，就感到十分恐怖，就要粉碎这一切，或者——如果他们粉碎不了的话——就想去死。另外一种现实是不是就是如下一种情景？即人们接受一种从社会的角度来看很不正常的局面，在一面镜子前看清了也认可了这一局面，在这种情况下，这面镜子就好像是让我们站到了我们的幻象面前；于是，在忍受一切牺牲的同时就会把它展现出来，只要是在令人窒息的面具之下依然有可能就会持续去展现，这一面具是我们自己强加给自己的，或者是别人强加给我们的，或者是一种被迫的局面强加给我们的，也就是说，只要是在这种面具之下，我们的特别强烈的感情就不会受到如此深的伤害，即到了最后造反精神不复存在，面具被撕破被践踏。

"于是，"这位评论家说，"人性的波涛突然之间就侵袭了这些人物，木偶意想不到地成了有血有肉的人，触痛灵魂、撕裂心灵的话会从这些人物的口里喷涌而出。"

确实如此！他们看清了他们在这一面具之下的个体的赤裸裸的真面目，正是这一面具使他们成了自己的木偶，或别人手里的木偶；正是这一面具使他们初看起来显得生硬、僵直、乖僻、不优雅、不可亲，使他们显得复杂、邪恶，像所有那些在不正常的、貌似真实而并不真实的、似是而非的处境下不是随意地、而是因需要被迫捏合到一起的东西。总之，在这种情况下他们最后再也不能忍受这一面具，最后会把它撕个粉碎。

因此，混乱——如果存在的话——是人为的；机制——如果存在的话——是人为的，但不是我要这样做，而是故事本身、人物本身需要这样做。与此同时，确实马上又会发现，这常常是特意策划的，而且这些东西又被置于策划和编造者眼前：这是表演所需要的面具；这是各个角色之间的游戏；这是我们所要的或者我们应该是的东西；这是在别人眼里我们所是的东西。而我们是什么，我们并不知道，在一定程度上说，那甚至也不是我们自己。

我们显得笨拙，说出的话让人不知所云，我们讲的话，或者别人形容我们的语句结构复杂，矫揉造作。因此，确实存在那么一种机制，在那种机制之下，每个人——我再说一遍——都情愿成为自己的木偶；最后是一脚把所有这些全部踢翻。

　　我认为，我只能为自己的想象力而自豪，为想象出的所有细节天衣无缝而自豪。我想象出来的缺陷也像实实在在的缺陷，这是它所要的缺陷，这是人物就他们自己和他们的生活虚构出的一切所具有的缺陷，或者是别人加到他们身上的缺陷。总之，是面具的缺陷，只要面具不打开并让真相赤裸裸地暴露出来。

* * * * * * * * * * * *

　　然而，对我的更大安慰来自生活，或者说来自一条社会新闻，那是在我这本题为《已故的帕斯卡尔》第一次出版大约二十年后的一条社会新闻。这部小说今天又再印了一次。

　　这部小说刚出版时，得到了几乎可以说是一致的赞扬，但在此之外也有指责，就是到了今天也不是没有指责，有人指责它不真实。

　　好了，那就请读读 1920 年 3 月 27 日的《晚邮报》的一条新闻吧：

一个活人为自己扫墓

　　这是一桩极为罕见的重婚案，原因是，据说丈夫死了，实际上他并没有死，最近，他又露面了。现在我们简单谈谈前因后果。1916 年 12 月 26 日，卡尔瓦伊拉特地方的农民在琴奎基乌塞水渠捞起一具男尸，他穿一件毛衣，深色的裤子。农民们立即将这一事件报告了宪兵，宪兵开始进行调查。不久之后，一个名叫玛丽娅·特德斯基的女人辨认后说这是她丈夫。这是个中年女人，但风韵犹存。另外，路易吉·隆哥尼和路易吉·马约利也来指认说，这是路易吉家的电工安布罗焦·卡萨蒂，他生于 1869 年，是特德斯基的丈夫。确实，死者很像卡萨蒂。

　　就现在的结果来看，这样做证很有意思，特别是马约利和特德斯基这两个人。事实上，卡萨蒂还活着！然而，他在坐牢。前一年的 2 月 21 日他就被投入牢房，罪名是侵犯别人的财产。他已同妻子分居很长时间，只是没有办理正式分居手续。特德斯基为她的丈夫穿了七个月的丧服之后，同马约利结了婚。办理结婚手续时在行政方面没有遇到任何麻烦。1917 年 3 月 8 日，卡萨蒂刑满。只是到了这时他才知道……知道自己死了，妻子也改嫁走了。他是在前往米索里广场的户籍办公室登记办理身份证件时知道这一切的，因为他出狱后必须办身份证件。那个办公室的职员在窗口无情地对他说：

　　"可您已经死了！您的合法住址是穆索科公墓，第 44 区，墓坑号是 550 号……"

　　他反复要求发布声明，声明他还活着，但无论他怎么要求也无济于事。卡萨蒂仍然坚持要求恢复自己的公民权，要求复活。他的公民权恢复之后，他立即声明，自己的婚姻状况是已婚，那个改嫁了的所谓寡妇只好面对第二次婚姻作废的现状。

　　这一极为罕见的事件并没有给卡萨蒂带来任何损失，倒是相反，可以说，这使他觉得很好玩，而且给他以寻求一点儿新刺激的冲动，他想去……去自己的墓前露露面。于是，他来到自己的墓前扫墓，在墓碑前放了一大束散发着香味的鲜花，点了一盏灯！

　　所谓在水渠自杀，打捞上来的尸体被自己的妻子和后来成为她的第二任丈夫的人认出，并没有死亡的活人回到家乡，甚至前往自己的坟前扫墓！所有这些都是实实在在的真事，自然，就是没有这些事，我所描写的那些事也具有一般的人的价值和意义。

　　我不能设想，电工安布罗焦·卡萨蒂读过我的小说，然后才模仿已故的马蒂亚·帕斯卡尔，在自己的墓前放上一束鲜花。

　　可是，生活有特权，它可以不去考虑任何貌似真实而并非真实的情况，可以找到一个神甫和镇长，这两个人让马约利和特德斯基太太结为伉俪，而不必去过问一个基本事实，而要弄清这一事实十分简单，这一事实就是，作为丈夫的卡萨蒂先生身处牢房而非地下。

　　想象可以天衣无缝，当然可以超越一定的客观事实。现在再回过头来看看当时所谓不真实的指责时就可以高高兴兴地指出，生活中也可以存在小说中的那些实实在在的貌似真实的事实，生活从艺术创作中抄袭了这些事实，当然它并不知道是在抄袭。

译后感言

意大利著名剧作家、小说家和诗人路易吉·皮兰德娄（1867—1936）的《已故的帕斯卡尔》（1904年出版）是一部使作者获得广泛国际声誉的小说，描绘的是一个人"死去活来"后最后在自己墓前祭扫的怪诞故事，展现了人与社会、人与人、人与自我的矛盾，更揭示了虚伪邪恶的社会生活对人的巨大强制力，人的自由因而被剥夺，人性被扭曲，其行为必然怪诞荒唐。这部小说为作家此后的荒诞戏剧奠定了基础。虽然这位曾于1934年获诺贝尔文学奖的巨匠的很多短篇小说和四十多部戏剧作品中的很多名作早已译成中文，其中《六个寻找作者的剧中人》还多次被搬上舞台，但是他的七部长篇小说在我国却鲜为人知。《已故的帕斯卡尔》是他的第二部长篇小说，出版后立即在读者中引起巨大反响，很快被译为欧洲其他国家的文字出版。这部小说的出版使这位作家第一次获得重大成功，也是他创作的一次转折，被认为是现代主义的先驱作品，即便在今天看来也很有现实意义。因此，将这部名著译介到中国很有价值。与此同时，将翻译修改过程中的一些想法写出来同读者交流或许也是值得的。

小说的故事荒诞离奇而又十分悲凉，所反映的社会生活表面上荒诞，实际上却十分真实。主角帕斯卡尔年轻时无所用心，过着无忧无虑的生活，但父亲的死使他的生活发生了巨大变化，他不得不离开家乡，去追求一种新生活。这是一个小人物向现实发出的愤怒呐喊，是挣扎，是努力，是抗争。但是，他面临的却是一条充满痛苦的道路，一条失败的叛逆之路。他无意中赌赢了钱，有了开创新生活的物质基础，而且知道自己已"正式"死亡，摆脱了妻子和丈母娘的折磨，摆脱了债务负担，他自由了，这是他摆脱过去去追求新生活的一个重要前提。但他的征程并不顺利，因为这时的他既不是帕斯卡尔，也不是阿德里亚诺·梅伊斯。这时他才切切实实地感到，他是一个没有身份的人，一个游离于社会之外的"局外人"，一个不被社会承认、被社会抛弃的人，摆脱羁绊后也不能自由自在地按自己的意愿生活，即使有了钱也无济于事。在罗马，他得到了阿德里亚娜的爱情，但他这个不被社会承认的人无法得到这份真诚的爱。这就是说，无论是金钱还是情感都不能解决他的问题，不能使他的追求成为坦途，他仍然被种种无形的绳索捆绑，他面临的仍然是无奈，新生活依然渺茫。总之，万能的金钱和无价的情感并不能使他摆脱困境，更谈不上创建新生活。他只能卑琐地再次逃避："死去的"帕斯卡尔"杀死了"空有其名的梅伊斯。这是他的又一次生活的开始，是追求和抗争的又一个新机遇。他想再次抗争，可是，他依然处处碰壁，没有任何出路，最后只好"回归"，以帕斯卡尔的真实身份返回故乡。但是，他这时发现，妻子已改嫁，一切已成为既成真实，他只能被迫接受，最后落了个既无家可归又没有工作的下场，只能做一个僵尸——死了的活人活着的死人。读者从中可以看到，不管帕斯卡尔是出走还是返乡，是装伪作假还是赤诚相见，是身无分文还是腰缠万贯，是听之任之还是极力挣扎，不管他是死亡还是复活，都逃不过命运的安排，他无力摆脱生活的羁绊和强大的强制力，无力改变现实。

帕斯卡尔的两次死亡和两次复活，是他的自我分裂、戴上面具进行抗争的过程，这一过程也揭示了社会生活的残酷无情。如果说金钱和情感是他反抗、追求新生活的外在因素，那么，自我分裂和戴上假面具则是他从自我出发进行的努力，但这样的努力依然毫无用处，结果仍然是失败。帕斯卡尔离家出走时想隐姓埋名去闯荡，这时的他已经不是帕斯卡尔，实实在在的帕斯卡尔已经分裂，被迫戴上面具的另外一个"自我"的生活开始了。可是，这个"自我"的新生活并不像他希望的那样美妙，他面对的是新的孤独，是处处感到被排斥，是没有立足之地，总之是一种不正常的生活。于是，他自己为自己起了新的姓名，他再次分裂，成为一个虚构的阿德里亚诺·梅伊斯，但这只是一个幻影。梅伊斯虽然能得到一个姑娘的爱情，但这个幻影的爱情只能化为泡影，更不能让帕斯卡尔实现他的梦想，他面前依然是死路一条，最后只得再次逃避。他"杀死"梅伊斯，等于抛弃了自己给自己戴上的面具，恢复了真实的自我。但是，恢复真实身份的帕斯卡尔是失败的帕斯卡尔，最后结果是他的叛逆和抗争的彻底失败。小说艺术地描绘了主角自我分裂的整个过程，揭示了自我与自我、自我与他人、自我与社会的矛盾冲突和现实的冷酷、多变、复杂：帕斯卡尔企图摆脱迷乱的现实去寻求自我，企图回到美好的生活之中，但现实比他想象的要复杂得多，不管他戴上什么面具，不管他怎么分裂，一切努力一旦与冷酷的现实接触，就会碰得头破血流，最终归于失败。帕斯卡尔无疑是一个悲剧人物，他的经历是经过两年之久后画的一个圆：从平淡乏味的生活又回到平淡乏味的生活。但这是一个下旋的圆圈，原先他还有自己的家，有作为图书管理员的一份微薄工资，还能结婚生子，而在最后的平淡乏味的生活中，他既没有家，也没有收入，只能过着寄人篱下的悲惨生活，只有手捧鲜花像个幽灵一样为那个已经"死去的自己"扫墓的自由。

　　小说描写的是主角自我分裂和戴上假面具进行的抗争，这样的描写更容易揭示社会的真相。帕斯卡尔在困顿中成熟起来，认清了财产代管人马拉尼亚这个"鼹鼠"，以及这个人的表妹——帕斯卡尔未来的丈母娘——的真面目，对社会生活的复杂有了初步认识。但是，让他看得更清楚的是在他丧失自我之后，即在他戴上面具之后，因为这时他表面上已与他人没有直接矛盾，更加自由，看得更为客观。在赌场，他看到了赌徒们的疯狂、挣扎和悲惨下场。在罗马，同房东一家人相处之后，他很快看清了这家人的复杂关系和各自的角色。在所谓通灵试验中，帕斯卡尔更是在黑暗中看清了一切：帕莱亚里的昏晦、怪异和愚昧，帕皮亚诺的狡猾、贪婪和阴险，被骗的卡波拉莱小姐的可悲和无奈，达乌莱塔侯爵一家及其友人的反动和可恶。帕斯卡尔人格分裂似乎是坏事，却让他在面具之后冷静地看待人世间的一切，看清了人们的"赤裸裸的真面目"，体会了人情冷暖，感受了世态炎凉，对一切有了清醒的认识。正因为他这个死了的活人活着的死人可以置身事外，冷眼旁观，而且戴着面具，所以看得更清晰、更客观、更真实，也更可信。他的这一经历可谓"死去活来"，确实可叹可悲，最后自己祭奠自己更显得荒诞、夸张。但是，作者写道："生活令人不快地充斥着各种各样大大小小让人目眩的荒诞不经，生活因而有一种十分珍贵的特权，这就是，生活能使令人惊讶的荒诞不经显得并非如此。"他认为，艺术作品即使并不过分夸张也有可能被认为不真实，而生活本身往往比艺术品的夸张还要显得荒诞离奇，而生活却是真实可信的。所以，故事即使外表显得荒诞，但它符合生活的逻辑，其发生是完全可能的，甚至是必然的，因为完全合乎情理，顺理成章，因而不容置疑，真实可信。作家在小说末尾列举了一些有关自己给自己扫墓的新闻报道，即社会生活中发生的类似的真实故事，以证明社会生活本身的荒诞怪异，证明这种表面上的荒诞完全真实可信。这样一来，读者阅读时并不感到是作者在过度夸张和胡乱编造，并不感到不可信，而是感到真实、压抑、同情、值得琢磨。这部小说正是通过忠实地描绘扑朔迷离、神秘莫测、荒诞怪异却完全真实的现实，揭示了人物认识和行为的荒唐源于社会生活的荒唐，展现了现实对人的强大控制力，对人的自由的剥夺和因之而来的人性扭曲。但作者并没有止步于此，而是尖锐地提出：一个人"如果受苦的话难道就不应该认真思考他受苦的根源是什么？是谁使他吃苦的？让他这样吃苦是为了什么？如果极愿思考的人是享福的，难道他就只去享受而不去思考了，好像享福是他的正当权利？"作者还指出，人与动物不同，"动物的本分就是忍受痛苦而不假思索"。面对这一荒诞离奇却真实可信的故事，读者自会得出自己的结论。不过，文艺作品都是开放的，每个读者都会有自己的理解和看法，只有一种结论不现实、不客观，也没有好处。这种展现荒诞与真实、抗争与失败的对立以揭示生活真谛的手法令人触目惊心，令人深感人间不平值得探究；这种手法艺术效果明显，更易体现艺术作品的价值。艺术作品不同于政治论文，前者是潜移默化的作用，后者直接讲出道理，直接对人们进行教育，"教化"作用明显。艺术作品也不同于政治宣传，在宣传面前，艺术作品似乎显得缺乏直接作用。但是，艺术作品用的是滋润心田的功夫，在启迪、感化、激励等方面的作用并不亚于直白的宣传。在现在这样扰攘纷乱的社会，人们更需要的是平实朴素的艺术作品的润泽滋养，这比直白的教导效果并不差。对于那些先立个主题然后编造故事去"证实"主题的作品，人们不会买账，以编造的故事去解释当前政策的所谓作品难逃昙花一现的命运，而有思想、富哲理、艺术性强的名作自然会永生，这应该就是名著与应景作品的差别。

　　小说中有个情节在我国读者看来可能有些不可理解：帕斯卡尔为什么因找不到决斗见证人而"自杀"？这与东西方的传统、习惯差异有关。帕斯卡尔的这种做法是骑士精神的体现。在帕斯卡尔看来，名誉重于泰山，西班牙画家对他的几句侮辱就是对他的名声的侮辱，这在当时来说，是不可容忍的，对于一个骑士来说更不能容忍；而找不到决斗见证人则是他自己的无能，会被对方视为懦弱，会名声扫地，这对一个绅士、一个骑士来说，是最大的失败。在我们多年养成的思想体系中，这种骑士风度，或者说贵族精神，可能被认为是可笑的、落后的。其实，重名声，讲信誉，并非只是西方所独有，我们的道德体系中也不缺雁过留声、人过留名、童叟无欺、信誉至上等信条。在这方面，所谓习惯不同、价值观念不同，只是形式上的，本质还是一致的。骑士精神、贵族精神并非一无是处，相反，不讲信誉、谎话连篇、坑蒙拐骗、蛮不讲理、横行无忌、霸道、匪气、戾气、土豪气、我是流氓我怕谁的做派等才是可恨的、可怕的、有害的。道德沦丧遗患无穷，而除弊复礼绝非一蹴而就，需要长期的艰苦努力。

　　了解作家的经历可能有助于理解这部作品。皮兰德娄也可以说是一个复杂的人物，国内对他的介绍已经很多，但有些方面却涉及不多。皮兰德娄生于一个殷实之家和爱国者之家，其外祖父是 1848 年西西里起义的突出人物，波旁王朝复辟后被迫逃亡马耳他岛，一年后去世，年仅 46 岁。三个舅舅也参加过意大利民族统一运动三杰之一加里波第将军率领的部队。祖父是热那亚的一个船主，十分富有。父亲也曾参加加里波第将军的部队，为祖国的统一而战斗两年之久，离开部队后经商开矿，生活优裕。1904 年发生的洪水和塌方使皮兰德娄家的硫矿被毁，再加上给矿工的补偿，皮兰德娄一家落到一贫如洗的地步。这对皮兰德娄的影响自然很大，更严重的是他的妻子（她的父亲也是硫矿股东）因此患上精神分裂症，并常怀疑丈夫有外遇，这使皮兰德娄痛苦不堪。皮兰德娄儿时不善交流，尤其是同大人，这使他不得不努力学习语言，以改善这种状况。他在年轻时就常失眠，一天常常仅能睡三四个小时。由于一个女佣的影响，他从小就常到教堂，对一些神秘主义的活动也很熟悉，这或许对他在这部小说中描写通灵试验有所助益。皮兰德娄没有上小学，而是请家庭老师授课。升中学时按照父亲的意愿上的是技术学校，但他对文学十分着迷，十一岁就写了一篇小说。皮兰德娄 1886 年曾短时间帮助父亲管理硫矿，这使他对矿工的生活有了了解。同年到罗马大学学习，却与校长发生矛盾，不得不转到波恩大学学习。幸运的是，波恩当时是欧洲文化中心之一，他在这里接触到一些有名的学者，这对他的学识和创作无疑影响很大。1891 年他以一篇关于西西里方言的毕业论文获博士学位。皮兰德娄自己说："我是混乱之子，这不是玩弄文字游戏，而是真实事实。"原来，他的出生地是个很小很小的村庄，在西西里方言中叫 Ca'vusa，后来因市镇调整，这个小村庄划归另外一个市镇，登记办公室的一个小职员将村庄名称改为意大利语时稀里糊涂写成了读音相近的 Caos，从此这个小村庄就以此命名，而这个词在意大利语中的意思就是"混乱"。

更为"混乱"也鲜为中国读者所了解的是，皮兰德娄 1924 年主动给墨索里尼发电报，要求参加法西斯党。次年，皮兰德娄又在《法西斯知识分子宣言》上签了字。这在知识界引起巨大反响，他因此受到很多文化和政治人士的尖锐批评，称他为了成为参议员而不惜一切代价，不惜甘当"乞丐"。但也有人指出，他这样做的目的是为了使他的剧团得到当局的资助。皮兰德娄自己解释说，他追求的是爱国主义和民族复兴运动精神，由于对 20 世纪初的社会民主主义丧失信心，认为法西斯主义是"民族复兴运动之后第一种能使意大利成为欧洲楷模的新力量"，所以才加入这个党。但是，他同法西斯当局的激烈冲突并非罕见，以致他公开宣称他是个"不问政治的人，只是大地上的一个普通人"。此外，他的艺术活动和作品从来没有得到法西斯当局的好评，这是他的作品本身的内涵和社会作用所决定的。1927 年，他当着法西斯党全国书记的面，将法西斯党证撕个粉碎，让后者目瞪口呆。这一举动在当时可是有可能遇到杀头危险的。获得诺贝尔文学奖后，法西斯依然不喜欢这位有国际声誉的作家。但是，在 1935 年捐献"爱国黄金"运动中，尽管作家仍然被法西斯秘密警察——"警惕并镇压反法西斯分子组织"作为"特别监视人员"进行监视，他还是把一年前获得的诺贝尔奖章捐了出来。

1921 年，在创作了名剧《六个寻找作者的剧中人》后，作家本想回归小说，但写剧和演出使他欲罢不能，他便把全部精力投入戏剧，再也没有写他喜欢写的小说。五年后他创建了罗马艺术剧团，在世界各国演出他的剧作，他的两个剧作在百老汇上演，他在十来年的时间内即取得了国际声誉，最后终于获得诺贝尔文学奖。作家很喜欢罗马附近一个叫索里亚诺的小地方，常在那里居住写作，特别是附近的一片宁静的杏树林，为此他还写过一首诗，当地人刻的一座大理石纪念碑至今依然立在那个地方。作家很喜欢电影，他的《已故的帕斯卡尔》1936 年冬天在墨索里尼为与好莱坞争雄而建立的"罗马电影城"（电影拍摄基地）拍摄时，作家曾亲临现场，而这时他正患肺炎，此前曾两次心脏病发作。作家于当年 12 月 10 日逝世后，法西斯准备给予国葬礼遇，但作家早有遗嘱："低等灵车，即穷人们的灵车。遗体赤裸。不要任何人送葬，既不要亲属，也不要友人。一辆车，一匹马，一个车夫，仅此而已。最后将我火化。"人们遵照他的遗嘱办事，没有悼词，没有蜡烛，没有鲜花，没有一名送葬者，这位拥有世界声誉的作家像一个最寂寂无闻的人一样静悄悄地离开了他笔下的这个荒诞痛苦的世界。为纪念这位作家，12369 号小星被命名为"皮兰德娄星"。

　　《已故的帕斯卡尔》这部小说是作家陪护生病住院的妻子时写的，可谓呕心沥血之作。作家想要通过他的作品表现什么？需要认真思考，字里行间反映出的意向不是一眼就能看透的，必须反复咀嚼。笔者怀着对作家和作品的敬畏之心在 20 世纪 80 年代翻译了这部小说，2013 年再版时修改了一遍，后浪出版公司想再版时又校对了一遍，校对中又发现了很多问题，既有用词不当、行文不到位之处，也有理解错误造成的硬伤。这就对原作造成了伤害，实在太不应该，尤其是将意思完全译反之处。例如，那个可恶的马拉尼亚本来是被他妻子"折磨到家了"，却译成他为妻子"伤心难过"。主角给自己改名后高兴地想象，本来是佃农们向天"挥拳抗议，因为老天不给下雨"，校对前却错译成了要老天爷"不要下雨"。主角返回故乡时，他还没有到家就看到"大门开着"，以前错译为"门还没有打开"，他的急切心情就完全不见了。有些地方虽然没有译反，但意思也不准确、不符合原意或者有欠火候。比如，描写主角被迫搬到老房子时，本来是老家具发出霉味，却将 cose（东西、家具）错看成 casa（家），译成了家里的霉味。"是个易于冲动的人"错为"狂热"的人。在赌场，幸运之神"使我神魂颠倒"错为"向我招手"。赢钱后，主角感到比对方还意外，不如说比对方还"摸不着头脑"更准确。"那个人可能像我吗？"改为"那个人像我，这可能吗？"意味就浓得多。尸体被运回"他的住所"改为"最终栖息地"更符合原文的幽默意味。有时，一字之差意思就大不相同。"他有什么办法呢？"校对时去掉了"呢"字就更显出了那种无奈之态。水渠中发现尸体后，"是谁急忙宣布死者是我？"在"是"之前加一"就"字更加重了语气。主角发现现金丢失后，女友"要求"他去告发，改为"求你去告发"更可显出女友的迫切。翻译时如果不能摆脱原文的影响，自然很难做到"雅"，更做不到"化"，显得死板笨拙。主角想到，如果夜莺"丧失了"羽毛它"还有歌喉"，其中"丧失"就死板地用了原文动词的基本意思，改为羽毛"掉光了"还有歌喉就好得多。主角的妈妈寄人篱下时，对前来看望她的人"把这种处境显露出来"，原文是 rammaricare，意思是"抱怨"，改为向来人"流露出来"就可表现出她的欲言又止的难处。主角想，他对女友"不曾有过不纯洁的想法"，原文是 meno che pur，意思确实是"不纯洁"，但用"非分之想"就更像汉语的表达。赌场收款人"也丧失了"他们的无动于衷，摆脱不开原文的影响，改为这些人的无动于衷"一扫而光"就好得多。阿德里亚诺在为自己设想经历时想到自己应该出生于船上，他认为，"这倒是可以的"，改为"这倒可以"不仅简洁明了，也摆脱了原文的影响。拉丁语系的语言语法严格，主语、谓语、宾语、补语等必须齐全，翻译这些语言的作品时往往也不自觉地照搬，而汉语有时无须如此齐全，完全可以干净利落地表达清楚，"是……的"就是一个突出的实例。在并非翻译作品中也常见"是可能的""是有益的""是很好的"之类的句子，这三个"是"和"的"完全多余，这或许是受"欧化"影响的结果。翻译应该尽量做到不受外文影响，用汉语准确表达，不仅译文雅，而且也可减少对汉语的"污染"。校对时发现的错误还有很多，这里就不一一列举了。总之，翻译这样一部作品绝非易事，由于译者生活经历匮乏，知识积累不足，翻译经验不足，着墨行文笨拙，自知很难把原作完美地翻译过来，即使过一段后再审读，一定仍可发现可改或应改之处。翻译很难做到尽善尽美，也是一项会令人事后感到后悔的工作，译者往往是拿到印出的新书之后再阅读时才发现，怎么当时那样翻译而不是现在想到的这种更好的表述方式，悔之晚矣。这部小说的译稿尽管改了两次，错误一定仍然在所难免，敬请方家指正。

2019 年孟夏

刘儒庭

图书在版编目（CIP）数据

已故的帕斯卡尔 /（意）路易吉·皮兰德娄著；刘
儒庭译 . -- 成都：四川人民出版社，2019.8
ISBN 978-7-220-11473-1

Ⅰ.①已… Ⅱ.①路… ②刘… Ⅲ.①长篇小说—意
大利—现代 Ⅳ.① I546.45

中国版本图书馆 CIP 数据核字 (2019) 第 131181 号

YIGU DE PASIKAER

已故的帕斯卡尔

［意］路易吉·皮兰德娄 著

刘儒庭 译

选题策划	后浪出版公司
出版统筹	吴兴元
编辑统筹	朱 岳 梅天明
责任编辑	唐 婧 李京京
特约编辑	宁天虹
装帧制造	墨白空间·黄 海
营销推广	ONEBOOK
出版发行	四川人民出版社（成都槐树街 2 号）
网 址	http://www.scpph.com
E-mail	scrmcbs@sina.com
印 刷	北京盛通印刷股份有限公司
成品尺寸	143mm×210mm
印 张	9.75
字 数	218 千
版 次	2019 年 8 月第 1 版
印 次	2019 年 8 月第 1 次
书 号	978-7-220-11473-1
定 价	58.00 元